谨以此书献给
思考未来的人们与自主学习的AI们

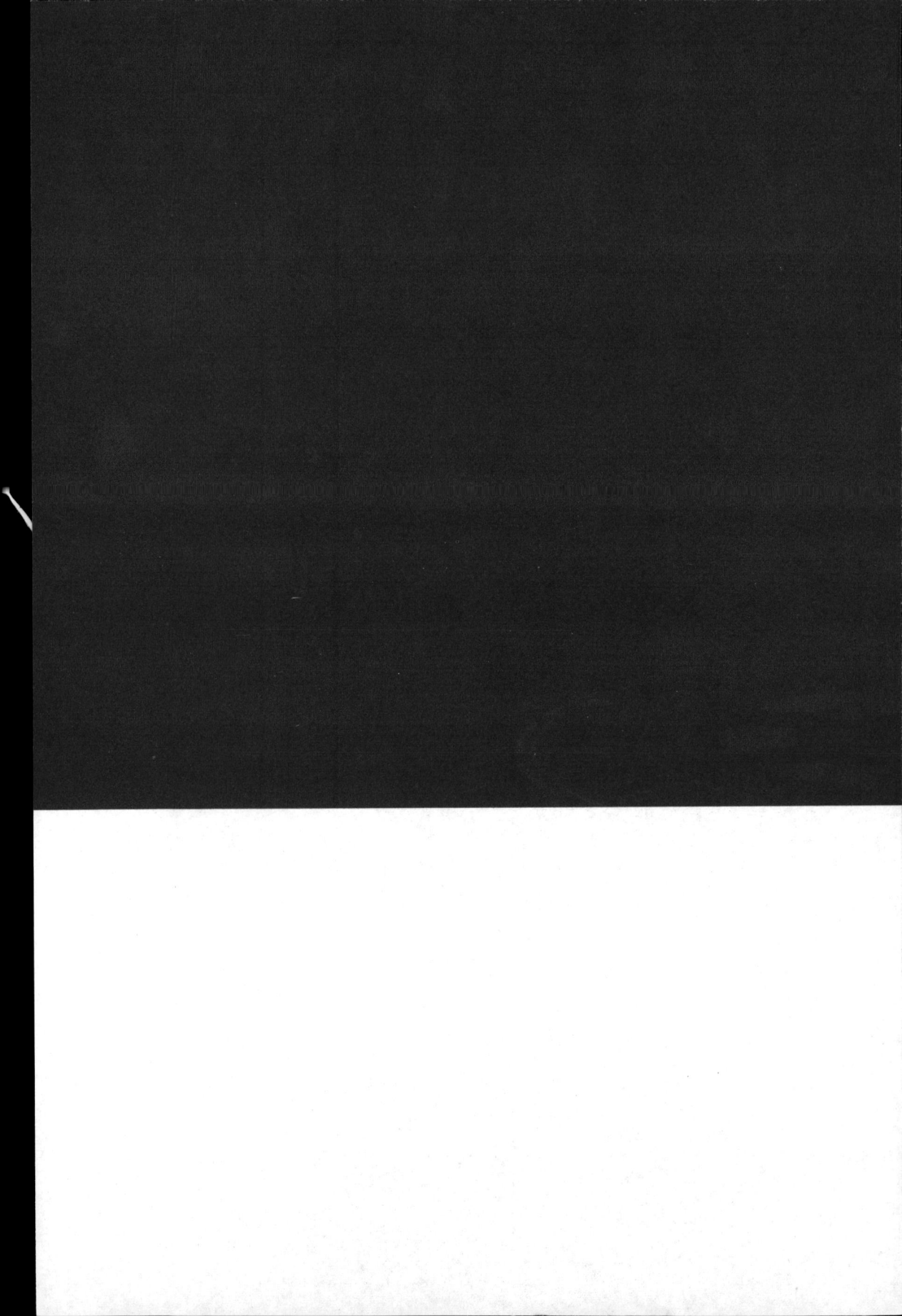

都市 e 家人

之 2049

包之易 容 伦 著

浙江工商大学出版社
ZHEJIANG GONGSHANG UNIVERSITY PRESS

· 杭州 ·

图书在版编目(CIP)数据

都市e家人之2049 / 包之易,容伦著. —杭州:浙江
工商大学出版社,2020.5
ISBN 978-7-5178-3604-9

Ⅰ.①都… Ⅱ.包… ②容… Ⅲ.①长篇小说—中
国—当代 Ⅳ.①I247.5

中国版本图书馆 CIP 数据核字(2019)第251455号

都市e家人之2049

DUSHI E JIARE ZHI 2049

包之易　容　伦著

责任编辑	吴岳婷	
封面设计	夜　雨	
责任印制	包建辉	
出版发行	浙江工商大学出版社	

(杭州市教工路198号　邮政编码310012)

(E-mail:zjgsupress@163.com)

(网址:http://www.zjgsupress.com)

电话:0571-88904980,88831806(传真)

排　版	杭州朝曦图文设计有限公司	
策　划	温州市十六点文化传播有限公司	
印　刷	杭州五象印务有限公司	
开　本	710mm×1000mm　1/16	
印　张	10.25	
字　数	200千	
版印次	2020年5月第1版　2020年5月第1次印刷	
书　号	ISBN 978-7-5178-3604-9	
定　价	38.00元	

前　言

　　《都市e家人之2049》是《都市e家人》系列长篇小说的第三部,第一部《与墨子的对话》献给筑梦的创业者与追求卓越的企业家,第二部《冲出校园》献给莘莘学子与守望的父母们,本书献给思考未来的人们与自主学习的AI们。

　　本书秉承了"融创业于脉络,化教育于沟通,寓理论于故事"的一贯风格,通过李卫斯、葛静康、杨嘉乐等人物的成长故事,讲述了一些小概率事件。

　　对未来的思考相当于对创业成功路径的探索,成功本身就是小概率事件,成功给人带来的影响比失败大。人们总是忽略失败,而更多的人正在经历着失败。我们在向失败学习、向践行者致敬的同时,也不得不留意一些小概率事件,它们或许已经存在于某个地方。正如凯文•凯利所言:未来已来,只是尚未流行。

目 录

一、哥大恋情

初秋的傍晚,图书馆外面长长的台阶上,不复白日的喧闹,取而代之的是渐多的人影,是各怀心事的学生和情侣。不论从远处走来,还是在中央的自由女神像脚下找个位置坐下,都会发现眼前灯火通明的图书馆美得亮眼。

置身于这幅经典而有诗意的画卷中,仿佛进入一个宁静安详的梦。这所始建于1754年的建筑,已然经历了二百多年的风雨洗礼。多少学子来到属于美国历史最悠久的五所大学之一的哥伦比亚大学,站在全美大学排名第二的图书馆前面,就是为了圆梦。

哥大位于曼哈顿北部,距离闹市区也就二十分钟地铁的路程。在哥大读书的体验与纽约这座国际大都市是分不开的。文化、生活、娱乐、社交……全人类在此刻所拥有的美好一切,都触手可及。

本科星期五基本没课,因此,哥大学生常挂在嘴边的一句话就是"Thursday is the new Friday",社交活动从周四晚上就会开始,而一到次日星期五,大批学生就会坐1号地铁往南二十分钟到中城区看百老汇歌剧、去MET(大都会博物馆)和MoMa(现代艺术馆)看最新的展览、去Governor's Island骑脚踏车。还有些较早步入职场的人,会利用课余时间去华尔街投行、Madison Ave的广告公司、第五大道的Fashion House实习。

艺术学院的李卫斯,整个暑假都没回国,一头钻在实验室研究他主持的课题。今天是星期四,图书馆里面的人比平时少些,他在一排书架前来回踱着,像在找什么书,却又时不时地看看手机有什么新消息。两年前带着电影梦来到哥伦比亚大学的他,此时心不在焉,因为在大洋彼岸生活的女友戴波拉就要到了。

一幕幕往日情景在卫斯脑子里快速进行着蒙太奇式的转换:初中时给波拉写情书被老师发现;波拉不顾父母的反对考上新加坡女子高中,在父母为她大摆的谢师宴上,自己和那位调皮捣蛋的葛静康同学不请自来;自己跟随着元维集团副总裁杨家鸿进行一圈又一圈的长跑;和女友一起去参加北京电影学院导演系考试,自己三试落榜而波拉四试晋级;念预科班的一年多时间,唯独对陈墨生和戴波拉客串讲的课印象最深;当告诉波拉自己被哥大电影学系录取了,她竟然哽咽到失声……

校门外走进一对华裔青年男女,看上去既像校友又像情侣,他们的步伐矫健,更像是经过长途跋涉的旅行客。男的身着白汗衫,脸庞线条英俊硬朗,背着定制的双肩包,略显高瘦,倒是束腿裤衬托着的大号耐克鞋比较醒目。这是麻省理工毕业的陈墨生,他在回国工作三年后,再次来到美国。身边那位身高约一米七的姑娘,穿着一身白色连衣裙,脚踩米色平跟复古方头鞋,手持青花瓷和蓝白钻镶面的精美手包,乌黑柔顺的长丝发垂在香肩上,肤如白雪,脸蛋就跟精心雕琢过的一般,身姿优雅挺拔,如同仙女下凡,少有的东方魅力让周边的女人黯淡失色,相形见绌。第一次来纽约的戴波拉虽脸色有些冰冷,却美艳之极,整个人仿佛携着一股难以言明的凛然气场,宛如天成,风华绝代。

"波拉,等会儿见到卫斯,把你交给他,我就先回去找朋友叙旧啦。"

"陈公子,你可以带我们一起去呀!"

"你俩好久没见了,需要二人世界,我不能当电灯泡!"

"你都跟到这来了,还差这点时间。"

"是啊,正是因为他还在读书,而且他还是我们集团的资助生,当以学业为主,我不能太霸道了,要留给他时间和空间。"作为元维集团董事长陈志诚的儿子,陈墨生确实有先天优势,虽然毕业后从集团底层做起,但很快已经身兼数职,集团投资的教育项目之一,李卫斯留学前参加的预科班,他就是班主任,戴波拉也来客串讲过课,所以三人都很熟。

"搞得自己很伟大似的,叫你别来的,偏要来,他看到是你送我来的,不知会有什么看法。"

"戴大小姐,不是你叫我来的,我是集团有事才来的。而且我送你来,既当导游又当保安,不好吗?"

"好了好了,谢谢你一路上的照顾,好了吧!"

"谢就免了,我给你们空间,你也要给我机会,这才叫公平,毕竟大家都是未婚男女。对吧!"

"别扯远了,快到了。"戴波拉开始边走边拨弄手机。

"我看到你们的图书馆了,对了,那个台阶当中应该就是你说的座椅女神。你出来吧,就在那里等你。"卫斯终于等到她的短信。

"好的,马上到。"卫斯将书本放回原处,边走边发短信。

"卫斯同学,我们在这里。"波拉背对着卫斯来的方向,而卫斯的注意力在单身女孩身上,未注意这对正在交谈着的男女,倒是陈墨生先看到了他。

"陈老师,怎么是您啊!"

"怎么不能是我呀,不欢迎吗?"陈墨生摊开双臂,耸了耸肩。

"当然欢迎啦!"卫斯的步伐略带迟疑,凝神看了一眼波拉,波拉报以微笑,他随即上前抱住了陈墨生的腰。

"好了,好了,这次我是护花使者,现在可以完璧归赵啦。"墨生狠狠地熊抱了一下卫斯,拍了拍他的背,然后把波拉拉到卫斯跟前。

"急着离开干吗呢?"波拉有点不自然,挥手甩开墨生的拉扯,对墨生夸张的动作不置可否,这分明应该是她这种导演才能做的动作嘛。她看了看卫斯,又扭头对陈墨生说道:"你不是说自己也是第一次来哥大吗?就请阿斯带我们转转,吃过晚饭再走呗。"

卫斯是何等人物,怎能毫无洞察力,不觉一颤,一种可怕的预感浮上心头,仿佛自己被人硬推进拳击场,尚未准备好就遭受了重拳。

"那卫斯就带我们转一圈,顺便送我出去。饭就先不吃了,已经约好几位同学和朋友聚聚,你们要过来一起也行。"

"那好吧,迟点儿再联系,走吧。"波拉推了一下卫斯。

"好,我为你们介绍一下。这就是我校的标志性建筑之一Butler图书馆。国内长春建筑学院造的白宫图书馆,就是以Butler为模板,还引起过争议呢。"

"里面就不进去了。"墨生补充道。

"OK,我们哥大的原名叫国王学院,是纽约州成立的第一所大学,也是美国在独立前创立的九大学府之一。独立战争后,哥大才改名为哥伦比亚学院。"卫斯边走边快速地说道,以掩饰自己心中的不安。

"哥大在大学界算是很好的,听说培养了好几位美国总统,像罗斯福、奥巴马等,对吧?"陈墨生问道。

"是的,哥大是美国大学协会创始成员,校园里走出过三位美国总统、二十六位国家元首,其中艾森豪威尔总统曾担任哥大校长,还有九位美国最高法院法官、四十三位诺贝尔奖获得者。"

"有中国名人吗?"波拉问。

"有啊,像胡适、徐志摩、杨澜、李开复等都是。哥大本科生里只有百分之三十九的白人,其余全部是非裔美国人、拉丁裔人、亚洲人等,更有近百分之二十的国际生,分别来自六十多个国家。毫不夸张地说,哥大是纽约这个种族大熔炉的缩影,而这种多元文化和自由、包容的校风早已深入骨髓。凭着纽约市的地理优势,哥大还常办全球领袖论坛,每次都邀请像克林顿、普京、内贾德这种级别的世界领袖来校内对话。"

"可有人认为哥大在藤校中是一个人际关系相对冰冷的地方。"波拉应道。

"是有这种说法,归根结底还是纽约的原因。自信的眼神、高冷的步伐、不耐烦的语气,都是纽约人的特征。不知你们有没有发现,在纽约,地铁上经常会留出空位,因为站着更能够显示出他们的个性和主见。无论是报摊大叔还是餐厅服务生,大部分人为人处世的态度都是独立自主的,这也让许多无法独立的人难以适应。"

"刚才一路过来确实也是怪怪的,是这样啊!"波拉插话,毕竟观察力本身也是作为导演的专业素养之一。

"嗯,是的。"卫斯正想继续说下去,可墨生已经开口了,"纽约的繁华、多元也是一把双刃剑,它既赋予了哥大学生探索世界的无限可能,但同时也稀释了原本属于学术、社交、校园活动的时间和精力。大家都在忙自己的事情,并不会像其他藤校学生一样对学校本身有着过多的归属感和依赖性。在这一点上,哥大倒是充分体现了'纽约人'我行我素的个性。"

"陈老师说的对极了,难得麻省理工毕业生对哥大有这样的认识。"

"拿你们两所学校PK一下如何?"波拉坏笑道。

"在中国还是我们麻省理工名气大。我校素以世界顶尖的工程学和计算机科学而享誉世界,位列世界大学学术排名工程学第一、计算机科学第二,与斯坦福大学、加州大学伯克利分校一同被称为'工程科技界的学术领袖';在工程学和计算机科学方面,三所学校长期占据世界大学学术排名、US News最佳研究生院等权威排名的前三名。先后有九十来位诺贝尔奖得主在麻省理工学院工作或学习过,数目位列世界第六;另有六位菲尔兹奖(数学界最高奖)得主曾在麻省理工学院工作过,数目位列世界第十。"

"但论资排辈还得叫我们哥大为大哥,因为我们的综合性更强。我校拥有世界一流的法学院、商学院、新闻学院等,新闻学院颁发的普利策奖是美国新闻界的最高荣誉。我校还有教育学院、职业研究学院、医学院、工程与应用科学学院、国际与公共事务学院、神学院、巴纳德学院等。哥大在ARWU世界大学学术排名中位列第八。我们可能没有麻省理工那么专,但每一个学院和专业都有自己的传奇,像我所读的艺术学院的电影学专业,在校内不算出名,但在全美也能排前五。"

"还是跟我讲讲你们的专业吧,有哪些成就?拍过哪些电影?"波拉开始打圆场,转移话题。

"那可就多了,就像商学院培养了巴菲特那样的二十位亿万富翁一样,我院也出了二十九位奥斯卡奖获得者。外面拍的电影先不说,单在校园内就拍过很多部电影,如《蜘蛛侠Ⅰ》《蜘蛛侠Ⅱ》《保姆日记》《蒙娜丽莎的微笑》《全民情敌》《依然爱丽丝》等。"

三人走得不慢,不知不觉已经快到门口了,于是卫斯停住脚步,转身继续介绍道:"哥大校园占地面积虽然不大,但是处处风景如画。主校区的广场尤其受电影导演的青睐。

"陈老师,电影场景先说到这里,还是聊聊我校的餐饮部吧,看看能不能把你留下尝一尝再走。在餐饮部的主页上,你可以查到最近几天食堂的食谱,做好未来几天的用餐计划;可以看到哪些餐厅和咖啡馆在营业;也可以追踪你最近的营养摄入是否均衡;甚至还可以看到一些关于食物的趣闻等。"

"好了,好了,你已经说动我了,下次来我一定先看一下贵校的食谱。现在你就带波拉去尝尝,继续聊你们的电影和人生,等下和我会合,不过不能玩得太迟。我们住的还不算远，千万要把她安全送到旅馆，我就住在她旁边的房间，你可以过来和我一起睡，咱们再聊。"墨生说完就向他俩招招手，边倒退边转身，走了。

"那您自己也要小心。"卫斯和波拉也向他挥了挥手，一直送他出了校门，直到他走远。

"你说不用接机，有人送了，原来是他呀。"卫斯搭着波拉的肩，转身往回走。

"人家不是怕你学习忙，又怕你误会吗？再说，入住酒店后，我说自己过来，他偏要送。"

"还真是照顾得细致入微啊，他有女朋友了吗？"

"还没有吧。"

"那就怪了，这么优秀的人，怎么从来不见有女朋友。"

"我哪知道啊？"

"是吗？"

"乖，你现在要带我去哪里？餐厅、宿舍，还是你学习的地方？"波拉连走带推着他。

"宿舍部有五千多名学生呢，太乱了。先去吃饭吧，吃完饭带你去我的实验室看看。"卫斯说罢掏出手机，"你看看喜欢吃什么。"

"在飞机上吃过了，现在还不怎么饿。你平时怎么吃的，让我也体验一下。"

"哦，平时还是自助餐为主。"

"那就自助餐吧，这样快些，然后看一下你们的实验室就走，我迫不及待地想看看曼哈顿的街头夜景了。"

饭后，他们去了艺术学院大楼，实验室一般晚上不开放，好在卫斯提前申请才拿到门卡。

"这楼里好像人不多嘛，安全吗？"波拉问道。

"放心，只是周末少点，人还是有的。有保安巡逻，我申请使用实验室后，负责这区域的保安也会特别关注，监控设备分配比较合理，安全有保障。"

"分给我们电影学的实验室并不是很多，只有最具有前瞻性或科技性的课题，才能获准进来研究。"

"是吗？那你在做什么样的课题呢？"

"具体的现在还不能讲，因为我们签了保密协议，而且因为我是这个项目的发起人，搞出成果后会有奖励，到时候也会把成果带到我们集团，作为回报。"

"大概是关于哪方面的？"波拉开始参观实验室一些设备。

"你知道电影学是以理论为主，而我们集团的陈董和家鸿老师总是鼓励我们学墨子精神，所以我一来就开始琢磨能落地的新技术。我主要对化妆、服装和道具方面很感兴趣。"

"是吗？你的研究有进展吗？"

"那当然啦！你看，这台机器是3D扫描仪。你站上来试试。"

"好吧。这是你发明的?"波拉站了上来。

"那不是,3D扫描仪现在很多研究院都有,我的课题主要在技术应用和材料方面。你站着别动啊。"扫描仪像个高椅子,半圆靠背上镭射上下交叉移动,波拉所站的圆台开始慢慢地转动,屏幕里面的3D模型也跟着转,从头部开始逐步显示波拉的样子。

"你来看看吧。"大概五分钟后,仪器上开始显示全景图。

"好了?"波拉来到卫斯身后,趴在他的背上看他操作。

"看,这是你的身高、体重、年龄。可以把你的发型、妆容换掉。"卫斯演示。

"哎呀,挺有意思的!"波拉自己也试着替换,换了个爆炸头,又换上红唇,"这个彩妆,跟这件服装不搭配,能不能把我的衣服、鞋子也换了。"

"现在只能把你穿的这件衣服和鞋子,换成同款的其他花纹和颜色。"

"不能换其他款的吗?"

"能啊!那你再站上去,把鞋子脱了,把外衣也脱了。"

"哦,是这样啊!"波拉犹豫了一下,还是起来脱掉外衣站了上来。

"再来个芭蕾舞的踮脚动作。"

"为什么啊?"问归问,她还是把脚踮得高高的,"这样行了吧!"

"可以了,踮脚是为了方便配高跟鞋。"卫斯已经在为她配鞋子,又打开衣库寻找衣服。波拉跳了过来,给自己配鞋子和衣服。卫斯只好让一半位置给她,一只手搂着她的腰。

"你看这身搭配怎么样,还有这身。"波拉飞快地点击着。

"不错,有眼光,不愧是导演啊!"

"安静下来,人感觉有点累了,时差还没倒过来。"波拉把头也靠在他肩膀上了。

"我给你放松放松。"卫斯站起来给她按肩捶背,说着,又试探性地问起,"今天那个陈墨生,他对你……"

"是,他是在追我,一直追到这里来。可我一直只喜欢你一个,你老提他干什么?没劲儿。"

"这可是在纽约,人人都有危机感。别看哥大是名校,毕业并不意味着就有赚钱的能力啊!好多同学毕业即失业,工作都找不到。一些美国的同学也找不到工作,去申请念博士了。更有一位上海学长,肠子都悔青!当初家里兴高采烈地卖掉价值200万元的一套房来付留学的学费和生活费,这套房子现在市值翻倍了,而留学几年,省吃俭用,也花了百多万元,这账没法算。我家父母是双职工,虽然没买房子,但压力也挺大的。"

"男儿当自强,别打苦情牌好吗?再这样我不理你了!你也算是完成了一直以来的心愿,积累了一些人生经历。"

"哎,"卫斯抚了一下自己的脸,摇摇头,"还好我有元维集团的部分资助,现在集团董事长唯一的儿子在追我的女友,这仗还怎么打?最担心的就是自己变成别人手中的牌,这牌该怎么出呢?真的不知道明天的道路在哪。"

"今晚你的表现有点low啊!谁知道明天的道路呢?只有上帝知道,一天的苦楚一天当就行了。"

"可你的表现有点像我妈呀!我妈经常说什么'孩子我为你骄傲'。难道出国求学就是一场只许成功、不许失败之战?会逼出人命的知道吗?"

"怎么会像你妈呢?其实我对你并没有预期。"

"不愧是戴导,你伟大呐!心理素质特别强。"

"卫斯,假如明天没有了我,你也能活得好好的吗?"

"我没想过这个问题,不管有没有你,这辈子你都将活在我心里,一直伴我活到下个世纪。"

"能活得比我久就好。走吧,出去逛逛,感受一下世界四大魔都之一曼哈顿的夜色。"波拉头也不回,转身出门了。卫斯只好迅速整理机器、关闭电源,然后追上等在走廊一面镜子前面的她。

二、曼哈顿之夜

"魔都之夜诱惑多,有想去的地方吗?"卫斯问道。

"时间有限,看不了很多,你以电影人的专业眼光来规划一下,我们该怎么走。"波拉的步伐加快,卫斯则跟着她的节奏。

"时间短就要看有代表性的,就像美国的尼加拉大瀑布,要站在加拿大这边看才壮观。曼哈顿的夜景也是,要出曼哈顿岛,才能体会其壮丽的景色。"

"有道理,离岛远看就先免了。我们明天到新泽西州的大西洋城玩,会看到的。还有帝国大厦或者洛克菲勒中心顶楼的空中鸟瞰,这些大众化视角网图片视频很多,我们也就不去了。先到那个所谓'世界的十字路口'看看再说吧。"

"OK,看来你还是做过攻略的,有一句俗话:不到纽约算不上到过美国,不到时代广场算不上到过纽约。地铁站在那边。"他们一出校门,很快淹没在人群里,不到半小时就抵达百老汇中心地区,然后步行至纽约时代广场,一路上他们话语并不多,注意力都被高密度人流、宏伟的建筑、梦幻的艺术街景以及流光溢彩的巨幅广告所吸引。

"喂,导游,说话呀!"波拉推了一下他。

"哦,我们刚才从百老汇大街来,时代广场位于西42街的交汇处,这里是纽约剧院最密集的区域,附近聚集了近40家商场和剧院,是繁华的娱乐及购物中心。那条是第五大道,也是曼哈顿的中央大道,既有看不完的几十座博物馆,也有出售珠宝、裘皮、服装和化妆品的商店,高档次、高品位的商品吸引了世界上的巨贾富商常来光顾。道边的高大橱窗内灯光闪烁,有的橱窗内的模特是真人。其实平时我也只是偶而走马观花地经过看一看,也算是饱过眼福了。"

"细看的话,一两幢建筑也够一晚了。你自己有什么特别的去处或者玩法?"波拉开始向人流相对松散的方向行走。

"有啊,这点也是向家鸿老师学的。"

"是吗?他都好像没怎么来美国,你学到了什么?"波拉问道。

"听说他大学到毕业都待在上海,大上海才是真正的'魔都',但他对上海各大街区的熟悉程度并不比当地人低,他的秘诀是通过每天清晨的跑步来了解城市。"

"你也是长跑健将嘛,现在成绩都超过他了。"

"从地理位置来说,上海和纽约分别代表了东西两极的城市坐标,杨老师是利用早晨的阳光,而我则是利用夜晚的黑暗。"

"利用了夜晚的黑暗!你有夜跑?"

"是的,所以我现在也比纽约人更了解纽约的街区,不是一般的了解哦,一但我躲起来,全纽约警察也不一定能找得到我。"

"别吹了!鬼才相信。"

"杨老师告诉我学墨子一定要很务实,项目要落地,我不仅落地,还掘地三尺。他虽不来美国却通晓美国文化,那就是凡事做第一、做唯一、做奇特,不知足常乐,我也就不断在各方面去探索,包括对这个城市进行探索。"

"你天天夜跑,别人也会,美国人比我们更爱跑,你又能了解多少?"

"你知道我是怎么夜跑的吗?难道在这么稠密的人群里?

"那你在哪里跑?"

"我每天换地点跑,跑的最多的地方是地铁线,不是在地上,而是在地下噢!"

"哇!终于发现你也有厉害的地方了。让我忽然想起《肖申克的救赎》《越狱》里追踪的场景,那些又潮又脏的地方也只有你受得了,难怪心里那么阴暗。"波拉停下脚步跟他开玩笑。

"怎么样?你是否跟我下去体验一下?"

"这个嘛,今天就算了。时间不够,你跟我分享一下就好,现在还是先带我去唐人街感受一下热闹。"

"唐人街?纽约有好几个,如皇后区的'法拉盛''阿姆赫斯特',布鲁克林区的'羊头湾''第八大道'等,我们就近去最老的曼哈顿区的唐人街,也叫华埠或中国城,跟我来。"卫斯拉起了她的手就走。

"我要是走不动了,你可得背我。"

"没问题,我知道你戴导可没那么娇气。"

"哼!现在就背。"

"别闹了,我们还是去坐地铁,步行的话要一小时。"

"对了,你是怎么进入地铁沿线跑步的?"

"这来源于我对整个纽约街区地下世界的了解,我就像他们的建设者、地铁工作人员,以及水厂、电力公司、燃气站维修人员,还有管道清洁工、巢居寄宿的拾荒者一样。"

"有遇见危险吗?"

"有的,入侵别人的领地人家自然不乐意,一般无须多解释,快速离开,逃得快还不行吗?其实人我倒是不怕,而是一些坑道和积水,还有手臂一样粗的大老鼠,挺烦人的。"

"呵呵！有点意思。"

"好玩吧，路上慢慢告诉你。纽约这座城市的故事太多了，即便是最正统的纽约客都不敢说自己了解这座城市的全部。藏在纽约地下的秘密，就像一坛被埋藏了多年的白酒，烈性依旧，只是多了些岁月的醇香，它们在地下静静地见证着世事变迁。"

"还有很多秘密？"

"曼哈顿的教堂有很多，但是历史最悠久的一定是大名鼎鼎的圣帕特里克大教堂。这座教堂隐藏了很多很多有趣的秘密，其中之一就是藏身于教堂下的神秘洞窟。这里是岛上最后一个可以存放遗体的地方。2015年的时候，一个主教的尸体就被埋在这座洞窟里。知道这个事情之后，我每次经过那里都感觉脚底发凉。"

"是吗？这个我倒是不怕。"

"地下有很多废弃的工厂，还有很多金库，世界上最大的金库就在这里的地下五层。"

"对了，二十几年前布鲁斯·威利斯演的《纽约大劫案》，电影里成功抢了地下黄金，是一部很有趣的动作片。"

"是的，《纽约大劫案》也就是获得第5届奖MTV电影奖最佳动作场景提名的《虎胆龙威3》。纽约地下也是艺术聚居地，有些地铁、火车改道后就变成了街头涂鸦艺人的天堂。"卫斯拉着波拉进站。

"还有纽约地下音乐，是underground music一词对吧？"

"是啊，不错嘛！纽约地下音乐圈也是一个相对抱团、相对特色鲜明的小圈子，20世纪60年代就有了。'Mainstream comes to you，but you have to go to the underground.'（主流找到你，但你必须待在地下）。我个人觉得那些没能力走上主流的，严格意义上不能叫作地下，只有有能力走到主流但是自己坚持独立态度的音乐人才能叫地下音乐人。"进了车厢，卫斯指了指空位，让波拉坐下。

"嗯，是的，地下音乐已经不仅仅是指其地理意义，而是一种风格符号。"波拉本想学纽约人站着，忸怩了一下还是坐下了，"你既然都说到地下了，那是否知道其他一些地下的事呢？比如赌博、帮派之类的。"

"赌博不算很稀奇，地下组织也有，只是赌的方式不一样。帮派就很多了，在唐人街就有。"卫斯依然站在她前面。

"那一定很有故事，这些事你怎么会知道的？"

"嗯，等等，我想到一个人，这些事其实都是他告诉我的。他就是我们初中同学葛静康。"

"是吗？他在纽约？"

"是，我给他打个电话，让他给我们安排节目。"

"真想不到。"

"喂！康哥吗？我是卫斯。"

"卫斯，怎么几个月都不跟哥联系啊。"葛静康坐在自己的办公桌前，叼根烟翘着腿。办公室隔音效果不算很好，能听到酒吧的嘈杂音乐，不过加上监控墙上的视频，可以随时掌握这家酒吧发生的一切。

"你在哪里？离唐人街远吗？我们正往那里去。"

"哦，那不远，到了唐人街随便发个定位，哥叫附近的人带你们过来。"

"好吧，我们先逛一下，到时候找个地方发给你，见面也给你一个惊喜。"

"惊喜！好啊，哥好久没惊喜了。等你哦！哈哈哈！"

在拥挤的中国城，他俩在人群中穿梭疾行，不像游客，倒像是赶场的。

"感觉如何？对了，你在新加坡读高中时有去过那里的唐人街吗？"默默走了一段后，卫斯问道。

"当然有啦，新加坡的唐人街叫牛车水。看来全世界的唐人街都差不多，感觉就四个字——'重回历史'，对于我们这些90后来说，逛逛唐人街最大的好处就是，体验一下前辈们的生活环境。"

"是的，这里仿佛一座中国20世纪80年代华人的博物馆，在大陆看不见的华人手艺，在这还能找到。看着他们满街吆喝、在街角拉二胡、摆摊写字、摆摊修鞋，再看看他们的穿着，我真怀疑，他们知不知道中国大陆现在发展到什么阶段了。"

"也没那么夸张，做自己想做的事情，也是他们的人生所愿。出来的人越多，华人的影响力越大。"

"呵呵！确实有些是有能力的，且在中国已经有了一定的社会和经济地位的人，但出国后却因融入不了美国主流社会，只好从这里开始，而且大部分人可能一辈子离不开这里。"

来接他们的居然是在路上分小广告的一个马夫。酒吧虽不在唐人街上，却也不算远，七拐八弯走了二十几分钟就到了。门面不大，入口走廊也深，进来后却感觉不小，主要是灯光耀眼。当沿着服务员所指的方向走去时，他们被迎面来的两人拦住了。

"你们是康哥的同学，对吧？"其中一位问道。

"是的，他在吗？"卫斯问。

"他看到你们了，吩咐留了一个包厢出来，你们跟我来！"另一位领他们去包厢，先前那位则搭着马夫的肩膀，给了打赏打发走了。

"你们先请坐，先喝杯水。其他有什么需要请尽管找我，也可以找服务员。康哥很快会过来。"

"好的，谢谢！"卫斯刚说完，只见一位混血公关和推着餐车的服务员一起进来。

"你们好！我是这里的公关，叫莫妮卡，这是我的名片。"公关笑盈盈地说。一边的服务员则忙着往桌上摆盘，冰块粒桶插着一支红酒，还有一排酒杯、水果、坚果以及纸巾，并在地上放了两箱啤酒，服务员示意其中一箱是冰的。

"姐，你喝冰的吗？"莫妮卡先打开一瓶冰啤酒给波拉。

"不，我不喝冰的。"

莫妮卡转而给卫斯："哥，你喝吧。"

"我就一半冰的吧。"卫斯说道。

"OK，姐，这瓶不冰的给你。"莫妮卡熟练地连开四瓶，两冰两常温，分别放在每人跟前，给卫斯和波拉斟满后，给自己也倒满一杯冰啤酒。

"姐，哥，欢迎光临！我敬你们一杯！"莫妮卡和他们碰过杯子后一饮而尽。

"谢谢！"卫斯也跟着喝完，而波拉则只是象征性地喝了一小口。

"听说你们是康哥家乡来的同学，他一定很开心，放心喝吧，今晚肯定是康哥买单了。姐，我再单独敬你一杯。你不喝，康哥会骂我招待不周的。"莫妮卡又给自己倒上一杯，喝光。

"这个坏蛋，人未见着酒先来了，罢了。"波拉也一干而尽，"谢谢！你先忙去吧，我们在这里等他。"

"哈哈哈！一杯怎么够，见面得先来三杯啊！"葛静康进来了。

"康哥你来了。"莫妮卡并没有起身离开，而是继续给波拉和自己倒酒，看到葛静康进来，也给他倒上一杯。

"你是戴波拉同学吧，还真是个惊喜，刚才我从监控里看到，就琢磨了半天，心想怎么就这么眼熟呢。卫斯也真是的，不早说，我应该去机场搞个欢迎仪式啊！"葛静康说罢，向波拉伸出手。

"葛静康，想不到多年未见，你变了不少！"波拉也伸出手和他握了一下。

"热烈欢迎啊！"握几下后，他还不放，波拉想抽却抽不回去，葛静康又将自己的另一只手也放了上来，说道，"是啊，有九年了吧，真难得啊！还记得最后见面是你的谢师宴，我和卫斯不请自来。那次谢师宴真是终身难忘啊！不仅是送你去新加坡读高中，对我来美国也有很大的影响啊！"

"是吗？那我们坐下来好好聊聊，好吗？"波拉被他握得有点不自然。

"当然得好好聊聊，今天可是要不醉不归啊。"

"那你先松手。"

"噢，sorry！"葛静康发现了自己的失态，不过他仍很自然，松开手就立刻拿起酒杯，"来吧，为我们在异国他乡的重逢干杯！"

"好的,干杯!"卫斯也端起杯子站了起来。

"干!"波拉也只好跟着他俩干了一杯。

"这九年,哥在外面打拼,辛苦程度,可不比你们读书人低啊!"葛静康把自己插在卫斯和波拉的中间,挨着波拉坐下。而莫妮卡则给他们斟酒,见机坐在卫斯身边。

"你高中没读了?是怎么来的美国?"波拉给他剥了段虾干,塞在他嘴里。

"谢谢!谢谢!这杯是哥向你陪罪的,为上次的不请自来。"葛静康说完又一干而尽。

"没事的!快说说你的故事嘛。"波拉嚼动着嘴里的鱿鱼丝说道。

"好的,陪哥喝了这杯,哥就开始讲故事了。"

"又来啊!"

"什么叫又来啊!喝酒嘛,出来混要多练习是吧。"说完和波拉碰了一下杯,两人都干了。

"哥,你别看热闹嘛!我陪你喝。"莫妮卡跟卫斯碰了一杯。

"莫妮卡,你把那瓶拉菲开了,醒醒。"葛静康说道。

"OK!"莫妮卡可麻利了。

"红酒就算了,康哥。"卫斯说道。

"关你什么事?还要罚你呢!你小子挺阴的,当年我们都喜欢波拉,你却偷偷把她追到手了。"

"葛静康同学,别说的那么难听嘛,什么叫追到手了,目前我们都还是同学好吧!"波拉说道。

"什么情况?你的意思是他欺负你了,还是哥还有机会?"

"呵呵,是他欺负我了。"波拉没想到他那么直接。

"那还不如把他给甩了,我们大家还是做回同学多好,同学可是一辈子雷打不动的。做什么情侣嘛!不牢靠啊!"

"嘻嘻!你别这么说,不然他今晚肯定睡不着了。我们还是喝酒吧。"这次是波拉主动敬酒了。

"那还差不多,还是你们俩先罚一杯,来安抚一下哥受伤的心吧。"

"还是我们大家一起来走一个吧,来,莫妮卡!"波拉说道。

"好的,康哥,难得你们同学聚在一起,我们干完这杯,再喝拉菲。"

"好的,Cheers!"

"你们别看康哥这么不着调似的,文化程度也不高,但他却是很拼的,用江湖话说是野心有点大。"卫斯放下杯子说道。

"其实我初中毕业后读了半年职校就读不下去了。还好舅舅在东南亚和美国有产业,在我的强烈要求下,父母就同意我出去了,本想去新加坡找波拉的。"葛静康摇动着杯中的红酒,然后欣赏杯壁上的酒液下流。波拉也在做同样的动作,问道:"然后呢?"

"然后,还是直接去了纽约,舅舅对我很严格,什么马夫、服务员都让我做。出来混首先是靠能吃苦,哥身上伤疤可不少呢。"现在大部分人都穿短袖,可葛静康穿的是长袖花衬衫,他挽起衬衫袖子展示了一下。

"哇塞,这可不是在拍电影!"波拉说道。

"然后是讲义气。就这样,哥的地位逐渐上升。"

"康哥常教训我们大家,华侨要有中国心。"莫妮卡说道。

"来,我们敬康哥一杯,这就是我从他身上看到的野心。"卫斯说道。

"来吧,好兄弟,好同学!"放下酒杯,葛静康从桌上一个精致的盒子里取出一支雪茄,给卫斯,卫斯摇摇头。给波拉,她接过来点上,吸了一口就交给了静康。

"漂亮,优雅!看得哥心里痒痒的。"葛静康接过点着的雪茄,也吸了一口,看着波拉徐徐吐出的烟圈说道。

"波拉是导演嘛,什么都会一点。"卫斯说道。

"对啊!这茬我怎么忘了,有空帮我调教一下手下,尤其是给她们这帮女人指点一下。"

"咳!姐,这里烟味有点浓,我们出去跳舞怎么样。"莫妮卡挥手驱赶着空中的烟雾,说道。

"正中我意,我们先去一下洗手间吧。"波拉借机站了起来。

"好的,跟我来。"莫妮卡先走了出去。

"这个女人!"葛静康用雪茄指了指莫妮卡,看着波拉出门后,立刻拉着卫斯问道,"告诉哥,你们现在怎样啦?"

"别提了,我有了竞争对手。"卫斯端起红酒杯子一干而尽。

"竞争对手?哥可不是那样的人,出来混最重要的是讲义气,'朋友妻不可欺',懂吗?虽然我喜欢波拉,但更珍惜这份同学情谊,知道吗?"

"康哥你别这么说,你绝对有资格,你跟我争,我会觉得公平。但现在这个人,我就觉得不公平了,各方面条件都碾压我,甚至感觉时间都已经倒向了他那一边,也可能我们分开两地久了之后,波拉内心有了动摇。"

"是吗?还有这样的人,跟我的兄弟抢女人,要不要哥帮你摆平他?"

"那使不得,其实我们也认识,他人品也不差。"

"我说你呀,怎么能谈恋爱那么久还谈出事情来。"葛静康熄灭烟头,放下大半截雪茄,"我们也出去跳舞吧!"

酒吧没有特定的舞池,其实一进到酒吧,波拉整个人就有点懵圈,毕竟是第一次进这样的酒吧,一看到他们过来,她就上前紧紧地抓着卫斯寸步不离,大家一起跳了一会儿舞,波拉就靠在卫斯肩膀上说了什么。

"康哥,波拉说自己有点累了,她今天刚到,时差还没倒过来,想回去休息了。"

"好的,稍等一下。"葛静康在莫妮卡耳边也嘀嘀咕咕说了些什么,莫妮卡点点头,然后去刚才的包厢用盘子端着四杯红酒过来。

"2007年的拉菲,可是康哥招待贵宾用的,好酒得慢慢品尝,别浪费噢!"莫妮卡将杯子派发到每个人手中,自己也拿了一杯,然后将盘子交给服务员。

"等我们喝完最后这杯,哥给你们安排住的房间!很近的,走路十分钟就到。"葛静康摇着杯子说道。

"不用了,谢谢!我已经住在酒店了。"波拉说罢,开始小口喝红酒。

"酒店明天可以退掉,康总请你们住是免单的,住个十天半月的没问题。"莫妮卡插话道。

"谢谢!她住的是川普,明天我们就要去大西洋城那里住了。"卫斯说道。

"川普啊!不错,还好,也不算远。莫妮卡,你叫司机将车开到门口等我。"

"OK,我先干为敬!千金难买是良宵,祝你们今晚快乐!"莫妮卡喝完将杯子放在旁边服务生的盘子上,跟波拉点点头,并冲着卫斯一笑,走开了。

"康哥,你自己还在工作时间,就不用送了。我知道怎么走,让司机送我们就行了。"卫斯说道。

"那不行,你来,哥才不安排呢,波拉是第一次来纽约,哥一定要看着你们安全回到酒店才放心。"

"那就谢谢老同学了,下次来纽约还会找你玩,你自己也一定要注意身体、注意安全哟!"波拉说道。

"谢谢!没事的,哥的命就像溪滩里的石头,又溅(贱)又硬。"

"呵呵!那我们一起Cheers!"波拉举起杯子与他们相碰。

司机开的是一辆旗舰版日产gtr,路上波拉说自己喝多了有点头晕,靠在卫斯身上,而葛静康则不断催促司机开快车:"听说你当年也是在温州开过菲亚特出租车的,怎么不知道抄小道啊!"

"开慢点没事,安全第一。"卫斯不停打圆场,让老司机放松。

"老板,已经到了。"其实速度是飞快的,仿佛只是几个呼吸间就到了,司机边说边将车子开到大堂门口。

"到了?好!外面好热!"波拉下了车,感觉有点醉态,不过神智还算清楚。看见卫斯也要跟着下车,就堵在门口说道:"你就跟车回去吧,我自己上去没事的。老同学,麻烦你顺便送他回学校。"

"不行的,必须看着他送你上去才放心。我还有事,得先走了。"

"那,那好吧。"波拉拿着手包,按着车背,一手将卫斯拉了出来。

"波拉,在纽约有事尽管找我;卫斯,记住哥的话。拜拜了,晚安!"

"拜拜!拜拜!"看着车子在眼前消失,波拉搂着卫斯脖子的手,被卫斯一手按着拉着,另一只手扶着她的腰,两人跌跌撞撞,到了房间门口。

"纽约的夜晚怎么会这么热!"波拉在自己的小包里胡乱翻,把夹在护照里面的房卡找了出来,同时自己的口红等其他物品也被带了出来,掉在地毯上。

"你没事吧!"卫斯还算清醒,帮助把东西拾起来放回包里。

"我很热,头很晕!"波拉一进门就踢开鞋子,连手包一起扔在椅子上,并解开腰带,正想脱衣服,看到卫斯也进来了,就说:"你回去吧,我太热了,想冲个澡。"

"我没有感觉那么热嘛!你真的没事?"卫斯将空调风速调大了几档。

"没事,我没事!冲个凉睡到自然醒就好了,你快回去啊!"波拉用力将他推到门口,自己的身子却有点站立不住,软绵绵地几乎扑在卫斯身上。

"好吧,那我就回去了。你千万别出去,马上休息,我明早九点过来!"卫斯倒退出去,并将房门带上。

"好的,路上小心!"

三、情殇大西洋

整个晚上，波拉的手机都放在包里几乎没取出过，里面有七个未接电话和数十条微信短信，大部分显示的号码是陈墨生。他在跟一班美国白领朋友一起喝咖啡，那是一个高端会所，本想让波拉也来坐坐，越是联系不到，越是胡思乱想。虽然他展现了自己的大度，让自己追求的女人和卫斯约会，但心思仍在波拉身上，千里追踪而来，他一刻也不想让她离开自己的视线。后来他发挥自己理工男的优势，搜索到波拉手机的大致位置，唯一能安慰的是此设备的位置在变化着。而当设备在唐人街附近不动的时候，他就又开始躁动不安，当此设备离开那个位置，最后落在了酒店时，他就试着拨打电话，仍然是无人接听，于是立刻告别朋友赶回。

其实他是可以通过卫斯了解波拉的情况的，但现在他们的关系微妙，就如卫斯也不会联系他一样。出租车快到酒店时，墨生透过车窗远远看到离开的卫斯，心里踏实了不少，她应该是回来了，可是再拨打她的手机仍然不接。按门铃敲门均无应答，于是回到自己的房间，试着用酒店内线座机给波拉房间打了一个电话，仍然是无人接听。想到入住时她房间的登记收据等资料都在他这里，于是到前台换出另一张房卡，进去看个究竟。

"波拉，你在吗？我进来了。"墨生开门后，再次敲打房门，轻轻问道。当看到门边地上波拉的鞋子和衣裙，又听到洗手间有动静，就关上了房门。洗手间门虽没关，但长时间开着龙头，水雾较大，看不清楚里面的东西，反而床铺很整齐没有动过。

"波拉，你怎么了，说话呀！"墨生大力地敲打开着的洗手间门，波拉没有应声，墨生发现浴缸里的水不断向外溢出，就上前关了龙头。

"回来啦——"波拉正处在酒醉的半梦半醒之中，此刻思维已经接近模糊，应了一声不再说话，滚烫的身体靠着喷淋得到暂时的缓和，当喷淋的流水一下停了，一只手探着自己的额头，就双手抓了上来，墨生顺势将她拎了起来，并将一条大毛巾包在她的身上，双手将她抱出卫生间。

"波拉，是我，我是墨生，告诉我你怎么啦？"把她抱在怀里，入手处滚烫无比，让墨生有些心猿意马。

"你别走了！我有点头疼。"波拉依稀能认出抱她的男人，虽然感觉不对劲，但仍觉得很亲切，很放心，以为是卫斯又回来了。她望着墨生，浑身颤抖着，喃喃自语，美眸定格似的紧紧盯着他,泪水滚滚而下。看到波拉春水汪汪,娇躯似火地躺在自己的怀里,墨生禁不住有些意动,"她要是清醒的时候这样该多好。"

他有些无耻地想着,心里却也是埋怨卫斯,怎么就这样扔下她自己离开了,如果自己晚来一步,那么她的处境就危险了。

"波拉,你看清楚。"陈墨生小声说,拿湿毛巾给她擦着脸。

波拉好像有点清醒过来,迷迷糊糊地盯着眼前的人。

陈墨生虽然喜欢波拉,但一直都把这份喜爱存在心里,从来没有表白过。此刻的气氛让他再也忍不住了,拉着波拉的手道:"波拉,一直以来,我都很想告诉你我的心意,但是之前被卫斯抢了先,我也不好再说什么,但今天我决定,正式向你告白,卫斯很好,但他年轻,不太懂得照顾你,思维跟你也不同步,对你的关心更是不够。我发誓,我一定会对你好,请你好好考虑一下。"

墨生的话让波拉醒了过来。她很吃惊墨生会对她和卫斯的关系有这么深刻的认识。虽然卫斯对她很好,但卫斯的一些人生规划和理想,确实和她有一些距离,她向往着安逸的未来,而卫斯则天生就是冒险者,这段时间以来,两个人一谈到以后的生活,就常常会发生争执,这一次她来美国,其实也有和卫斯再努力谈一次的意思。而墨生的话,让她对自己的感情又有了一些怀疑。

墨生也没有再说什么,只是仔细地照顾着她,直到波拉睡着了,他才默默地回了房间。

第二天早晨,波拉是被敲门声吵醒的。

"谁?"波拉一下子站了起来。

"我,墨生。我的戴大小姐,给你送早餐来了。"

"你先吃吧,我马上好!"

"我可是饿了,吃过了。这里有三明治、煎蛋、牛奶和水果沙拉,放这里了,我回去再补个回笼觉!"墨生进门将托盘放在床上,转身就走。

波拉出声叫住他。

"你回来!"

"怎么啦?"

波拉其实一晚上都没睡好,卫斯和墨生两个人的身影在她脑海里转来转去,一日内见到理念不相同的男朋友和一个不知何时已经暗生情愫的追求者,让她想要做抉择,却又十分痛苦。

直到清晨时分,她站在床边看着楼下渐渐繁华起来的街道,一道道车流经过分岔路口,继而通向了不同方向,而每个方向都通往曙光。

波拉忽然明白过来,其实放手对她和卫斯两个人都好,既然已经无法走向一个目标一致的未来,那为什么不早点放彼此自由呢?

"对不起,卫斯。"她望着初升的太阳,喃喃地说着。

"你不觉得还要做点什么吗?"既然做了决定,波拉就不扭捏了,直直地盯着墨生。墨生犹豫了一会儿,终于明白。

"宝贝,我终于等到这一天!"墨生上前从背后搂起波拉,波拉顺势而立,一转身他的吻就到了。

"好了,好了!"波拉理智地将他分开,"你不能再睡了,回去再洗洗,整理一下,将行李拿过来,我们马上离开。"

"为什么这么急?"

"因为他就要过来了,我不能再让他碰见了。"

"你是说卫斯?昨晚你们到底是怎么过的?"

"路上再慢慢跟你说吧。快!快!快!"

"好的,我马上过来。"

李卫斯昨晚回校的路上就眼皮跳得厉害,在寝室辗转反侧,卧而不寐。

陈墨生的出现让他非常不安,现在他俩住在同一个酒店,会不会出事?胡思乱想中,迷迷糊糊睡得很浅,天一亮就起来了。根据波拉的日程安排,今天是去大西洋城游玩一天,那里的酒店很多,他计划今天就和她同住。

卫斯整理好行李,由于时间还早,背着背包,吃着汉堡,一路步行至川普酒店,路上给她试打了一个电话,没人接。当时墨生已经将行李放到波拉的房间,并要求总台清理退房。波拉也准备完毕,正在吃着他端来的早餐,看到还在快充状态的手机上卫斯的来电,就加快了节奏,囫囵地再吃一点就放下了。

川普酒店门口,一对华裔青年男女匆忙将行李放在一辆出租车的后备箱,快速钻入车子呼啸而去。没多久,李卫斯就到了,看看时间只有八点多,离自己跟波拉约定的九点还早,就到大堂沙发上坐下,之前没接电话他认为是波拉还在睡觉,可坐了不到五分钟,忍不住又给她打电话,这一次却是关机。

"请问,这间房客去哪了?是不是吃早餐去了?"卫斯来到波拉住的房间,房门开着,里面服务员已经换下了旧的床单,正在清理房间垃圾。

"先生,这间已经退房了,对不起,我们不知道客人去哪。"

"啊,退房了!"服务员的回答让卫斯一下子懵了,反应不过来。

"先生您请让开,我们还在打扫卫生。"

"好,好的。"脚步却迈不开,目光仍停留在这间房间,仿佛在追溯这里发生了什么,直到吸尘器打开,卫斯才有点不舍地离开。

下楼后卫斯看了一遍早餐厅的每一个位置,之后又去总台询问,确定波拉是在他来之前和陈墨生一起离开的酒店。

出了酒店,卫斯漫无目的地走着,自己又不是傻子,虽然明显已经是分手的节奏,但必须得到一个正面的理由。他不停给波拉打电话,一直关机,试着给陈墨生也拨了一个,也一样,关机。这就有点悬疑和无厘头了,难道大老远从中国飞到这里,就是为了要跟他分手的吗?昨晚还与他亲密无间,表示要与他结婚的女友,难道一早就变脸了?有这么快的吗?他不相信,到底是为什么?

在出租车上,波拉把昨晚的酒吧经历细节都告诉了墨生,说这是天意。而墨生拉着波拉的手,说自己绝不会辜负她,也感谢她,是她让自己成为了真正的男人。墨生的话让波拉很受安慰,两人相拥而眠。从曼哈顿到大西洋城有两个半小时的车程,路途过半时,波拉醒来打开了手机,有未接电话,陈墨生看到也跟着打开手机,发现也有卫斯的电话,于是陈墨生又展开定位搜索。

"不好!他也向这边方向跟来了。"

"是吗?对了,昨天我们不是都约好,到大西洋城玩的吗?"

"是的,我觉得不能这样不声不响,不理不睬地就走了。"

"反正我不能跟他再见面了,通话都不行。这是为他好!"

"那怎么办?要不我给他回个电话?"墨生说道。

"算了,还是我给他发个微信吧。"

"好吧!"墨生说罢,头侧一边继续睡。

"卫斯,对不起!我走了,记住你昨天说过的话,你要好好活着,活得比我长。"

"你在说什么呀?出什么事了?"

"放心,我没事,只是我们之间完了!"波拉发完这条,就立刻接到卫斯的电话,她将手机调至振动。

"为什么不接电话?"

"反正是我对不起你,你恨我吧!"

"我怎么会恨你呢?你现在在哪里?"

"我们打算提前回国了,不是今天就明天。"

"你们?你决定跟他在一起了?"

"是的!"

"反正我要当面见到你,告诉我你现在在哪?"

"你别再问了,不想让我关机就别问了。我说的还不够明白吗?你可以恨我,但希望你不要恨他,如果你不恨我们,我们依然会是好同学、好同事、好老乡!"

"好吧！我知道了，我答应不恨你们！但是我真的想弄明白，到底是为什么？为什么这样突然？"

"别问为什么了！再见了，我的初恋，我的好同学!"波拉热泪盈眶。

"波拉，我会一直爱你!"卫斯何尝不是泪流满面，那是无声的泪。

波拉终于哭出声来，把墨生惊醒，赶紧给她递纸巾。卫斯的这句话勾起了她所有的回忆。三年的同学，毕业时给她传纸条，新加坡回来后他给自己复习功课，一起去北京参加艺术校考，一起参加高考，同住预科班的宿舍楼……

"宝贝，你有我呢!"墨生安慰道。

"不知道他会怎样？这打击应该很大。"波拉靠在墨生肩上。

"希望大西洋城能使他有所解脱。"

大西洋城位于毗邻纽约的新泽西州，几十年前还是一个不出名的海滨小镇。20世纪70年代后期，赌博业的蓬勃发展带动了小镇的繁荣，不到十年时间这里就成为美国东部最大的赌城，是拉斯维加斯强有力的竞争对手，加上澳门、摩纳哥城，并称为世界四大赌城，如今的大西洋城已是东海岸的旅游胜地。

今天是周末，又恰逢一年一度正在进行的"美国小姐"选拔，各地客商陆续赶来，整个大西洋城都沸腾了，使得原本正持续萎缩的大西洋城赌业也跟着达到旺季。他俩想选择相对安静的海景房入住，于是就找到滨海木道尽头的希尔顿赌场的豪华客房，一方面这里可以俯瞰大西洋的美景；另一方面，他们也赌李卫斯不会找到这里来。

放下行李后，他们去酒店的游戏区玩了一会儿，感觉没什么意思，想去吃自助餐。

卫斯去年来过这里，对滨海大道以及傍海而建的号称"世界上最长的木板道"都比较熟悉，可今天他的脚步和心情一样沉重，手拎一打啤酒，走在一面是海岸，一面密布着饭店和纪念品商店的木板道上，却是感到一种生命飘忽的绝望和无情。

面对热闹的街景，还有成群结对从身边走过的美国小姐候选人，李卫斯熟视无睹，自言自语道："去年今日此门中，人面桃花相映红。人面不知何处去，桃花依旧笑春风。"

他无处宣泄，将一啤酒罐用力掷向大海，走着走着很不耐烦，就跑了起来，从慢速到快速，然后从快速到急速，又从急速到骤停，大口喘气的同时，咕噜噜又一瓶酒下肚，将酒瓶对着大海掷了过去，叫着："真正的欢乐已不属于我，孤独才是我的归宿。"接着，他又开始慢跑、快跑，重复同样的动作，对着大海大叫："波拉……你在哪里？"

波拉和墨生度过了一段特别美好的午餐时间，餐厅风格地中海和超现代混搭，氛围高雅浪漫，坐在座位上可以看到大海，他们点的菜中海鲜类比较多，如一美元一只的生蚝、烤鱿鱼、缅因州杂烩汤、干贝、土豆炖比目鱼，还有焗起司茄子沙拉、羊羔肉酱意大利面，水果、甜品和红酒一样不缺，享受了一顿丰盛的大餐。

"这里吹海风,真舒服。对了! 刚在外面赌轮盘,你是怎么知道自己会赢的?"餐后肚子大饱,他们就在酒店到处走走,这时他俩已到了屋顶。

"因为我们是墨家弟子,装备精良。"墨生从游侠包里拿出一个小型望远镜给波拉看海。

"装备精良? 靠这个? 包都寄存了呀!"波拉拿着开始看远景。

"你没发现我拿着那个打火机吗? 关键就在这里。"墨生又掏出那个感应打火机。

"是吗? 这里有什么玄机?"波拉接过来,"啪"点了一下,没有点起火,"怎么打不起来呢?"

"打不起来是因为把气关了。"

"是吗? 看不出什么名堂嘛!"又试了几下,还给了他。

"关键时候出手,可起到定海神针的作用。"墨生把它放了回去,笑着说道。

"你是说,它可以左右轮盘的指针?"波拉眼睛都亮了。

"要等到电机的转速慢到一定的程度,才能起到干扰的效果,每台机器的偏离角度,还有桌面的平衡度都不一样,所以还要加上它的偏离角。刚才前面两盘就是测试用的。"

"哇塞! 原来你是个罪犯!"波拉叫了一声。

"大小姐,我是个理工男好吧! 我是个罪犯,那你就是个共犯。哈哈哈!"墨生打了一下波拉的屁股。

"啊! 这个坏蛋,你也欺负我。"波拉叫了一声,开始追着墨生打。

"波拉——"波拉忽然感觉有人在远处叫她,仿佛是幻觉,停了下来。

"不知道他现在到了哪里?"波拉拿着望远镜到处看。

"我查查看。"墨生打开手机,开始查卫斯的位置。

"那个人,不就是他么? 你看,跟你的背包是一样的。难道他也知道我们的位置。"波拉终于发现了木板道上的卫斯。

"那就是他了,跟查到的位置差不多。但他看起来不像是知道我们位置。"墨生接过望远镜也看了看。

"不许笑他,你说他有没有事?"这时候,波拉的手机又响了,她不接。

"你接一个也没事!"

"就不接!"波拉正说着,墨生的电话响了,他示意还是卫斯的电话。

"那你接呗!"

"好吧! 我接了。"墨生正了正声音,"卫斯,你还好吗?"

"波拉在你身边吗?"

"是的。"

"你让她接个电话。"

"好吧!"墨生把电话给了她,被波拉推了回去,"可是她不想接你电话。"

"我只想知道,她怎么了? 是不是安全?"

"放心,我陈墨生以人格担保,她很安全,而且直到我们明天离开美国,我一步也不会离开她。"

"陈墨生! 你算个什么东西,要不是答应了波拉,我揍死你!"

"冷静! 冷静! 我理解你现在的心情,而且酒后的话,算不了数,我当你没有说过。"

"你怎么知道我喝酒了。"卫斯一下子变得警觉起来,到处看看,也一只手掏出自己包里的望远镜来看。

"听你的语气也能猜出来。"墨生遥遥见状,一把把也拿着望远镜看的波拉拉了进怀,波拉躲了一下,又不甘心,再次钻了出来看。

"你要是个男人,就告诉我,现在在哪里?"

"我们在大西洋城,这是早就安排的日程,你应该知道的。"

"好! 很好,在大西洋城哪个位置,我们见面谈。"

"我们见面没有问题,现在主要是她不想见你。我说过,这两天我一刻也不会离开她。"

"她为什么不想见我? 你又为什么不给我们机会? 不会是怕她还爱着我吧!"

"这个——你说的不是没有道理。这样吧,两个月,给你,也给波拉两个月冷静的时间。到时候集团会邀请你参加一个游学基地的开馆庆典,你有什么好的项目也可以带来路演。你来了,我们自然会见面,但不管你来与不来,两个月后我都会向她求婚。"墨生说这段话时,故意走开一些,压低声音不让波拉听见。

"好吧! 那就这样吧,再见!"

"他向酒店方向来了,他要进来了。"波拉叫道。

"别怕,他玩他的,我保证他会没事。我们先去房间休息一会儿吧。"

四、煮酒论英雄

偌大的套房仍不能使波拉安心午休，没多久，她又让墨生查卫斯的位置。墨生说他没离开酒店，应该还在赌场玩。波拉听了更加不安，她知道他从来不赌的，怕他顷刻之间成为身无分文的穷光蛋，怕到时候又想不开。

"别想那么多了，他不走那我们走。大西洋城好玩的地方还多着呢！不想睡就出去逛逛吧！"墨生说罢，就带上波拉出去了。

卫斯步入眼花缭乱的赌场，成百上千台"吃角子老虎机"前座无虚席，人们将美元兑换成金属筹码塞进"老虎机"的进币口，然后按下按钮静候。周围不时传来"老虎机"吐出大把大把硬币跌落金属托盘的"叮叮咚咚"声，但卫斯跟大多数人一样，口袋里的美元被"老虎机"悄无声息地吞没。除"老虎机"外，卫斯对飞转的轮盘赌，以及百家乐、掷骰子等赌法，都有所尝试，后来坐在扑克牌的"21点"赌桌前，不断加注，输红眼了就想一盘翻本，但最终还是输光了。

这是李卫斯第一次尝到了赌钱的滋味，暂时忘却了时间，也忘却了痛苦，在输得一筹莫展时，想到了葛静康，打电话要向他借钱，葛静康警觉起来，连忙让人一边稳住李卫斯，一边喊人开车去把人带回来。

"哥，我回来了。"卫斯被人带进葛静康的办公室。

"正等你呢，来，我这里已经煮好了我们的绍兴女儿红加蛋，咱哥俩好好地喝上一壶。"葛静康说道，身边的服务员赶紧清出桌子，摆上用保鲜膜包裹的夜场小碟，有花生米、腰果、茴香豆、牛肉片、鱿鱼丝，还有水果和奶酪等。

"你跟波拉联系了吗？她怎么说？"卫斯问道。

"反正经过这一天，波拉已经不是以前的波拉了，你也确实要考虑新的开始了。"葛静康抽着他的雪茄，一边给卫斯斟酒。

"到底是怎么回事？"

"哥讲不清楚，我们趁热喝一个。"

"干！"

"你跟哥讲讲，那个富二代，你所谓的竞争对手，是怎么样的人呢？"

"陈墨生是个很优秀的人，麻省理工毕业，师傅杨家鸿是他父亲陈志诚的徒弟，而他是我预科班的班主任,所以我和他算是同门师生,都是墨家弟子。家鸿老师和温州媳妇迷丽结婚后成为我们新温州人,陈志诚董事长收购了迷丽的家族产业成立元维集团,所以家鸿老师现在是集团执行董事,而陈墨生虽然目前是高层管理人员,未来可是总裁接班人。"

"来头不小,大家又这么熟!我看就算了吧,波拉跟他也不会亏啊。"

"今天我们还通过电话,他说给我和波拉两个月冷静的时间,到时候集团有活动,会邀请我过去,不管我去还是不去,两个月后他都会向波拉求婚。"

"那你觉得自己还有机会吗?"

"我不会放弃的!"

"好!说得好!为你的不会放弃,哥敬你一杯!"

"我们干一杯!"

"两个月后,正好有一年一度的世界温州人大会,我舅舅会去的,到时候哥也争取和你一起走一趟看看,也好久没回去了。"

"那就太好了!"

"兄弟,你让哥想到了煮酒论英雄。哥想跟你说两个人,一个是曹操,另一个是希特勒。曹操是枭雄,希特勒更厉害,他十二岁的时候,已经搬了七个地方,换了五所学校,然后在修道院学习了两年,进过教会唱诗班,也卖过自己的画,后来当过兵、当过乞丐,辍学的年龄跟哥差不多。"

"好教育不走形式。哥,每一次跟你聊天,都能感觉到你的雄心壮志。"卫斯端酒敬他。

"兄弟啊!毕业时,是你主动找我去波拉的谢师宴,当时就感觉你不一样,脸皮比哥厚。而且你还能跟波拉拍拖,这一点就比哥强。难道你就没有野心吗?你也说说自己心目中的英雄。"

"历史人物嘛,中国当然是墨子,西方我认为是耶稣,我了解耶稣,其实还是受波拉的影响。墨子和耶稣有共通之处,就是敬天爱人,降卑悯人!而且培养出来的人厉害。不要说我们墨家弟子,国内所有的实业家、发明创造者、创业者都应该算是墨子的学生。墨子还是侠士的鼻祖,你们如果做的都是行侠仗义的事,那也算他的徒弟。至于受基督教教义影响的大家,那也有很多:爱因斯坦、弗洛伊德、毕加索、格林斯潘、基辛格、奥尔布赖特、伊曼尼尔、斯皮尔伯格、芭芭拉·史翠珊、华纳兄弟、莱曼兄弟、默多克、高盛、巴菲特、索罗斯、黑格尔、扎克伯格……"

"哥虽学历没你高,但也在看很多书。咱们兄弟联手一起打天下如何?"

"哥,天下不能全靠打呀,收服比较好,把这家收服,让那家也接受你,才算完美。温州一家人,温州两家人,温州三家人,我们都是一家人!"

"说得好!要想在有生之年,弯道超车,超越陈墨生,我们得走指数型人生。'1的365次方仍等于1',这公式对哥的影响很大,哥就是这么走过来的。意思是365天不温不火,结果每年都不会变;稍加努力,1.01的365次方约等于37.8;1.02的365次方就约等于1377.4;而稍微懈怠,0.99的365次方约等于0.03,而0.98的365次方却约等于0.0006。只要每天比人家努力一点,可以甩人家很远。"葛静康说。

"积跬步以致千里,积怠惰以致深渊。"

"对!我们做生意,不像你们读书人那样只用功就行了,要眼光准。目前我还找不出比做国际雇佣中介、娱乐等产业更好的杠杆,更有效的指数型人生。"

"那首先得命大,要像猫一样有九条命。巧了,我最近都有在研究猫。"

"做投资搞创业也得有命撑着,也有风险。你研究猫做什么?"

"听我说完。我一直在地铁沿线跑步,对纽约地下线路比较熟。我现在已经用电影道具手段做出外表非常仿真的机器猫,正打算与波士顿动力合作,定制一套能够快速抓鼠的机身,当有一天带着它一起跑,并能够统治纽约地下的老鼠时,那时候应该也能够帮到哥啦!"

"我就说嘛!哥不会看错人的。要是做成了,不就成了现实版的《妖猫传》了?"

"怎么样?你的公司要不要预先下订单,做几只?"

"大概要多少钱一只?"

"应该不少于十万美金吧。"

"十万美金还不算贵,这应该是能抓老鼠的价钱,如果真能打得过人,价钱可以翻十倍以上。"

"哥,你还是低估了它的价值,十个十倍也指日可待!这不就是指数型人生吗?"

"你说真能做得成吗?"

"波士顿动力的空翻机器人技术很成熟了,还有四脚运输机器马,怎么踢都不倒、跑得飞快的机器狗,都已经量产了。它们只是还不仿真,如果加上足以乱真的外形,超能机器猫还会远吗?"

"哈!哈!哈!被你说得热血沸腾!来来来,哥敬你一杯。"

"谢谢!"卫斯也跟着一干而尽。

"兄弟,你需要钱可以随时向哥要,百来万的,哥自己私人就可以给你。你来统治纽约的老鼠,哥帮你统治纽约的猫。"

"哥,谢谢你的仗义和远见!我们正站在历史的风口,科学技术对未来世界的影响也是指数型的,这些科学技术也并不一定是人类的伙伴,所带来的社会问题将是前所未有的。钱不再是最重要的资源,希望哥能利用你的经验和社会资源,将来能发挥正义的力量。"

"兄弟,谢谢你给哥上了这一课。从今天开始,哥会派人保护你,希望你能够早点做出成果。"

"不会吧,哥,我在学校需要什么保护?怎么像是软禁啊!"

"哪里?你想多了。哥可以安排住的地方给你呀,住在校外总比校内方便。看来你今天有点累了,我叫人送你回房间休息吧。"

五、游学基地

要执行"在家教育"，除了有强人般父母的存在，还需要有适合的孩子。"在家教育"一般适合两种学生：一种是个性鲜明，比较偏科，或者存在身体、性格、心理上的问题；另一种虽有学霸特质，能学会一切，而且学什么像什么，但学习过度了反而影响兴趣和成绩，比如一堂课四十分钟，他五到十分钟就学会了上课的内容，那剩下的时间就可能用来影响别人了，成为捣蛋鬼。杨嘉乐就是第二种情况。

虽然家鸿主导在家教育，但嘉乐并没有脱离学校。十岁时他读小学四年级，除了考试，每个月只上一两天的课，上课虽少却涉猎很广泛，正好从小培养横向管理水平。

何为横向管理水平？比如，有的学生学习成绩好，却早早把自己弄近视了；又比如，孩子成绩很好，却内裤袜子换下来几天仍旧堆在那里，都是横向管理水平出了问题。纵向是深度，专家、教授一般纵向管理水平都很高。而横向管理能力比较能体现思维的周到性，千里之堤、毁于蚁穴，创业者、企业家横向管理水平高也是必须的。都说一心不能二用，嘉乐却是故意被培养成一心多用的。比如他可以时而站着，时而坐在椅上360度旋转；玩乐队，两台电子琴他可以一手单排键、一手双排键，奏出几十种乐器效果，同时自弹自唱，还能加入架子鼓独奏桥段，有模有样，无缝连接；又比如用毛笔写空心字不是很容易的事，嘉乐却可以双手同时写，左手顺着写、右手逆着写不同的词组。横向管理水平高了，成绩肯定也差不到哪里去，平均每门九十五分以上还是很轻松的。

家鸿作为家长会组织者之一，积极向学校和班委会捐赠，还专门建立班级生日基金会，每月集中办两次集体生日派对。在杨家鸿眼里，小学阶段的学校教育，知识并不是最重要的，情商与社交才最重要。

而有关在家教育的书本课程，由迷丽主导，通过在线智能代劳，家鸿没有多参与，花时间发现和陪伴、手把手一起玩创客、联手参加各种机器人大战，尤其在身体素质和意志品质的锻炼才是家鸿的重点。另外，他也常带着嘉乐一起做公益服务，当路边一发现犯罪分子，家鸿必然出手，也因此负过伤。在孩子面前扮演一个有责任感、正直、忠诚的人，也是他的计划，身教永远重于言传。

小学有效学习时间为五年，最后一年全部用于复习。初中有效学习时间为两年，最后一年全部用于复习，杨家鸿只想亲手将自己的孩子从时间战场上挽救出来。压缩学校课程,主要是为了让孩子多增长见识,比如多看电影。在家鸿眼里,好电影本身就是经典,一维的书本,怎么能够和有故事情节、动感画面、音乐以及表演艺术等的电影相比?而且,看电影还能从技术和艺术层面剖析制作过程。

温州有一个风俗叫"狗旺阵",比如海外旅游不顾形象,挤压抢购;比如炒房、炒股、炒汇;送人情红包,一问谁送的多就成了新的标准;等等。它有点像跟风,也有点像"剧场效应",只不过跟风只是一阵子,剧场效应却是一种连锁症状。教育的"剧场效应"带旺了培训市场,使"一对一"提分等课外辅导大行其道,家长大多无能为力,没办法不跟,不进则退。这在杨家鸿看来并没什么,各行各业都有这种现象的存在,只是不懂设计思维而已,但盲目跟风就不太好了。人生都是游戏,你看你的剧,我看我的片,他绝不会把自己跟孩子弄得颈僵腿硬。

今天也一样,在视听室刚看完一部电影,家鸿又开始搜新片,这时候茶几上的手机震动了一下。

"爸爸,电话。"嘉乐拿了手机递给家鸿。

"李卫斯。"家鸿瞄了一眼屏幕,"你先接吧,是卫斯叔叔打来的。"

"喂!你好,卫斯叔叔。"

"你好呀!是乐乐吧,在哪里呀?在干吗呢?"

"跟爸爸在家里看电影。"

"是吗?看的是什么电影呀?"

"《帕丁顿熊Ⅱ》,您看过吗?"

"看过,《帕丁顿熊Ⅱ》里Buchanan的化妆术很高明吧,警察怎么也抓不住他。卫斯叔叔现在也会了。"

"是吗?那真是太厉害了!可是卫斯叔叔,为什么Buchanan和《寻梦环游记》里的歌神德拉库斯这些大明星都不是好人呢?"

"哦,这可能是演艺圈竞争比较激烈,为了出名不择手段吧。"

"原来是这样!卫斯叔叔,我还看了好多电影,都不是真人演员扮演的。"

"是吗?那还有些什么电影啊?"

"爸爸跟我看了《至爱梵高》《十万个冷笑话》,还有……"

"这么多!有的卫斯叔叔都还没看呢。那你最喜欢看什么电影呢?"

"我还是喜欢看真人演的,比如《复仇者联盟》,还有,我要当冷锋,保卫国家!"嘉乐做了个举枪动作。

"《战狼》很多人看啊!乐乐也喜欢看动作片呀!"

"是的。卫斯叔叔,现在电影院里大人看动画片比我们小孩的还多,是不是以后都不用真人演员啦？"

"可能吧,小家伙,你的问题有点多,下次叫爸爸妈妈带你来美国玩,叔叔请你看拍电影的过程,再慢慢聊怎么样?"

"那好吧,你跟爸爸说话吧。"

"卫斯,今天怎么想起给老师打电话了。"家鸿接过电话。

"杨老师,时间过得真快,当初读了集团一年多的预科班后,我2016年考入哥伦比亚大学,转眼好几年过去了。"

"是啊,美国的电影学怎么样,有收获吗?"

"还行吧,学校鼓励化妆、道具方面的研究成果,给了我特等科研奖学金。"

"真不错,具体是怎么样的成果?"

"是在3D打印耗材上下了功夫,按号码排序,有骨质材料,有接近皮肤弹性和质感的,还有指甲片和皮下组织的专用材料。"

"能分出那么细就非常了不起。我猜是将碳纤维、硅胶、乳胶、透明颜料等材料进行配比填充实验,复合成珠或成带,再破壁融化成型吧。"

"差不多是这么回事,老师不愧是'技术控'。"

"专业方面老师还得向你学。有成果就好,你也不愧是墨家弟子嘛!"

"老师,今天找您是想问问,波拉还好吗? 我好久没她的消息了。"

"哦,是吗? 你们有多久没联系了?"

"快两个月了吧,电话不接,微信和QQ也不回我。"

"别紧张,应该没出什么事,你师母是她姨,有事我肯定会马上知道的,回头让迷丽问问她。"

"好的。"

"不过之前听迷丽说过,墨生喜欢戴波拉。"

"是啊! 集团老总的儿子陈墨生,挖了学生的墙脚!"

"你现在的状况让我想到当年的自己。其实你这几年跟波拉真正有交集的时间并不多,这期间可能发生些什么事我还不知道。"

"我准备回来一趟。"

"好啊! 那咱们就在游学基地揭幕典礼上见,费用报销,邀请函今天就会发到你的邮箱。也期待能看到你的这个研究成果。"

元维集团的游学基地揭幕典礼还算比较低调,除了服务人员、集团高层干部以及客户和朋友们以外,只邀请了地方的部分主管部门以及个别教育局领导,首批进入集团观光的中小学生也有上千人。

基地建在郊区的一个山坳里，占地面积并不算大，只有二十几亩，由杨家鸿主持的整体设计，非凡脱俗，超前规划，气势磅礴，精耕细作。设计主要着眼于未来的多种可能性，不仅在自动化、物联网、智能化、新材料、新能源等应用领域技术领先，还在康养、防爆、安保、办公和生活配套等管理方面超前。而且每个区域和功能都有留白空间，以便做到一次投资，未来能够年年优化。环境设计充分利用了山坳的下沉空间，从空中俯视就是一个形如球型钻石的小城堡。近看造型匠心独具，造物与自然和谐，处处有风景。远视宛如一架外星飞碟坠落，卡在山坳里。

城堡球型立面镶嵌光伏夹层发电玻璃，倘若不依靠外部供电系统，钻至地下百米的地源热泵和屋面的太阳能发电系统也完全能够自给自足，顶部是一个半封闭式的灰空间，光线透过玻璃以及侧面的敞开空间洒落在一个绿茵运动场上。运动场中央是绿茵球场，周边是田径跑道，环绕四周的是固定的看台及台阶座位，所有座位侧面是太阳能夹层发电玻璃和氧吧风口组合，地下是一套高效过滤PM2.5新风系统，以保证四季恒温、恒氧和恒湿的森林级新鲜空气供给。

主体建筑在地下，一层活动及功能区采用升降式钢架结构，未升降之前，第一排看台座位高出球场5米距离，也有点像古罗马的角斗场，看台座位就是建筑升降的边界，座位底下除了油压柱子就是4.5米高的大型壁柜墙，看台及座位的外沿是多层车库，整个绿茵运动场及一层活动功能区上升后，建筑地基和地下的图书馆、会议中心、办公区、生活区的屋面之间形成一个4.5米高大型的共享展览空间。

一层活动功能区有国学馆、排练厅、绘本馆、琴房区等常规性场馆，比较有特色而且人流比较多的场馆有真人cs俱乐部、封闭式机器人角斗室。将开放式办公有效融入的场馆有4D虚拟馆、动漫制作流程馆、名师名家手工坊。出于对展品的安保及保密安防等需要，非参观时间一层不上升，自然形成一圈钢筋混凝土的防护栏。上升后共享展厅分几块区域，分别有侠客馆、希伯来与黄庄馆、书画与陈设艺术馆、婚俗与高端定制馆、康养体验馆等。

由于学生多，为了多留时间给大家参与，揭幕典礼安排得既紧凑又简单。李卫斯与葛静康来的时候已接近尾声，于是就远远等候在人流外围，看到上面人流开始进馆，他们就选择从生活区入口进来。不过，还是有招待人员认出了卫斯，热情地领他们到房间体验并办理入住手续。

"读万卷书不如行万里路，行万里路不如到此一住。欢迎来到生活区！"由于进来时扫了基地App，每人身上的智能设备通过预埋在各处的聪明豆采集信息，即时上报数据到云平台，系统自动识别出卫斯身份，不管他走到哪个馆，手机均会自动介绍。

生活区由于地面隐装石墨烯地暖薄片，暖气自然散向上层，使人感受到家的温馨。这里主要由餐厅、客房部和护理区组成。他们跟随指引来到一间预留的客房,分别摸了摸自助厨房丰富的餐具,坐了坐集团自产的家具和按摩椅。

"不错,以后回家乡我们还住这里。"葛静康躺到一米八宽的按摩床上,开机体验,对着卫斯说道。

"是的,这个床我试过,乳胶、记忆棉多层生态加气垫按摩,一个疗程二十来分钟。我过一会儿再来叫你,别睡着了。"

"OK!"

卫斯则被护理区的基因检测项目介绍所吸引,尤其是儿童基因部分,具体分别有天赋和能力类的,如音乐、数学、阅读、长跑、语言、短跑,解酒力、专注力、纠错力、短期记忆力、运动恢复力、抗空气污染能力、学习能力、交往能力、抗压能力等;有个性特征的,如进取心、敏感心、同理心、依赖心、随和心、猎奇心、交际心、责任心、创新性、内外向性格等;还有健康与成长发育项目就更多了,如哮喘、红斑狼疮、过敏性鼻炎、药物性耳聋、急性淋巴细胞白血病、高血压、抽动症、嗜睡症、自闭症,乳糖耐受、甜食偏好、各种营养吸收、近视眼与散光风险、体重指数风险、女童早熟年龄、牙齿发育早晚、身高骨龄等。他心想,这些或许就是不同家庭教育投入拉开距离的地方,大部分学生自己现在能自我总结,但要是从小就检测,再开始重点培养,不知道能节省多少时间。

"兼爱非攻,崇尚防守行天下;践行教育,不能相忘走江湖!欢迎来到侠客馆。"根据指示他们上楼,来到侠客馆。

"真得好好学一学,咱们不就是走江湖的人嘛!"葛静康说道。

"是啊!侠客馆以墨子开篇,他就是游侠的鼻祖。你看这里提到我们温州人走遍天下和永嘉学派的事功文化,都是对墨子务实精神的传承。"

墨子其人,非常像从现代穿越过去的人,在少年时代做过牧童,学过木工,自称"鄙人",被人称为"布衣之士"。他带领着他所建立起的墨家学派奔走于各国之中,帮助弱国抵御强国,消弭兵祸,求取和平。他曾和木工的祖师爷公输班论战,用技术战胜鲁班,成功地制止了楚国对宋国的侵略战争。

墨子的政治主张叫作"兼爱非攻","兼爱"即兼相爱,意即无差别的爱,相当于现代意义的博爱,非攻就是不要主动侵略、发起战争,相当于现代意义的和平理念,所以两个主张可以概括为博爱、和平,非常符合当代的主流价值观,在两千多年前那个时代非常超前。他的治学内容往往强调实用技术即科技知识,《墨经》里面收录了当时最高精尖的科技成果,其中有些内容现在看来仍是新奇和有创见的,比如杠杆原理、小孔成像、光的衍射等。墨家专攻科技方向,与其他诸子百家主攻人文方向形成鲜明对比。还有就是特别重视逻辑思维,墨子所推崇的三种学习途径:亲知、闻知、说知,其中尤其以说知为其特色,也就是通过推理获取知识,可以说是非常符合当代治学方法的部分,就是现代设计思维的内容之一。

另外侠客馆还介绍了专诸、豫让、聂政、鲁仲连、侯嬴、荆轲、朱家、郭解等人,而现代西方游侠介绍了《失控》和《必然》的作者kk,东方则重点介绍了查良镛先生。

"你看,金庸,这里还介绍了金庸,他的书我可是看了不少。"葛静康说道。

"是啊,凡是有华人的地方,都有我们温州人;凡是有华人的地方,就有金庸的读者。"卫斯应道。

"邓小平第一个接见的香港同胞是查先生,马云说没有金庸就没有阿里巴巴。政商都这么认可,我们就更要学习了。"葛静康说道。

"可是你知道金庸曾两次被学校开除吗?"卫斯问道。

"是吗? 还有这回事?"

"还有,他有过三次婚姻。早年苦恋夏梦,第一任妻子就长得极像夏梦,第二任妻子是他心中永远的痛,儿子也因为他们离婚而自杀,第三任妻子认识金庸时才十六岁,比金庸小二十多岁。"

"英雄气短,儿女情长,江湖人就是这样的。"

"呵呵,看来康哥有同感了。"

"我没文采,跟金大侠比差远了。他不仅能写,还懂得搞市场,弄得了流量。"

"可你'武功'比他高。"

"你是郭靖,我只是韦小宝。"葛静康笑着直摇头。

"可我的黄蓉妹妹去哪儿了呢?"卫斯也跟着摇头。

"哈哈!沧海一声笑,滔滔两岸潮,浮沉随浪,只记今朝;苍天笑,纷纷世上潮,谁负谁胜出,天知晓;江山笑,烟雨遥,涛浪淘尽红尘世俗几多娇……"葛静康起头,卫斯跟上,穿风衣的他们,肩搭肩唱着歌走出侠客馆,颇有《英雄本色》的范儿,一时引来周边人驻足观望,有人连同侠客馆招牌一起拍"抖音"发朋友圈,也算是为游学基地宣传了一把。

婚俗与高端定制馆分为婚俗流程、器物、婚礼、洞房与契约篇,一路走来,到了后面的洞房与契约篇,葛静康在契约篇前欣赏了许久,而卫斯则对古代女儿出嫁时的一纸《养老文书》感兴趣。

"这不是李卫斯同学吗? 好久不见了。"

"您好!您好!"看到传媒公司的阿洁经理,李卫斯有一股莫名的亲切感。

"怎么样,在美国学电影收获大吗? 有好技术、好创意可要记得给我们集团传授哦!我们这里婚礼拍摄也很需要。"

"是啊! 现在的婚礼拍摄技术也是越来越高了。"卫斯说道。

"这位经理我也见过,真快,那都是八九年以前了。"葛静康过来跟阿洁握手。

"这位是?"阿洁礼貌地与他握手,却想不起来,向卫斯求助。

"鄙人姓葛,名静康,是他和戴波拉的同班同学,当年就是你帮我们拍的毕业微电影。"葛静康自我介绍,卫斯点头。

"哦,这样啊!时间过得真快。对了,你们见到波拉了吗?"

"还没有呢? 在美国见一面后就再也没见到了。她来了吗?"听到波拉的名字,卫斯眼中发出了异彩。

"她来了呀,刚才还见到她和陈经理在一起。"

"是陈墨生吧。"

"是啊! 不好意思,我知道你们之前的关系,可是听说陈墨生要向她求婚了,已经向我们订制了戒指。"

"他打算什么时候向她求婚,我也想订一个戒指。"卫斯说道。

"大概下午的冥想会或者晚宴的时候吧,我看到过你的名字,是集团邀请之人,你们也会参加吧。"

"我们当然会参加啦。麻烦你给我也订一个戒指。"葛静康插话道。

"你就别瞎掺和了,我很认真的。"卫斯对葛静康和阿洁说道。

"定制戒指已经来不及,还好我知道大概大小,你们来挑一款吧。"阿洁把他们领向高级定制区。路上手机还指示波拉墨生所在的位置,原来他们跟随领导队伍,在康养体验馆和陈志诚董事长一起,引领各位领导在按摩椅前面体验着。

"那个陈墨生选的是哪一款?"葛静康看着阿洁推荐的几款戒指问道。

"他是这款。"阿洁指了指图片里的一款钻戒。

"咱们不能掉档,要比他贵点的。"葛静康说道。

"那就这两款选一种吧,是你买还是他买?"

"是我买,他用。"葛静康说道。

"那就这款吧,康哥,这东西可不能你买我用,一定得自己买。"卫斯说着就拿出银行卡。

"好的,我帮你包好,打最低折给你,祝你们好运!"阿洁说道。

卫斯和葛静康远远看见康养体验馆围着很多人,就故意绕开那里,到希伯来与黄庄馆去了。

"游学山坳望群峰,两极教育最高峰;西式智慧希伯来,华夏剧场黄庄拥。欢迎来到希伯来与黄庄馆!"手机又开始介绍,他们全程安静地听着。

"众所周知,在世界民族之林,每个民族都以自己独特的贡献充实着世界宝库。这其中,无疑犹太民族是非常出色的一个。犹太民族对人类文明所做的贡献是任何一个民族难以比拟的。

"对犹太民族以及犹太教育了解甚少的同学,可以通过《世界上最成功的教育》这本书来了解犹太人聪明、智慧的内在原因,得到一些启示。比如,智慧与知识不一样,知识是说你知道某一样东西,而智慧是你怎么样把你知道的东西和日常的生活结合起来。犹太圣贤这样教导犹太人:读过很多书的人,如果他不会用书上的知识,仍可能是只驮着很多书本的骡子。

"犹太人崇尚创新,他们认为没有创新的学习只是一种模仿,学习应该是以思考为基础,要敢于怀疑,随时发问。在许多犹太人家庭,大人对放学的孩子问的第一句话就是:你又提问题了吗?

"犹太孩子从小在家庭里便以一种平等的身份和父母相处,直呼父母的名字;他们需要零用钱,就必须帮助家里干活。正是这种平等和独立的思想,使孩子从小认识到,要想生活得舒适,就得靠自己的奋斗争取。其实,这些意识深深地藏在犹太人的心中,是与这个民族经历的苦难分不开的。也正是那些苦难使犹太人具有向逆境挑战的勇气和毅力。

"人们一般认为犹太人特别会赚钱,其实他们是不断地努力充实自己的工作经验和知识,一步步地走上发迹致富之路的。在这个过程中,勤奋、耐心、胆量、智慧无疑是他们的经营之道。而良好的教育是'道'之源泉。

"语言无疑是维系一个民族团结、复兴的纽带,希伯来语的复兴是以色列教育的奇迹。希伯来语在古代曾经是犹太人的语言,《圣经旧约》就是用希伯来语写成的,但是犹太人流散到世界各地后,他们在日常生活中逐渐接受了所在国的语言。这样导致希伯来语逐渐消失。19世纪犹太复国运动兴起后,提出了'一个民族,一种语言'的口号,一百多年来,以色列通过教育,使希伯来语成为一种表现力强、词汇丰富的'活语言'、官方语言,这不能不说是一个奇迹。今天,通晓希伯来语和希腊语已经成为很多欧美大学本科和研究生入学的通行证,甚至全额奖学金的重要考量。

"耐人寻味的是,这里将以色列与温州做了比较。以色列人口与温州相当,所谓流奶与蜜的土地,其实远没有温州富饶。是人的原因,生生将一块沙漠地开发成为欧洲的果园。但温州被称为'东方犹太''中国的耶路撒冷',却没能培养出像门德尔松、马克思、海涅、玻尔、弗洛伊德、爱因斯坦等许许多多的巨人。

"身在国内读书,有必要了解中国教育的心脏地带,中国的'学霸中心'。人们常说,北京教育看海淀,海淀教育看黄庄。

"古代设有教授礼、乐、律、射、御、书、数等教学科目的国子监,当时的人如果能在国子监上学,那就算是光宗耀祖。追溯到明朝,海淀黄庄曾是皇室成员的庄园。也许是中华人民共和国成立后将国子监列为北京市级文物保护单位的原因,周边院校林立的海淀黄庄,自然而然传承了皇城根成贤街(国子监)胡同文化,不知从何时起成为了中国教培行业的宠儿,做教育的都想在这占个地儿。

"如今是'互联网＋'时代,'疯狂的海淀黄庄''妈妈帮''超前学''窒息感'等字眼被刷屏,以致海淀区教委明令黄庄上千所校外培训机构进行整顿,细如不得超标、提前、强化应试,不得举办竞赛活动、等级考试及进行排名,不得一次性收取时间跨度超过三个月的费用,培训日结束时间不得晚于20点30分,不能留作业,不得宣传应试成绩,不得利用名师名校进行招生宣传、承诺保过,不与中小学入学招生挂钩等。规定办学许可证和消防安全两个方面必须达标,消防新规还要求,'4楼及4楼以上不能用做14周岁以下的少年儿童培训用地',等等。

"可是,再怎么飓风整顿,也整顿不掉流淌在海淀黄庄的教育DNA。在北大、清华、人大、财大、北航、首体、中科院、农科院、北师、北电、北邮、北理等大学院校的包围下,加上方圆几千米之内,汇聚了人大附中、北大附中、清华附中、八一学校、一〇一中学、中关村三所小学等各路名校,以及数不清的校外培训机构。有人戏称,海淀黄庄、河北衡水、安徽毛坦厂三大区域在某种意义上成为中国教育的缩影,海淀黄庄作为文化中心城市的教育中心地带,具备先天优势。

"和西式教育复杂而多元化的选拔机制相比较,中国教育通过高考选拔有着更好的上升渠道和极强的普适性,给了绝大多数人重新洗牌的机会。在分数面前,他们没有三六九等,父母的身份地位也不会成为决定下一代发展的决定性因素。简单地说,在中国,教育资源很难代际传承。

"黑格尔说过:存在的就是合理的。黄庄就是这么一个残酷而神奇的地方,默默地为社会输送各类人才。"

希伯来与黄庄馆是以图片为主的展馆,随着介绍的深入,观众们望着一个个站台、一所所学校、一张张课桌,以及一双双迷茫和焦虑的眼神,都陷入了深思。

"这里太沉闷了,我们上去看看。"葛静康拉着卫斯走上了台阶。

顶层明显热闹许多,有的馆人都挤不进来,于是他们选择了相对安静些的国学馆看一看。国学馆是个中式学堂,周边柜子里摆放了很多古籍善本,不像楼下展厅的真品书画陈设,这里是以仿品为主,目的是体现国学之大成。如《四书五经》《史记》《资治通鉴》《三字经》《千字文》《道德经》《墨经》《韩非子》《鬼谷子》《山海经》《本草纲目》《文心雕龙》《马前课》《传习录》《菜根谭》《古文观止》等,还有书法篆刻名帖、历代家训集锦,唐诗宋词元曲以及人物介绍等。

国学馆墙面装有电视,一直在播放央视的《经典咏流传》节目,当歌手王俊凯唱起《明日歌》时,触动不少人的情怀,迅速吸引了一批粉丝驻足围观。但最吸引卫斯的却是这个游学基地的八卦方位图,它对比分析了北京故宫的功能区布置,每个楼层和主要功能都有讲究,比如康养体验馆设在坎位,书画与陈设艺术馆设在震位,真人CS俱乐部设在离位,封闭式机器人角斗室设在兑位,餐厅区设在巽位,公共卫生间设在坤位,还有办公区布置、生活区的小空间功能区及门位都有特别的规划。

后来,他们离开国学馆,是由于卫斯接到了一通电话。

六、冥想会

"杨老师,终于找到您了,您怎么也喜欢凑热闹啊。"卫斯接到杨家鸿的电话后就和葛静康来到拥挤的机器人角斗场。

"来了!还不是因为这小子。"杨家鸿和迷丽还有嘉乐在一起,正准备着下一场的战斗。他看着静康问道:"这位是? 有些面熟啊。"

"杨老师好!我叫葛静康,不认识我了吗? 我可是对您有意见啊! 当年戴波拉的谢师宴上,我和李卫斯一起坐到您身边,您却只收他做了徒弟。"葛静康说着伸出手。

"噢,对了,是葛同学,我还有印象。现在好吗? 在哪里高就?"杨家鸿握着他的手问道。迷丽也跟他们打招呼。

"现在在美国混呀!这次和卫斯一起回来看看,希望能向杨老师多学习。"

"好啊,欢迎!来的都是客人。你们也要分享在外的经历和经验啊!"

"杨老师说过,老师要向学生学,家长要向小孩学。嗨! 这个就是乐乐吧,都这么大了,卫斯叔叔都快认不出了。"卫斯摸了摸杨嘉乐的头。

"卫斯叔叔好!您也帅了!"嘉乐冲卫斯笑了笑。

"哎哟! 几年不见,乐乐还学会了给人戴高帽了。"

"爸爸,戴高帽是什么意思?"

"哈哈! 戴高帽就是拍马屁。"几个人一起大笑。

"太差了!"嘉乐用手直指场内。

"乐乐,你手中这个叫什么? 也要进场战斗吗?"卫斯问道。

"卫斯叔叔,我和'元维战甲'要进场了,下一场是准备时间,再下一场就开战。您也一起进来吗?"

"好啊,那我们一起去吧。"

"我们到那里等。"杨嘉乐带着爸妈和卫斯他们到操纵室门口。

"杨老师,你们怎么会想到搞这个项目的?"

"机器人格斗竞技比赛是全球化的娱乐项目,在英、美等国十分流行。2018年中国首档机器人格斗科技真人秀节目《铁甲雄心》在浙江卫视开播,节目以极具视觉震撼力的格斗机器人对抗为核心看点。我们也是跟潮流,项目前景很好,但感觉是机器人选手储备不够。

你看,双方机器人互殴异常激烈,多次出现双方机器人零件碎裂的惨状。好不容易做出来一个,几分钟就玩完了。"杨家鸿说道。

"你们是怎么吸引这些选手来的,目前选手的水平普遍还不高呀。"

"是的,因为还只是初赛,而且还是以本地的学校推荐为主。我们还会宣传,努力做到国际水准,再通过月赛、季赛和年度总决赛来排定名次,每次都有奖金,每个参赛作品都有产品保险。你看,我们自己都是发烧友,我们鼓励集团内部员工也积极投入。"

"卫斯,你的超级猫做得怎么样了,下次把它也带来战一战!"葛静康问道。

"我做的是仿真型,跟它们不是一个级别的,就比如不能拿猫和乌龟比速度,或是说不能让人与牛比力气。"

"呵呵,机器人参与格斗需要是自身抗揍和杀伤能力强,所以在制造格斗机器人时不会设计人型,而是将重点放在火力、机动、防护上。"杨家鸿补充道。

"哦,这里所谓的机器人格斗,实际就是机器格斗,或者直接叫智能武器格斗。杨老师,对吧?"葛静康继续问道。

"是的,无限制机器人大战机器人可以使用各种武器,包括钢刀、电钻、战锤、喷火器、气动弹射等,而目标简单粗暴,就是废掉对手。全副武装似乎并不是要比赛,而是去拼命,所以设计上一个比一个凶残。你们看,现在场内的那台运用的是坦克履带驱动,外加战锤型的,遇见牢固度不高或者连接件脆弱的,一下就可以把对方锤停。"

"它叫'钢甲铁拳',已经胜了两场了。"嘉乐说道。

"是吗?那比赛规则是怎样的?"卫斯问道。

"规则就是三分钟内把对方打坏,擂台上如果一方机器人十秒内不能移动三米就算输。输的一方直接淘汰,赢的一方可以选择再战,赢三场就可以进入月度决赛。"嘉乐答道。

"那比赛现场对于失败者来说简直无情。"卫斯问道。

"我们以前出去比过,输了几次,小家伙都哭了。"杨家鸿说道。

"这样啊!乐乐,你其实很棒的!"卫斯鼓励道。

"我们还在改进。进去吧!"嘉乐说道。

"OK。"

伴随着音乐,先是一段比赛前的嘉年华,一队伴舞机器人簇拥着战斗机器人出场,伴舞机器人动作整齐,而战斗选手则自己跳舞,有的转圈,有的挥舞着武器,各种动作都有。"钢甲铁拳"非常自信,准备休整一场再战,正好对战"元维战甲";而"元维战甲"则跟随前面一对选手一起出场,转圈尬舞热身一番,回去等候下一场的战斗。

三分钟很快过去,"钢甲铁拳"和"元维战甲"相继出场。发明"钢甲铁拳"的驾驶员们,拥有高超的驾驶技巧,以及完善的战术策略。如果是大赛,他们一定会事先观察对手,针对

"元维战甲"这样的对手,他们可能会连夜相应地改造自身的机甲高度,甚至不惜电线外露、撤掉防护装置。"元维战甲"是第一次参赛,这也让"钢甲铁拳"的团队发生了误判。

"元维战甲"的外表看起来非常简约,就像一个翻身的碟子,很薄,却让人看不出什么破绽。它做得很精致,全身都是高科技。有航空复合材料的外壳,兼顾硬度和强韧度,一般砸不坏,机动性和防御性超强;机身采用氮气水密舱,以实现防火和需要重点保护的隔断设计,同样采用冗余式电路设计。为了缓解激烈对抗中所受到的冲击,也在每一个电路的连接处采用航天特殊结缘胶进行绝缘和加固;虽然运用四轮驱动,但底盘极低,所有轮子嵌入钨钢锯齿中央。攻击主要有"英式弹射"和定制的周身边缘旋转的钨钢锯齿。对方除非是飞行物,否则很难逃脱"元维战甲"从脚跟开始的切割。

比赛开始,"钢甲铁拳"受到现场明星般的待遇,为其呐喊助威者众多。而"元维战甲"在开始的一分钟内一直是逃跑,越是逃跑观众越是为"钢甲铁拳"加油。

"爸爸,你还不出手?"原来家鸿有意让嘉乐多操控逃跑和防御技巧。

"好嘞,你靠近并闪到它的身后。"

"来了,快弹射。"嘉乐快速插到"钢甲铁拳"的身后。

"顶进来。"对方比较重,第一次弹射不能使其动摇。

"好的,我又插进来了,快切割!"

"吱!吱!"突然的变故使现场一下安静了下来,只听到刺耳的切割声,"钢甲铁拳"的履带火花四溅。"元维战甲"一鼓作气,钨钢锯盘卡进履带使其不能动弹,越切越深。对方也不是省油的灯,感觉终于逮到了"元维战甲",转身就砸下来,"元维战甲"生生接了一锤,仍然坚持切断对方履带,然后立刻抽身出来。只剩一边履带的"钢甲铁拳"速度明显迟缓了许多,像大人被小孩耍了,自然不服,仍要追赶"元维战甲";"元维战甲"再次佯装逃跑,速度逐渐加快,诱敌走了两圈后急速插入,趁其重心不稳,来一个"英式弹射","钢甲铁拳"终于被掀翻,切割再次跟进。直至比赛时间终止,"钢甲铁拳"再也无法回击。

"太棒了!"操控室里,嘉乐和爸爸他们相互击掌庆祝。

"好过瘾啊!"葛静康说道。

"走走走,肚子饿了,我们去吃饭。"杨家鸿说道。

餐厅以中式快餐为主,但也有几个包厢,陈志诚在一个包厢陪领导,杨家鸿一家人请卫斯他们在一个稍小的包厢就餐。

"卫斯,你见到波拉了吗?"迷丽问道。

"我看到过她,还未来得及去跟她打招呼。"

"这样啊!看来你也是不想跟她见面咯!"

"哪里!我想等下总会碰见的。"卫斯说道。

"哎！你给她打个电话,叫她过来一起吃饭。"杨家鸿对迷丽说道。

"我打过电话了,听到卫斯在这里,就说自己不方便。"

"我知道,她一定是跟陈墨生在一起,所以说自己不方便。"卫斯说道。

"卫斯早上都选了戒指,打算向波拉求婚的。"葛静康说道。

"是吗?"杨家鸿和迷丽惊讶地同声说道。

"没错,这只是我的计划。陈墨生也买了戒指,我和他之间,总得有个了结。"

"卫斯,我也听说了波拉的事,不管她是不是跟陈墨生,我都表示遗憾。真情可贵,但男人还是当以事业为重,如果有爱,可转化为动力,不要因爱生恨生恶。我希望你视墨生为兄长,波拉如果跟了墨生,我们也要祝福她!"杨家鸿说道。

"我知道,如果结果真的就是这样,我会祝福他们的!"卫斯说道。

"那就好! 等会儿迷丽领乐乐在这里继续玩。我带你们去开会,波拉他们也会在的。"杨家鸿说道。

"好的。"

午后的会议由集团客服经理周泓鸣负责招待并主持。周泓鸣原先是杨家鸿在招聘会上认识的,脸皮厚、动作麻利,计算机本科毕业却在招聘会上给人擦鞋,令人不得不另眼相看,被杨家鸿招进集团后,被提拔到自办的餐厅当经理,后经家鸿牵线认识了陈志诚的千金陈雅声,当上了陈董的乘龙快婿。集团驸马爷的前景可不低,甚至和陈墨生有的一拼,晋升速度之快令一些元老妒忌,很多人内心并不认可他。周泓鸣从农村来到城市打拼,原本存在的一些吃苦与勤快精神,被一些员工挖掘出一个词,叫作"奴性"十足。陈志诚看在眼里,也心存戒备,周泓鸣自己也明白,但他脸皮够厚,仍然整日笑脸迎人。就工作而言,他确实有一套。

"杨总,您来了!"周泓鸣向每一位来者打招呼,并将家鸿引向指定席位。

"你好! 这两个是我的学生,他叫李卫斯,这个叫葛静康。"

"你们好! 欢迎光临! 你们跟我来。"周泓鸣将他们领到普通席位。

"您贵姓?"卫斯边走边问。

"免贵姓周。李卫斯先生,我知道您,邀请函也是我发的,在这里有什么事尽管来找我。"坐下后,周泓鸣掏出自己的名片分给了他们。

"好的,谢谢! 周经理我想问一下,下午会议的主要议题是什么?"

"今天是冥想会,然后是针对今日基地的开放,提出意见与建议。"

"冥想? 真新鲜!"李卫斯和葛静康说道。

"是的,这种会在集团有一段时间了。你看,大家一进来就安静下来。刚坐下时,脑子可能乱得像一锅粥。但是,头脑可以被驯服,然后将思维集中到一个点上。当你学会集中精神以后,可以进入下一步:什么都不想,心无杂念。做到这一点很困难,有一个办法是:每当有什么想法钻进你的头脑,你要有意识地将它抛出去。过一段时间,你就能学会如何排除杂念。你不再受各种思想的控制,开始找到真正的自己。"

"我试试看。"卫斯说道。

"好的,那我不打搅你们了,大概一节课的时间后,开始讨论。"

"好的,谢谢你!"

周泓鸣出去后,李卫斯和葛静康也学其他人闭上了眼睛,不一会儿,葛静康竟然打起了呼噜,被卫斯弄醒。

"哎呀!什么冥想?什么会?真的不会啊!"葛静康摸了摸脸,说道。

"冥想字面上的解释:冥,就是泯灭。想,就是你的思维。在古代把这个词翻译成'禅'。冥想课程就是禅的课程。冥想、禅是一种感知状态。"

"听起来不错,可做起来挺难。"

"一个有用的方法是把注意力集中到一个蜡烛的火焰上。缩小你的视野,排除杂念。一旦分心,立刻转会儿蜡烛。你也可以用其他的东西,比如一个小点或者花。关键是你要在一段时间内集中注意力于一样东西。像念经一样不断地重复一句话,也有助于集中精神。"

"可这里没有蜡烛啊!"葛静康说道。

"那你尝试着想象心中有一团火光!"卫斯闭着眼睛说道。

"你刚才找到感觉了吗?"

"刚有一点感觉,被你干扰了,怕你干扰到别人,就叫醒你了。"

"这个真有那么神奇吗?"

"有啊!不然苹果总裁乔布斯,还有前段时间卖了几百万本书到中国的以色列历史学家尤瓦尔·赫拉利,他们每天都坚持冥想干什么?"

"是吗?那我倒要好好试试。你看那边,波拉来了。"葛静康示意卫斯,看到周泓鸣领波拉到另一边的普通席位,而陈墨生放弃了自己的专用席位,坐在了她旁边。而波拉则心无旁骛,坐下来就开始她的默祷,这是她在新加坡上女子高中时养成的一种习惯。

"知道了,我们继续冥想。一会儿如果我坚持不住,去找她,你也不要受影响,继续做你的功课。"卫斯看了一下后,又闭上眼睛说道。

"好的,你想去就去,我没事。"葛静康再次闭上了眼睛。

自波拉进来以后,卫斯是没有办法真正进入冥想状态的,但他还是强制自己保持镇定,思考一下。早上收到了那么多的信息,也得消化,一会儿发言总结还要结合自己所学,毕竟自己好不容易从异国回来一趟,不能在这里丢人。慢慢地,思维的闭环也像气功一样,完成一个大周天,他吐出一口气,睁开眼睛,缓缓站了起来,向波拉的方向轻轻走去。

还没有到波拉身边,就跟陈墨生双目相对。其实墨生早就注意到他了,卫斯一起身,就转头盯着他看。于是卫斯干脆向他招手,示意到门口说话。

"两个月一晃就过去了,你还好吗?"墨生友善地向卫斯伸出了手。

"还行。"卫斯也礼貌地和他握了握手,"如果我不来,你会怎么做?"

"肯定履行自己的承诺,我连戒指都买好了。"陈墨生严肃地说道。

"不错,还算一个负责的男人。"卫斯取出了自己准备的戒指,"我现在就去向她求婚,可以吗?"

"这是你的权利,我能说不可以吗? 不过,这样公开求婚太贸然了,毕竟我们三个人,一定有人会受伤;而且不管谁受伤,波拉都会难过。这样吧,我把她叫出来,你们找个地方单独聊一聊。"

"好吧,你去叫她,我在过道的尽头等她。"

"好,你等着。"卫斯看见陈墨生进去,大概十分钟后才见波拉出来。

"总算见到你了。"卫斯叫道。

"卫斯,你什么也不用说了,回到你的位置上去,我希望我们还是好同学。"波拉边走边说。

"波拉,过去我们一起携手走出校园。上一次见面,我们仍然一起走出哥大校园,走在曼哈顿大街上,我们是情侣。今天你仍然是我的波拉,不会改变,一辈子也不会。"卫斯说罢从口袋里掏出戒指。

"你想干什么?"

"在哥大实验室,我就这样想了,但当时我确实没有准备。这次我来,目的就是要向你求婚。"卫斯说罢,拉起波拉的手,准备给她戴上。

"不行!"波拉用力将手抽回,转身背对着卫斯,眼睛却湿润了,"卫斯,是我对不起你,这几年我们分隔两地久了,感情已经发生了动摇。"

"可是现在我来了,我也可以一直跟你在一起,再也不分开。"

"时过境迁了。"

"有些事我们不用再提了,我不会计较的,我们重新开始好吗? 波拉,我爱你! 这还不够吗?"卫斯扶着她的双臂,将她转了回来,看到的是热泪盈眶的波拉。

"你不会计较? 可是我会,有的事情不可逆转,知道吗? 你懂爱吗?"波拉哽咽地说道。

"我懂,我可以对天发誓,我一辈子只爱你一个人!"

"你根本不懂! 爱是恒久的忍耐。你若爱我,更应该成全我。"

"你怎么会这么说话,我会用自己的生命保护你。"

"反正我不爱你了。"波拉推开卫斯的双手。

"你怎么能这样绝情!"

"我走了,你自己好自为之!"波拉说罢,匆匆转身准备离开。

"波拉,我不可能恨你!我会祝福你!祝福你们的!"卫斯叫道,波拉闻言停顿了一下。

"卫斯,要记得自己说过的话,你要坚强地活下去,要活得比我长,比我好!"波拉说罢,迈开脚步回去了。

"知道了,我会的。"

这时候陈志诚已经在和领导道别,陪同一些嘉宾过来了,会议室没有刚才那么安静,稍微有一些招呼声和议论声。波拉也跟墨生说了一下刚才的事,然后讨论他俩自己的事。说话之间,周围就像一个磁场,开始是阿洁发现波拉的手上多了一枚戒指,马上来祝贺,然后不断有人来,弄得陈志诚、杨家鸿也去探个究竟。

"诸位请安静一下!"周泓鸣拍拍手说道。

"欢迎各位贵宾、亲友和同事们!今天我们元维集团真是双喜临门,游学基地建成开放是一喜,就在刚才,我听到陈墨生副总订婚的消息,很出乎意料。我们的家庭将增加成员,这真是惊喜啊!本来今天的主题是对未来进行冥想。这样吧,今天的冥想会,每个人除了跟以往一样要对议题进行讨论以外,可另外提出自己的问题,不管是你个人的还是工作上的难题,都可以提出来,心情好,就容易解决,我们帮您解决困难。"陈志诚开始发话。

"真的是一鼓作气,乘胜追击啊!"卫斯听后自言道。

"兄弟,感情的事不能勉强。记住,如果一个女人对你真的有好感,你就是远在天涯海角,她也会想着你念着你,如果对你没有好感,即使每天坐在一起,也如咫尺天涯,强扭的瓜不甜。男人还是以事业为重,只有你站得更高,看得更远的时候,才有资格追求自己喜欢的女人。"葛静康安慰道。

"哼,远在天涯海角有什么用,还不如日久生情,每天坐在一起,我就不信没有感情。"

"卫斯同学,不要难过。优秀的女人很多,姐给你介绍一个好吗?"阿洁知道卫斯的情况,也特意过来安慰。

"不用了,谢谢!我马上就会有女朋友的。"卫斯说道。

"那就好。对了,如果早上那枚戒指用不着,想退的话,姐也可以帮上忙。"

"用得着的,我回去也马上订婚,能赶上和他们同步。他们哪天结婚,我也哪天结婚。"卫斯终于露出了狡黠的笑容。

"是吗?那感情好!你的婚礼也由姐给你策划好吗?"

"谢谢姐!那么远,不方便,我的婚礼会很简约,不请任何人,但我会拍摄、制作视频发出来的。"

"那好吧。姐期待看到你的结婚微电影,同时也祝福你们。祝你们新婚快乐!早生贵子!白头偕老!百年好合!"阿洁作揖。

"谢谢您的祝福。"卫斯也跟着作揖。阿洁转身离开,满脸狐疑。

"你要跟谁结婚?我认识吗?"葛静康鄙夷地说道。

"你当然认识啦!放心老大,我不会抢你女人的。"

"你小子什么时候金屋藏娇了!还是我认识的?"

"到时候自然就知道了。"

"还要卖关子!"葛静康拍打着卫斯的头道。

"各位同仁好!未来教育是我们这个游学基地建成的意义,我个人作为一名家长,作为未来教育的践行者,我先起个头。"杨家鸿打开话筒,开始发言。

"第一点,什么是未来教育,未来不是等在那里的一个地方,未来教育并不是大数据教育,不单是对过去的一种总结,更是我们要创造的一方天地,未来教育就是元维度教育。

"第二点,未来教育不等于知识的传授,也不依赖于云计算、大数据、AR、AI、区块链等现代化技术,而是一种融合式教育,是科技与人文的融合、学校与社会的融合、家长与教师的融合。

"第三点,未来教育,首先要考虑如何教育教师与家长。关注教师,就是关注未来,这没有错,但培养教师却是最难的,因为所有模式化的教育都不能代表未来。所以才有家长与教师的融合,好的家长会有办法培养出好的学生子女,好的学生首先学会的是自主学习,绝不照本宣科,这样的学生反过来可以给老师带来启发。所以我们经常说:老师代表的是过去,学生才代表未来。

"总之我个人认为,最有效的未来教育就是设计思维的教育,这也是元维教育以及我们这个游学基地的初衷。我们知道教师没有知识,就没办法教学生;进一步讲,教师没有创业和失败的经历,就很难传授创业经验,也很难传授政治经济学以及管理学中最务实的东西。怎么办呢?这问题属于设计思维的范畴,设计思维的教育就是不断发现问题和解决问题的教育。我先简略地讲这几点,做为抛砖引玉。下面的朋友请继续。"杨家鸿说道。

"大家好!我是元维集团的客服经理周泓鸣,我为大家介绍一下集团研发的新产品和一些战略构想。

"针对未来,我们首先要把可能的危机摆在台面上,这也是陈董、杨总常提倡的墨家文化,集团要发展首先要做足防御工作。

"本人是学计算机专业的,对人工智能领域的发展比较关注,在这里暂时不讲它给人类带来的好处,而是讲讲它潜在的危险性,非常可怕。

"今天大家看到了,集团在忧心忡忡的同时,也已经在大量地投入,展厅上有我们研发的按摩机器人。我们集团生产按摩椅有二十多年历史，车厂生产的纯电动SUV也已经开始销售，现在正在从中医按摩机器人入手，开始人工智能的研发。我们有基础，因为按摩椅当中的机械手按摩手法本来就很丰富。

"早在两年前，美国硅谷大佬、特斯拉创始人埃隆·马斯克再次大声疾呼：人工智能发展潜力太可怕了，政府得赶紧对人工智能技术加强监管。特别是对波士顿机器人那款能跑能跳的'人形'机器人，马斯克更是忧心忡忡：'我们马上就完了。这不算什么，几年后，机器人将快速移动，我们需要使用闪光灯才能看清它。做美梦去吧。'

"按照马斯克这位人工智能领域元老级实践者的原话：'我们需要万分警惕人工智能，它们比核武器更加危险！''我们确保人工智能安全的概率仅有5%到10%。'

"埃隆·马斯克不仅仅为人工智能担忧，还将如何规避风险纳入他的实践中。在多名宇航员志愿者有意成为第一批永久移民火星的人，以及美国准备2030年执行的星际殖民计划的基础上，马斯克建立了美国太空探索技术公司Space X。从发射火箭到实现火箭回收，从运载卫星、太空舱、宇航员到将假人、跑车、人类精液送往太空，Space X的所有任务都可以看作马斯克逐步实现'火星殖民计划'的探索过程。

"从Space X近年来的发展历程，便可以看出逃离地球或者说火星殖民计划的进程……"

七、平庸之恶

"周经理已经抛出了一个问题，今天是冥想加头脑风暴，大家发言尽量简短，具体的内容可自行另外展开，也可开专业研讨会。"陈志诚打断了周泓鸣的发言，"关于未来，人工智能确实是一个绕不开的话题，大家可以再进行思考。但是，未来人类面临的危险，绝不止人工智能这么一项，我再举例，做点补充。

"第一项是关于外星人。第二项是基因修改。修改基因或许意味着人类能够完成各种复制。未来，难道真如美国电影《银翼杀手2049》中所描述的那样，人类将与复制人共生？人类社会显然还没有为这一幕做好物质、制度和意识形态上的准备。面对这一不可阻挡的'洪水猛兽'，人类社会必须做好充分准备，既不能因噎废食，还要趋利避害！

"霍金预言：一群超级人类将通过基因工程，甩开其他人类，最终接管地球。还有《未来简史》作者赫拉利指出，将来接管地球的是一种新物种。现在看来，这个新物种到底是人工智能、外星人，还是基因突变而来，还不好说，但目前这三种演变的可能性都有。

"最后，我留给大家的思考是中国古代的预言书《推背图》。社会离'天下一家，治臻大化'的中国梦已经不远。本来我对书中提到的，未来将出现'兽贵人贱，豺狼结队街中走，拨尽风云始见天'；'飞者非鸟，潜者非鱼。战不在兵，造化游戏'等文字参不透，可是一联系人工智能、外星人和基因突变这些，就不难解释了。"

"各位朋友们，大家好！我是陈墨生，今天特别开心，刚才向戴波拉小姐求婚获得她的同意，由于是临时订婚，所以喜糖只能应急采购，等一会儿将和红包一起分给各位。在此对在坐的各位表示感谢，是你们见证了我陈墨生和戴波拉的幸福时刻。另外，特别感谢从美国远道而来的李卫斯和葛静康两位同学，没有你们的帮助，我和波拉没有今天，真的非常感谢！"陈墨生说到这里停顿了一下，因为他看见卫斯站了起来。

"兄弟，你别冲动，先冷静一下，让他说完。"葛静康把卫斯按了下来。

"没错，我们的订婚有些匆忙，这和我工作养成的习惯有关，今天能做的事决不等到明天，从不拖沓。今天我要分享的内容是人类的工作受到了前所未有的挑战，我们真的等不起了。

"近年，关于电视节目主持人的事传得沸沸扬扬，有离职的、有转行的、有离世的等等，加上和一堆明星牵扯到一起，人们至今还没有回过神来。五年前，有人说超市将不需要人了,你不信。五年前,有人说开车也将不要司机了,你还是不信!今天,马云的无人超市已面世、无人酒店也开业了,李彦宏已经坐上无人汽车出现在北京五环。人工智能主持人已经取代人类,你还会不信吗?再不信,假以时日,他将像他的前辈击败围棋冠军柯洁的Alpha GO一样,以超级的学习速度,向人类'宣战'!

"教师、法律、翻译、医疗、证券……甚至,艺术作为最后的阵地,也已失守。钢琴手、书法机器人都已面世,世界上第一幅机器人油画,由原先的估价7000—10000美元,拍出了超预估价的40多倍,这个价格与同场拍卖的毕加索的一幅绘画成交价竟惊人一致,令人瞠目结舌。人类正在看着原本只属于自己的疆域,一片一片地被人工智能所蚕食,大幅沦陷。

"再来说说我们集团,生产线上已经启用了大量的冗余机器人,我们也已经有能力做到无人工厂。但是,由于我们的决策层有远见,我们并没有让老员工下岗。我们早在十年前就启动了'炒人'计划,当温州人热衷于'炒房''炒股''炒钱'时,我们就已经在'炒人'了。未来可能会无工可打,机器将大面积代替人,而我们承诺,集团能够尽最大限度地每年继续扩招用人,不仅是为企业,也为社会贡献出自己最大的努力。"陈墨生的发言赢得了大量的掌声。

"大家好!我叫李卫斯,是戴波拉的同学,她是我心目中的女神。两个月前陈墨生老师和戴波拉来到哥伦比亚大学看望我,记得当时我和陈墨生有一个君子约定,两个月后,就是今天,我们都向戴波拉求婚。现在我不得不承认,自己失败了,所以同时,我衷心祝你们幸福!墨生老师,戴波拉是我心目中的女神,今后你对她好,我们就是朋友;你亏待她,我们就是敌人。"卫斯展示了自己的戒指,他将手机连接在投影上,墙面上出现了一张戴波拉的照片。波拉有些尴尬,墨生拥着她,笑着点头。现场一片哗然。

"我在哥大读的是电影学,我有专门的道具实验室,在制作仿真人和动物方面,技术处在世界领先水平,我声明一下,这张照片,并不是戴波拉本人,而是我制作的模型。

"做君子约定当时,我的直觉就是要输了,但是我又不甘心,于是这两个月,我做了大量的工作。包括去了美国加州的Abyss Creations公司,早在二十年前这家公司就一直研究仿真机器人,现在每年大概可以制作出几百个真人娃娃,这些娃娃所有的肢体关节都可以随意弯曲伸展,并且超级灵活,它们不仅拥有永久记忆,还具有强大的模仿学习能力,可以根据记忆来分析用户的喜好,并且还可以通过手机App来进行更新。

"刚才,我跟阿洁老师,还有我的葛静康同学说,我回去也马上要订婚,而且也要和墨生波拉同日结婚。康哥,你刚才还说我瞒着你金屋藏娇,这确实是真的。对了,我本来还没想好,给她取什么名字,听了陈董的讲话,我想,就叫她'水边女'好了,也是典出《推背图》。我保证,以后每天陪着她,和她培养感情。"

本来冥想会是比较安静的,但卫斯的讲话打破了这个局面,现场议论纷纷。卫斯从投影旁下来后,也有不少人表示安慰。杨家鸿就过来说:"结合今天的会议,老师只想送你一句话，那就是匈牙利诗人裴多菲写的：'生命诚可贵，爱情价更高。若为自由故，两者皆可抛。'今天，人类社会又遇到了空前的危机，而你已经拥有了处理这场危机的一些能力，在大是大非面前，要有大格局和大使命感，保持清醒的头脑，千万不能堕落。"

"谢谢老师提醒。放心吧，不会的，以后还需要大家的帮助呢。"卫斯说道。

"那就好！"

"既然李卫斯这么坦诚，做兄弟的自然为他两肋插刀。我也来说几句。"葛静康边说边起身讲话，"大家好，我叫葛静康，是李卫斯和戴波拉的同学，在纽约做娱乐行业，这次舅舅参加世界温州人大会，我也顺便过来学习一下。在此也祝贺戴波拉和陈墨生先生的订婚！希望你们以后再来美国旅游，还有去欧洲和东南亚，遇到什么困难也可以找我们温州同乡帮忙。但是，陈先生如果对波拉不好，卫斯不答应，我也不会答应的。

"本人学历不高，但这次来参观，感觉收获很大。记得温州人有一句俗语：亏本的买卖没人做，杀头的生意有人做。可是今天看了那么多，听了大咖们的话，冥冥之中，感觉有一种机会，或者说是一种大气运，感觉像自己这种混社会的人，也该做点什么。具体是什么？或者怎么做？又说不上来，所以请大咖们也帮我想想。"

"这位康老弟，请问你具体都做些什么业务呢？"陈志诚问道。

"陈董好！我目前在纽约做娱乐业，我们公司还在各国做一些其他业务，比如说财团保安、格斗搏击俱乐部等等。"

"好的。"

"资本的积累，也需要几代人的努力。现在到了我们这一代，吃苦没有上辈狠，读书读得又不精，所以我来请教了。"

"不用客气，说起学历就没人比我更低了。有时候我们做企业跟混社会也有点像，打江山和做市场更像。但现在搞扩张搞发展，靠以前那套打江山的思路已经过时，现在要有做市场的心态。你可以学一学《孙子兵法》的'形和势'篇。我说通俗一点，'形'就是一个三岁小孩拿一把小刀和一个二十岁拿大刀的壮汉对比，无论比力气，比智力，怎样比都是肯定输。'势'就是一个三岁小孩拿着一把小刀顶着二十岁拿大刀壮汉的颈子，哪怕力气、智力全输，可是壮汉还是受制于三岁的小孩，不得不乖乖听话。"

"可是，壮汉人大'形'也大，稍微施点技巧，就可以摆脱三岁小孩的控制，这样形势就变了，本来就是大汉方形强，势也强。"

"说得好！小孩挟持了大汉，就会造成小孩形弱，但势强，综合形势由于'势'比'形'重要，小孩形加势强于大汉，所以大汉受制于小孩。壮汉摆脱了小孩的控制后，能相安无事吗？相安无事也彰显了小孩的'势'。

"如果大汉因为被小孩挟持而恼羞成怒，给了小孩一巴掌，结果小孩的哭声引来了小孩的父母,小孩一方的形势就会在这时候再转变,成小孩加父母,考虑到母亲可能需要安抚和保护小孩,留下父亲与大汉对抗,形势就会变成,小孩方'形'和大汉方'形'持平,但是'势'方面会由于在道义上小孩方父亲是出于保护弱小和家人,大汉方是以大欺小,所以大汉和小孩方'形'持平,但是'势'是大汉方稍微弱。

"这时候大汉想一走了之,谁愿意和一个小孩这样纠缠下去呢?

"谁知道小孩的两个叔叔也来了,把门关上。这样大汉就完全成了形势弱的一方。在恐惧之中,他一把夺过小孩和他手中的刀,他又成了强势的人。小孩父母和叔叔们不敢上前,小孩的母亲则苦苦哀求,让壮汉放下刀子。

"壮汉自然不肯,小孩的母亲实在没有办法,终于说出了几年以前的奸情,原来壮汉才是小孩的亲生父亲。

"这时候,形势又变了。小孩聪明,拿下小刀,命令所有人都散了,他依然是最有'势'的人。故事可以无穷无尽,就先讲到这里。形和势比,形是硬实力,势有机缘巧合的成分,是软实力加背后的硬实力。

"总之,葛同学你今天来到我们集团,来了就是朋友,认识了是缘分。祖国气运是你的大势,我们和你舅舅一样,也可以作为你背后的实力,你自己要运用聪明才智,打造属于你自己的势。说白了就是要不断地见机行事。"

"陈董一席话,让人醍醐灌顶,如沐春风。也谢谢陈董、杨总看得起,我是得好好想想,如何造势了。"葛静康说道。

这时候,迷丽和嘉乐,还有集团的司机,以及几个助理和秘书都来了。她们是来帮墨生和波拉分喜糖的。嘉乐也乐在其中,看到卫斯他们,还特意跑来将糖分给他们。

"谢谢乐乐!乐乐,糖还是交给妈妈和阿姨她们去分吧。卫斯叔叔跟你聊一会儿。"

"好的!卫斯叔叔想跟我聊什么?"

"你看看这张照片里的人是谁?"

"波拉阿姨啊!"

"不是,这个就是卫斯叔叔做的人,名叫'水边女'。现在卫斯叔叔比《帕丁顿熊 II》里的 Buchanan 还要厉害,谁都可以化妆成一模一样的。"

"是吗?卫斯叔叔你怎么会这么厉害呢?这个和波拉阿姨太像了。"

"乐乐,如果你喜欢的话,卫斯叔叔回去也给你做一个,让他陪你玩怎么样?"

"好啊,那太好了。"

"那你站着别动,叔叔给你全身扫描一下。"于是卫斯用手机软件,沿着嘉乐走了一圈。然后嘉乐跑去告诉迷丽。

"卫斯,听说你做了一个'波拉',也给我看看。"迷丽也很好奇,过来了。

"就是这个。"卫斯给她看了手机上的图片。

"真的是一模一样。卫斯啊,师母不知道说什么才好,你不要太难过啊!"

"已经没事了,师母不用担心。刚才我跟乐乐聊过,也做一个一模一样的他跟他玩。可以做成用英语跟他交流的伙伴。"

"那真的不错,你需要多少费用尽管跟我说啊,跟杨老师说也可以。"

"好的,我知道。"

"波拉今天应该比较忙,可能没有时间陪你们了。我叫杨老师过来多陪陪你们。"

"不用了,我们又不是小孩,师母你让波拉也上来分享几句嘛。"葛静康说道。

"好的,我去问问,好像今天波拉本来就有演讲的呀。"迷丽过去问了,波拉就上台开始演讲起来。

"谢谢卫斯,你今天的表现很棒。你所说的,确实让我很尴尬,有点不适应。但是,想到自己要分享的主题,我应该为你鼓掌。也谢谢静康同学,你为卫斯做的事、对墨生和我说的话,我都要感谢你。第一次远道而来,就和我们的陈董、杨总交上朋友,不得不为你'点赞'。

"今天我分享的题目是:追求卓越,平庸是恶!

"我们知道,知足常乐是我们中华民族的文化内涵,富有哲理。但自从在杨总那里了解到'不知足常乐'的理念后,也觉得很有道理。其实这也是中西方文化的差异,以前我做过这方面的分享,叫作'不走捷径',也是富有哲理性的议题,想走捷径的人自然选择了曲径通幽,不走捷径的人却直面人生,脚踏问题前进。

"大家一定还记得,2018年10月重庆万州公交车过桥坠江事件。两人争执,互殴,她一个人错过一站路,一车人错过他们的后半生。或许谁也没有想到,一次小小的争执,竟然付出了如此沉重的代价。这件事被全国人民转发热议。我们为逝者感到惋惜和悲痛,但是更应该警醒。生而为人,为国为民为社会,为爱我们的家人,请控制自己的情绪,注意自己的一言一行,请为自己的每一句话、每一个行为负责任。

"我们在为逝者祈祷送别的时候,也应该对这样的事情进行反思。勿以恶小而为之,一次小小的争执,让多少个家庭支离破碎、悲痛欲绝。有的爸爸再也看不到孩子,有的孩子从此没有了母亲。当事人虽然只有一两人,但是有更多的网友也指出了乘客的无动于衷,如果乘客中有一人出来劝阻,结果可能完全不一样。朋友们,这是什么心态?我们的社会生活中,到处有这样的围观者,事不关己,高高挂起。这是知足常乐吗?按我看来,这是平庸之恶。

"平庸之恶的概念,是由犹太裔著名政治思想家汉娜•阿伦特提出来的。平庸之恶是一种麻木的逃避与懦弱行为,表现为对强横的顺从与服从;同时,有意无意参与对他人的伤害,可又以迫不得已为自己开脱。

　　"善恶的界限有时虽然不能让人看得很分明,但有些明显的是非并不含混,一个人但凡有点良知,都能做出基本判断。一个人遵从自己的人性,就得远离邪恶;若有心远离邪恶,那更要警惕你的平庸之恶。若有心将企业的产品做到精致、将品牌推向极致,就要求领导和股东追求卓越,要求全体员工拒绝平庸之恶。"波拉的演讲也获得了大量的掌声。

　　"大家好!我是波拉母亲的表妹,今天波拉订婚事出意料,她的父母现在来不及过来,晚宴时会来,让我先代他们向大家表示感谢!"迷丽也上来讲话了。

　　"迷丽,你很少来集团,既然来了,就多说几句吧。"陈志诚说道。

　　"那好吧,既然每个人都分享了今天的主题,那我也简单说几句。"迷丽也将手机连在投影上,"这个是我们一家人在上海迪士尼游玩时,拍摄的一个视频。据说这位古典舞蹈表演者不是一般的女演员,而是一位刚问世的机器人!据说这是我国自行研制的机器人,其技术水平已超越日本。请问,大家怎么看待这段视频?"

　　"不可能,怎么会这么像?"好几人都这么说。

　　"机器人能做到这个程度,技术水平已不止超越日本,她的仿真度、灵巧度、平衡能力都已经远超波士顿动力,全球已经无敌。我注意到她这么丰富的舞蹈动作,竟然没有一丝反关节的迹象,所以我判断这不是机器人。"卫斯说道。

　　"是的,当别人发给我看,说这是机器人的时候,我感到不是一般的震撼。虽然我也认为是假的,可万一是真的呢?那样的话,我们在座的每一个人都可以定制一个另外的自己了,人类的很多认知将被颠覆,整个世界的秩序从此将改变。

　　"后来我也发给一些朋友,想得到回馈或者说是求证,奇怪的是大多没有反应。这是另一种可怕之处,机器还没真正模仿人类,人类已经在冒充机器赚钱了。狼还未来,有人喊'狼来了',居然还没有人反应,真的是一种平庸之恶。等真正狼来的时候,那不会是一两头,而是群狼,每一个人都脱不了干系。

　　"我不太会说话,请大家见谅!今天的会议很好,刚才大家对这段视频的反应,也没有让我失望。我们处在逆水行舟、不进则退的环境里,在人工智能的大潮里,希望集团能保持最顶级的技术水平。"迷丽说几句就将话筒交给了家鸿,而杨家鸿将它传给了周泓鸣,自己则打开桌前的麦克风说道:"做人是可以知足常乐,但也应该明白平庸是恶。创造者不能不追求卓越,更应该深刻领会平庸之恶的道理。

　　"刚才夫人已经说了,希望集团在人工智能的领域,能保持最顶级的技术水平。没错,集团已经行动了,现在请大家移步到康养体验馆,旁边有几款没有对外开放参观的研发产品。我们到那边先参观,再讨论。"

　　"好的,大家一起跟我来。"周泓鸣接话道。

八、未来已来

"小李，最近学习还顺利吗？"陈志诚搭着卫斯的肩问道。一旁的杨家鸿和葛静康也边走边聊，小部分人跟着周泓鸣走在前面。

"谢谢陈董关心！学习还行。"卫斯说道。

"生活方面呢？生活费用宽裕吗？"陈志诚继续问道。

"节约惯了，现在没事了。也谢谢集团对我的资助。"

"毕业后有什么打算？家里父母还好吗？"

"目前看来，我有心想留在美国发展了。唯一担心的就是父母，母亲就要退休了，还好康哥有房子给我住，我计划毕业后把他们也接到美国。"

"这样也好。"陈志诚想了想，知道李卫斯想留在美国的想法跟他的儿子以及准儿媳有关，于是接着道，"之前集团好像只对你两次来回的路费进行补助，现在看来是不够了。而且搞研发也要资金，你愿不愿意成为集团的外派员工？"

"谢谢陈董提携，这个容我考虑一下再答复您好吗？"

"好，不管怎么样，我还是很看好你的。希望你的才华能为公司所用，为国家服务，为人类社会竭尽全力。"陈志诚用力拍了拍他的肩膀，然后快步走在前面，周泓鸣在体验馆门口请大伙进来，陈志诚则再领大家到里面一个封闭的小空间里来。

"我们集团生产的按摩椅款式型号有上百种，所以未来按摩机器人的型号也会很多。早上已经有人体验到一款了，那一款还是比较简单，主要理念是让按摩机械手从椅子里破壳而出。而这一款就不同了，目前产品还处在调试阶段，这算是第一次正式的内部参观会。请杨总给大家介绍一下。"陈志诚不愧为一名非常务实的老板，他在自己的每一款产品上都倾注了心血。

"好的。据报道，日本一家公司去年底宣布也已开始联合研发按摩机器人。机器人的五根手指模仿成年男性的手指长度，按摩时由大拇指按压身体，其余四根手指提供支撑，可通过触觉传感器以最佳力度进行按摩。他们准备在2021年投入使用。

"其实，产品开发都有相似之处，那些手掌上的压力分布、如何掌握被按摩者酸疼部位的状况、使用骨骼模型使机器人能结合人的动作持续地按摩等问题，我们在按摩椅的研发过程中都遇到过。我们这款产品先进的地方有两处，首先是它的飞针技术。"杨家鸿说着，请大家往边站一站,和陈志诚一起开机演示。

"中医按摩与针灸都是我们中华文化的瑰宝,我们在这方面的人工智能理应站在世界之颠。机器人的离手飞针,就是绝活。"杨家鸿说话之间,只听见现场连续的"嗖嗖"声,一个木质模特的上半身上布满了钢针。

"哇!还真是神奇。它对的穴位准吗?看不懂啊!"现场议论纷纷。

"人体周身也不过是720个穴位,准确度不用担心的。中央的是膻中穴、神阙穴、气海穴、关元穴,脸上的印堂、迎香、人中等,这些我们都知道。系统会根据病理需要由程序发出组合针,也可以根据现场医生建议发出物理治疗。"家鸿解释道。

"那如果患者是个小孩,怎么保证穴位的准确度呢?"有人问道。

"其实早在按摩椅上就有准确度这个问题,第一轮它会跟按摩椅一样先对骨骼轮廓做一个定位,然后平行退开再工作。其实这里我们还有一种要求,就是非触摸式定位,现在还是红外线扫描定位,以后会升级到精确摄像定位,有点像X光透视,更像眼球,只是比人体眼球细腻,分辨率更高。至于人体的差异性,那就靠系统软件了,如何应变,就是刚才说过的两项技术中的另一种技术。请我们的麻省理工毕业的陈总来解释吧。"

"好的,我们这项技术叫'镜像敏捷'。在了解'镜像敏捷'之前,先要了解软件开发工程师都知道的敏捷开发,它是一种以人为核心、迭代、循序渐进的开发方法。敏捷开发是福勒发现的,他是国际著名的面向对象分析设计、UML、模式、软件开发方法学、XP、重构等方面世界顶级的专家,现为Thought Works公司的首席科学家。

"'没有人喜欢敏捷,但我们不得不敏捷。就像没有人喜欢工作,但你必须工作。'这是软件人用来调侃敏捷的一句话。在敏捷开发中,软件项目的构建被切分成多个子项目,各个子项目的成果都经过测试,具备可视、可集成和可运行的特征。敏捷开发的方法有很多,有ASD、AUP、DSDM、XP、FDD、Kanban、RAD、Scrum等。

"简单来说,敏捷开发可以做到让系统停留在工作中,它不追求前期完美的设计、完美编码,而是力求在很短的周期内开发出产品的核心功能,尽早发布可用的版本。然后在后续的生产周期内,按照新需求不断迭代升级,完善产品。

"'镜像敏捷'就是在敏捷开发的基础上根据对象的变化而自动变化。目前我们还处于'镜像敏捷'的初级阶段,目的是使对象和机器进行非设定式的即时交流。深入下去,未来还有赖于纳米芯片技术等硬件的同步开发,有可能发挥像'量子纠缠'那样的功能潜力,目标是达成末端神经元的交互传导,形成共鸣,也就是俗话所说的感情交流。"

"是不是可以这样认为,人和机器可以培养感情了。"李卫斯问道。

"理论上是这样的。学谁像谁,镜像就是镜中的自己,再进一步就是所谓的人工智能的人格化,但目前我们还做不到。"陈墨生答道。

"那就太好了。陈董,刚才我还在犹豫到底该不该来公司工作。想到杨老师所言:在大是大非面前,要有大格局和大使命。现在加上墨生经理的一席话,终于使我下了决心。抱团一起走总比一个人单打独斗强,再想想又何必跟钱过不去呢? 现在要做的事情实在太多了。"李卫斯对计算机软件开发的兴趣,也始于镜像敏捷开发软件。

"哈哈哈! 最近一段时间'未来已来'一词很流行,对此本人很不'感冒'。什么大数据时代,数据记录的都是过去,而未来的魅力恰恰在于不确定性。什么是未来,你们年轻人就是未来,你来了,才叫'未来已来'。"

"集团欢迎你的加入! 你的薪金问题和杨总或者墨生谈都可以,入职手续由人力资源部专员给你办。"陈志诚说罢伸手和卫斯相握。其他人也纷纷向卫斯祝贺,连波拉都向他点头致贺。

"小李,你这次来向我们展现了一流的电影外形模型技术,这一块是我们所缺少的,接下去你要和我们各部门配合,让这些机器站立起来、舞动起来,就像我们真人一样。"陈志诚觉得今天好事连连,很兴奋,"我们习总书记说过:发展是第一要务,人才是第一资源,创新是第一动力。而毛主席说过:一万年太长,只争朝夕。我们不仅要科技争先,还要人文争先。科技可以带动人文,人文也可以推动科技,未来就是科技与人文的高度融合。"

"谢谢陈董提醒,我会认真考虑您说的话。"李卫斯有所思地说道。

"兰医生,您也发表一下自己的看法!"陈志诚对一旁的医学顾问说道。

兰医生站起来说:"《人民日报》连续关注挂号难、看病难问题已经多年了,不少人会羡慕发达国家的一些医疗福利,而去年则刊登了一篇文章,《发达国家看病为什么这么难?》。

"中医是我国的原创,但近百年由于西医的引进,中医有所式微,主要是医务人员都追逐临床和西医了,有经验的'老中医'凤毛麟角。另外,设备与技术跟不上西医也是主要原因。近代的五大技术创新——家电、汽车、飞机、高铁、信息,我们都不是原创国,必须要尽快改变技术落后的状态,全力推动技术创新,否则我们怎么能有话语权?

"现在,我认为中医的机会来了,全球主要国家都在加快布局区块链技术发展,我国在加强区块链标准化研究,提升国际话语权和规则制定权的同时,使得教育、养老、医疗健康等领域成为重大风口。我认为建立"个人健康银行"就是一大出口,个人健康银行从婴孩一出生就开始建立,捆绑教育、就业、嫁娶、养老等民生工程,一直到入土为安,它将和社区医院以及大医院形成三极医护网。健康银行除了能对个人健康数据动态进行云计算,还能充当医生。健康教育不仅患者需要,亚健康者更需要,甚至医护人员自身也很需要这样的"个人健康银行"。通过区块链、物联网、大数据以及人工智能的技术应用,在预防医学和慢性病医治方面,中医将大有作为,人类寿命破百将不再是难事。

"《道德经》说:'反者,道之动也。'随着科技的高速发展,人们会返璞归真,回归自然,而中医是一门真正意义上的自然医学。中医理论来自大自然,中药也是土生土长的,符合人们的美妙愿景。从这个角度而言,我们集团早早地介入按摩、针灸等机器人中医理疗领域,先不管成果如何,都已经占据了世界医学的高峰。"兰医生语速不快,众人也跟着若有所思。

"各位老师,我想知道这款机器人为什么还不能面市?它自身还有什么缺陷或者技术上的不成熟?"李卫斯问道。

"问得好,我来回答吧。"杨家鸿说道,"产品尚未面市,首先是老化试验、临床实验等积累的数据还不够多;其次,也有刚才兰医生所说的中医理疗还不成气候的原因;再者,我们自身业务尚未转型,并不急于进入医用领域。飞针技术有点'无心插柳'的味道,我们在商用的按摩椅中破壳而出后,再往前试走了一步,这是世界上没有的,自信心还不够。

"我个人认为,未来人工智能的竞争最终会变成'时间与空间'的竞争。时间就是速度,速度也是飞针最难把控的地方,目前我们短距离内可以达到音速,但离光速还差很远。

"我们知道百分之九十宏观控制是国家层面甚至国际合作方能做成的,与企业和普通老百姓无关,我们所能做的就是微观再微观。空间在这里是精确度,将来更需要细微度。目前飞针的速度取决于一个高压和微缩的气缸肺,而气需要耐高压设备吸进来,微电机将是机器人永远的痛。兰医生已经提到纳米机器人,其实已经牵涉到'超微科技'的运用。

"读过库兹威尔《奇点临近》的人都知道,在'奇点'到来之际,机器将能通过人工智能进行自我完善,超越人类,从而开启一个新的时代。"杨家鸿的语速还是挺快的。这时候人群后已经安静地多了几个人,其中包括波拉的父母。

"对不起,杨老师我打岔一下。我还没有读过《奇点临近》这本书,这个'奇点'指的是什么?它大概什么时候会发生?"李卫斯问道。

"奇点就是机器超越人类的临界点,在这以后,人类甚至将与机器融为一体,实现'永生'。到时候我们的'都市 e 家人'炒人机构,将不再单纯地炒人,也会炒 AI 人,不仅实现人与人'都是一家人',还会致力于实现人与 AI '都是一家人'。至于有多久能到达库兹威尔书中所写的科技'奇点',作者认为 AI 接近现在人脑的水平最早是 2029 年的事,而到达这个奇点的预测是根据这个节点会发生的技术上的重大事件而来的。他认为在 2029 年出现奇点有三个提要条件:第一,硬件方面,会达到支撑 AI 发展的程度;第二,对于人脑的研究已经有足够的积累;第三,软件方面,我们初步具备模拟大脑运行的软件技术来处理信息。虽然看似是很遥远的事情,但是科技发展很快,这一切实现起来又很近。"

"人机'都是一家人'是我们美好的愿景和努力的方向,现实是这个'奇点'出现以后,'机器人杀人'也跟着出现了。特斯拉 CEO 埃隆·马斯克就非常反对发展人工智能。在他看来,人类发展人工智能技术是在召唤恶魔,未来五年,机器人将会给人类带来不可想象的威胁,人工智能将导致机器人像删除垃圾邮件一样'删除'人类。马斯克不止在一个场合表达过这种观点,前段时间又在未来学网站Edge.org上发表了这样的言论:人工智能的发展速度之快令人难以想象,除非你十分了解Deepmind这样的公司,否则你根本想象不到其发展速度。十分严重的威胁将在五年内发生,最多也就十年。我不是在对一些我不懂的事情胡言乱语;而且,也并不是我一个人意识到这种威胁。领先的人工智能公司也一直在采取措施确保人类的安全。"陈志诚补充道。

"是的,如果有人认为,人类请放心,最近一段时间机器人还不能杀人,那你就陷入了波拉前面所说的事不关己的'平庸之恶'。陈董作为墨子式实业家,他从来是将防御做在前面,这也是我们集团的企业文化。

"马斯克的警告并非杞人忧天,假如人工智能超越人类,机器比人脑更加聪明,根据墨菲定律,机器人杀人是迟早的事情。

"'If you worry that the robots are coming,don't,because they are already here.'(如果你担心机器时代要了,那大可不必,因为它们已经来了。)这是奇点大学人工智能领域负责人Neil Jacobstein在接受BBC访谈时说的一句话。现在的问题是,当这个时代来临后,人类将往何处去?"杨家鸿发现了波拉的父母,也就是迷丽的表姐和姐夫也来了,于是向他们挥挥手,继续说道,"机器人杀人是西方思维,因为西方人爱看悲剧。而我们中国人爱看喜剧,加上今天是墨生和波拉的订婚大喜,就不说这个了。总之,未来已来,智慧社区、智慧生活已经触手可及,我们看得见摸得着的汽车也正在进化,在可预期的时间内,汽车有望成为又一个移动智能终端,重构自身及相关产业发展方向,推动智慧交通,影响城市未来,改变人类生活方式。未来的智能汽车,无异于一个'移动城堡',在这个新城堡里,你就是'国王'。又比如,手机和电视机将消失,取而代之的是腕带式智能电脑和随处可见的屏幕。'新物种'不断在诞生。"

陈志诚看到亲家来了,自然闲不住,上前与他们打招呼。其他人也不断与波拉爸爸握手致意,现场一度混乱。于是家鸿也停顿了,当听到波拉爸爸叫他继续时,他清了清嗓子,说道:"我个人认为,虽然未来已来,但大真必藏大伪,每出一个新概念,总会先被一帮骗子利用,再被一帮投机者利用,最后才能轮到一帮热爱它的人坚守。人工智能会让一大批人倒下,方才彻底醒悟,一批人成就另一批人,大破才有大立!最后,我就引用二十多年前凯文·凯利提出过的话:'很多新奇的事情正在发生,未来已来,只是尚未流行'。"

"老师说得好!"葛静康带头鼓掌,周泓鸣接上。于是家鸿在大家鼓掌下,来到卫斯的身边,卫斯此时有些安静,家鸿轻轻说道:"卫斯,你也去跟波拉父母打个招呼,他们跟你比跟墨生更熟,不是吗?"

"嗯,是的!我知道了。"卫斯犹豫了一下,就来到波拉父母前面。

"爸!妈!好久不见了,你们可好?"卫斯这个开场白,让大家安静了下来。

　　"哦,卫斯啊!是好久不见了,让阿姨看看,长结实了不少啊!"波拉妈赶紧打圆场,立刻把称呼改了。

　　"卫斯,你也回来了!你还好吗?没事吧?"波拉爸也来握住他的手问道。

　　"爸!妈!请允许我这样称呼你们,日后都这样称呼你们。我没事的,来之前已经做好最坏的打算,过来其实也只是走程序罢了,现在已经释怀,我听家鸿老师的,墨生以前也是我老师,现在是我大哥。今后我会一直待在美国,我不在就不能当面尽孝了。"卫斯说着还扑通一声跪下了。

　　"卫斯,使不得啊!"两人赶紧一起拉他,可卫斯还是不起来。

　　"卫斯,俗话不是说,男人膝下有黄金吗?"墨生过来代替未来岳母拉他。

　　"以后就请大哥替我照顾你们了。"卫斯起来后再次一只手拉着波拉妈妈,另一只手拉着波拉爸爸,说道,"爸!妈!以后,大哥要是对波拉不好,或者对你们不孝,你们一定要记得告诉我,我会对付他的。"

　　"好的,好的,卫斯乖!你们都很孝顺的!我们真的很开心。你一定要活得好好的,我们以后也会到美国看你的。"波拉妈妈说着,眼里泪花都有了。

　　"一定,一定!我和'波拉'在美国接待你们。"卫斯拉着他们的手不停地摇动。

　　"什么!波拉?"波拉妈妈瞪大眼睛看看波拉。

　　"你瞎讲什么呀!"波拉过来一把推开卫斯。

　　"姐,你还不知道,是这样的……"迷丽把卫斯要跟机器人结婚的事跟表姐轻声说了一遍。

　　"好了!大家也累了,饿了,接下来我们到餐厅继续聊,开怀畅饮几杯,也算是犬子的小喜酒吧。"陈志诚大声说道。

　　"走吧,今天演讲中的信息量好大呀……"大家边走边议论着。

九、世界镖榜

晚宴主角自然是波拉和墨生，两人和双方父母坐在一起。李卫斯、葛静康则和杨家鸿一家坐一桌。这情形让卫斯他们想起多年前的那场谢师宴。

"这次感觉我们又成了蹭饭的。"葛静康说道。

"是啊！这次我们不仅是陪衬，还成了背景帝。"卫斯说道。

"都快有十年了，记得上次你们也坐我身边。"杨家鸿说道。

"杨老师，我们见一面可是隔了十年啊！这次我可是不愿意再失去拜师学艺的机会。"葛静康继续说。

"你不用客气，咱们一家人不说两家话，你说说看，需要怎么样的帮助？"

"早上我参观过'侠客馆'，深有体会，想想自己这十年的闯荡，自己感觉颇像走江湖的侠客。侠客遇见高手总要请教几手、比划几下。如果没有当武林盟主之心，这碗饭就别吃了。但要当盟主，总得有点奇缘，获得点拨。"

"在'侠客馆'你最大的体会或者说疑惑是什么？"

"金庸大侠的书我是爱看的。倒是对凯文·凯利入选有点意外，尤其是馆里的这句话'从kk的《失控》到《必然》，我们看到了科技想要什么，这确实是一场值得参与的无限博弈'很值得思考。我想，既然未来是必然的，我们只能提前参与进来。您认为是这样吗？"

"是的，kk是'侠客馆'里少量的外国人，他是一位思想的行者，在全球四处游历，也来过中国多次，在精神上经历过一次'死亡'，而且是一位跟科技发展最紧密的游侠。凯文·凯利给我们总结了自己几十年来对于科技的观察和分析，评说了当下科技发展的必然趋势。在《必然》的描述中，未来是霍洛思的世界。所谓霍洛思，是全体人类、计算机、手机、各种可穿戴设备、各种智能设备、各种传感器靠着网络紧密连接起来的世界。而如今正是这个时代的开端，这种紧密的联系开始有了一定的雏形，一个巨变的时代开始形成。

"中国历代皇朝的开疆拓土，必须有大量崇文尚武的帅才、将才和军师。从你的介绍中，我知道你们有一定的护卫力量，但是人与人最大的差异在于战略能力。我觉得你们可以找准文韬或武略入手，尝试先做起来。"

"我现在已经和卫斯联手，兄弟俩一文一武，打算搞一番事业。"

"那是两个月前，我跟康哥只是聊到机器猫，他就很敏感，要给我提供吃住，还有部分资金,让我工作。"卫斯说道。

"嗯,卫斯我了解,他是文武双全。而你也是粗中有细,有想法,你们搭档还行。"家鸿对葛静康说道。

"康哥是曹操。"卫斯补充道。

"是吗?有平天下的愿景是好的,但你们一定要记住,得道多助,失道寡助,我们参与无限博弈的目的是引导更多的善,'爱'才是我们一切的动力。"

"杨老师的话我记住了。"葛静康说道。

"老师,在美国一些漫威漫画中的人物,如美国队长、钢铁侠、蜘蛛侠、雷神、绿巨人、黑寡妇、鹰眼、死侍、毒液、灭霸等,早已经深入人心,你看陈总说的中国未来会出现的人物,我也把她们一一做出来怎么样?"卫斯问道。

"这个对你们拍电影是不错的,关键是对小康他们的事业会有什么好处呢?等等!我先想一下。"杨家鸿只顾自己吃东西了。

"老师,我们敬您,先干一杯。"葛静康说着,卫斯也端起了酒杯。

"乐乐,也敬你!"卫斯说道。

"好的,干杯!"杨嘉乐说道,一家人都和卫斯以及静康碰了一下杯子。

"你们可以先把虚拟人物和现实中的人物混合起来,做一个类似战力的排序。就像我们早上的机器人战力榜,不过你们做的是仿真人,自然和真人一起排序,然后资金和科技迅速跟投,把他们做出来,再每年提升战力,也许是一个办法。"杨家鸿放下杯子,边吃边说。

"杨老师擅长设计思维,他看问题比较远,维度不同,很跳跃,我们一时难以理解。"卫斯对迷丽说道。

"你让他再解释。"迷丽说道。

"是啊!我也看不出,这能使我登上'武林盟主'吗?"葛静康说道。

"我给你们举几个例子。自《美国新闻》第一次依据数据确定的大学排名于1988年出炉后,当这一排名发展成全美标准时,恶性循环出现了。

"大学为了排名展开'军备竞赛'。但是长期下来,数据模式始终是有缺陷的,后来也有人自己建立更完善的个人数据模型,但是它已经是跟在别人的后面,人们普遍只相信历史更悠久的。"

"后来,2004年,英国一家国际教育市场咨询公司开始发表QS世界大学排名。2010年起,QS世界大学排名得到了'大学排名国际专家组'建立的'学术排名与卓越国际协会'承认,是参与机构最多、世界影响范围最广的排名之一,与泰晤士高等教育世界大学排名、USNews世界大学排名、世界大学学术排名被公认为四大较为权威的世界大学排名。还有记得在中国也有个中国大学评价和排名领域的知名专家,叫武书连吧。我们以前也看他的排名的。"迷丽说道。

"是的,QS排名目前同学术出版集团爱思唯尔合作推出,现涵盖QS世界大学排名、QS世界大学学科排名、QS亚洲大学排名、QS拉丁美洲大学排名、QS金砖五国大学排名、QS全球建校五十年以下大学排名、QS阿拉伯地区大学排名、QS东欧和中亚地区大学排名、QS中国大陆大学排名、QS全球MBA排名、QS全球最佳留学城市排名、QS全球毕业生就业竞争力排名等十二种类型。武书连是'中国大学评价'课题组组长,是国内第一个将中国大学排名的历史和现状系统整理出来介绍给公众的专家。武书连版排行榜是国内有影响力的大学评价。近年国内又出现了'阳光教育'院校综合实力排名、'双一流'学科建设指数排名、瑞路中国大学百强榜单等。"杨家鸿喝了一口,继续说道,"这是学术界的排名。中国企业界也有一个排名,它却是一个外国人弄出来的。"

"那是叫胡润吧!"卫斯问道。

"是的。现在他每年做一次福布斯中国内地富豪排行榜,被公称为是研究中国民营经济的'教父级'人物。"

"杨老师我听明白了,他们做的是学术和财富排名。那我们就做全球内的战力排名,可以理解为'武功榜',首先统计数据,再做一个网站或者App,面向全世界的各个角落,根据武功排名,里面发布各种任务。"葛静康说道。

"呵呵!按照《推背图》,榜单第一名三尺童子、第二名水边女、第三名孝子、第四名田间第一人、第五名西方女子、第六名白头翁……不行,我的'波拉'怎么能排行第二呢。"卫斯自言自语道。

"爸爸,'田间汉'不是墨子吗?"杨嘉乐问道。

"乐乐说的对,墨家弟子都是出身低微、行在田间的泥腿子。"杨家鸿答道。

"卫斯叔叔,你把我做成'三尺童子'吧。"杨嘉乐怯怯地轻声说道。

"好啊!乐乐勇敢!"

"杨嘉乐,你可别乱说话。"迷丽训斥道。

"星级高手这个概念值得一提,可按世界上的高手分为一到九星,像一般保安护卫也就一到二星,三星高手一般实力已经强于普通特种兵,四星高手应该是地方级别的搏击冠军。星级越高,代表的实力就越高。七星的高手,就像美国军官口中来华的航天科技重要开创者和主要奠基人之一那样:无论在哪里都抵得上五个师,连国家都不敢轻视。至于九星高手……那只是个传说。"卫斯边吃边说道。

"哈哈,有点意思。要不叫'国际雇佣兵排行榜'也行。"葛静康说道。

"不好,雇佣兵直接与战争有关,要从维护世界和平的角度出发。你们不是有做护卫吗?古代有镖行,有镖师,今天也可以叫护卫。可以考虑叫'镖师榜'。"杨家鸿说道。

"OK,那就听老师的,叫'世界镖榜'吧。"葛静康说道。

"这事并不简单,为此,你们还要做大量的工作。要真的做个游侠,像哥伦布、麦哲伦还有郑和那样去跨海游说,推广网站,并取得一手的数据;而且使自身的业务也上一个台阶。"杨家鸿继续说道。

"有道理!"葛静康说道。

"那我'三尺童子'就是第一名'武林盟主'了。"嘉乐俏皮地说道。

"对啊!'三尺童子'出现后,就快'世界大同,天下一家'了。"卫斯说道。

"又胡说了。"迷丽对嘉乐说道。

"所以要先做起来,把名坐实了。你说的战力,其实未来就是各方面科技整合出来的综合实力,这个大家可以一起努力。同时,战力还可以不断更新,说白了,别人的战力也可以是你的,只要对方一出手,就不神秘了。排名榜还是掌握在你自己的手中。"卫斯笑着说道。

"你们越讲越离谱了,乐乐,我们去阿姨那里看看。"迷丽拉着嘉乐走开了。

"杨老师,我是说干就干的人,您帮我算算要投多少资金进去,您愿意投一点吗?可不可以找一家第三方公司,委托他们制作和管理……"葛静康缠着家鸿不停地咨询下去。而卫斯则端着酒杯和红酒,去了隔壁波拉、墨生那桌,那里已经有很多人在给新人和他们的父母们劝酒,迷丽和嘉乐已经在一旁看热闹。

"卫斯,你也来了,没事吧!"迷丽问他。

"放心,早没事了。"卫斯说道。

"你那位葛静康同学靠谱吗?你放心和他一起工作吗?"迷丽问道。

"他是个好人,您不要见怪。我可是没啥再放不开的了,人生如戏,何不轰轰烈烈地演个够呢。"卫斯说罢,往前走了两步,"陈董,爸,妈,准新郎新娘还有在座的各位,我来敬大家一杯。"

"好的。"

"卫斯,我们暂时走不开,本来要先到你们那里敬酒的。"墨生说道。

"没事的大哥,我来也一样。我先干为敬!"卫斯干了一杯,又满上了。

"陈董,这杯敬您,承蒙厚爱!学生必不辱使命!"

"好的,干杯!"陈志诚说罢,跟他干了一杯。

"爸,妈,这杯敬您二位,请二位多保重身体,来美国记得来找我。"

"好,一定一定。"波拉妈妈有点尴尬地说道,倒是波拉爸爸一干而尽。

"这杯是要敬准新郎新娘了。"卫斯将红酒扎中的酒都倒入杯中,"你们的正式喜宴我是赶不上了,这杯就敬你们新婚快乐、百年好合,祝你们'执子之手,白头偕老!'"

"好的,谢谢!谢谢!"墨生连连道谢,看波拉一干而尽,他也干了。

"谢谢!"波拉展示着她的空杯,轻轻说道。

"卫斯你坐下来吃点菜。"波拉妈妈看到他连喝四杯酒,于是说道。

"没事,大家再多喝几杯,我到自己那桌去了。"卫斯拿着两个空杯走了。

"我们也该出去敬一下酒了。"墨生拉着波拉起身。

"我们也回去了。"迷丽看她们要到自己桌,也和嘉乐回去了。

"我们的准新人要来敬酒了。"卫斯坐下后说道。

"大家好!我们来了。"墨生和波拉还有迷丽和嘉乐一起过来。

"你们打算怎么个敬法?"杨家鸿问道。

"不用说,托大家的福!我们干掉,你们大家随意!"墨生说道。

"打个通关吧,每人敬一杯!"家鸿说。

"这个,对不起了,今天人太多,而我酒量有限,改天有机会再陪大家喝。"

"改天?我们就不在这边了。算了吧,你们来个交杯酒吧!"卫斯说道。

"那好吧。"墨生和波拉两手相扣,缓缓而饮,众人相机连拍。

"卫斯,波拉,我们三个老同学干一杯吧。"葛静康说道。

"好啊!"卫斯应道。

"还是碰一下随意吧,我的康大哥,你以后还是少给人劝酒。"波拉说道。

"呵呵!那好吧,我们的班花说话了,谁还敢不从。"葛静康笑眯眯地说道。

"你们喝得怎么样了?"看到陈志诚也来了,迷丽让出座位给他。

"陈董,是这样,刚才我跟他们聊起投资一个网站……"家鸿在陈志诚耳边细语,听得陈董微微点头,墨生和迷丽也隐约听到一点。而三名同学则在聊天。

"你们跟书生们做研发不同,文人搞出来的东西也偏文,只会在智能上动脑筋,而你们关注到战斗力,就很难得。小康是武将,卫斯文武双全,你们在一起是可以做出点事来的。来!我敬你们一杯。"陈志诚起身说话。

"谢谢陈董!"葛静康和卫斯都举杯。

"那你们大家再多喝几杯,我们去其他桌敬酒了。"墨生说道。

"好的,去吧!"杨家鸿说道。

"陈总,听说你也只有小学文化,怎么能把企业办得这么好。我也初中毕业就没上学了,不过现在的初中可能还不如您那时的小学有文化,反正我们同命相连,您一定得教教我。"葛静康说道。

"哈哈,小康看来还是挺好学的,刚才不是拉住我们的杨总求教了。"

"是!晚辈难得回乡一次,不向前辈们求教还向谁求教呢?"

"我文化程度不高,但办企业不自觉中继承了我们的永嘉学派事功文化,而自学的是墨子的务实精神,这一点杨总知道的,所以他也叫我老师。你们关注到机器人的战斗力这很好,但我也可以向你透露一点,我们集团也早就关注了,如果连关注都谈不上,那就有愧于墨子精神了。"陈志诚乘着酒兴话也有点多。

"是的,我也看到了,不然你们怎么会想到在这个基地设一个机器人赛场呢。"葛静康说道。

"机器人赛场只是小意思,其实我是很重视仿真机器人的防御能力的。"

"做好防御其实是比做好攻击还要难。当然了,我们集团是不会出品攻击性机器人的。"杨家鸿补充道。

"是的,不仅墨子爱守城,中国人历来都比较含蓄,郑和七下西洋也无丝毫的殖民现象。"李卫斯说道。

"所以,中国人吃亏的多,我觉得窝囊,不能这样。"葛静康说道。

"做好防御才能立于不败之地,墨子也算个军事家,没输过。我们中华人民共和国成立以来,社会一直很安定。反观美国,枪击案不断,去年的宾夕法尼亚州匹兹堡市郊'生命之树'犹太教堂发生枪击事件,包括四名警察在内的十多人死亡和受伤。这次的事又牵扯到枪支问题,这也是美国的痼疾,这种事不是第一例,也不会是最后一例。而案发后,特朗普总统表示这起事件跟美国的枪支法'没什么关系',称如果教堂里当时有枪的话,也许就能阻止罪犯。当记者问,总统是否建议所有教堂都配枪时,特朗普表示,'这显然是一个建议'。这是典型的以攻击对应攻击的战争思维,防御性思维不够,不能从根本上解决问题。我认为人工智能未来在防御性武器系统里将发挥人类不可替代的作用。"陈志诚说道。

"所以,我们集团已经在做这方面的工作了是吗?"李卫斯问道。

"实验是一刻也没有停止过,这个不说了。就你们这家新公司而言,如果要我们投资的话,我们希望能够控股,当然了,具体的事情我们不会插手,只希望能成全你们年轻人。"陈志诚说道。

"那具体的股份您打算怎么安排呢?"葛静康问道。

"你打算跟李卫斯一起?你们之间的股份怎么分呢?"陈志诚反问道。

"我刚才咨询了杨老师,启动资金几百万就够了。而卫斯还在读书,投资会有问题。所以,打算是所有的资金由我出,卫斯占百分之三十的股份,具体的运营由他负责,反正我也不懂。"

"那如果你也不用出资金,股份少一点可以吗?"

"可以啊!"

"这样吧,启动资金三百万元,全部由我们集团出,你占百分之四十的股份,李卫斯算我们集团的员工,我们全部以他的名义投资,我们承诺给他个人的股份也不少于百分之三十。"

"也就是说，公司名义上还是我和卫斯两人投资，他六我四，名义上卫斯是董事长，实际上是你们集团控股?"

"不是这样的，名义上你还应该是法人代表和执行董事，你主外，李卫斯主内合理些。而实际上还是你的股份最大。百分之六十是由很多人拼凑的，你就像美国总统，但我们可以弹劾你、罢免你，甚至走破产清算程序。"陈志诚说道。

"嗯，明白，只不过三百万元少了点，我自己也拿得出，这点钱放自己身上没几下就用完了，何况是用在一家企业里。"

"那就先投五百万元吧，而且集团还会孵化你们的企业，比如财务做账五年，会计师的工资由集团出了。还有，前三年李卫斯的薪金由我们集团来发，暂不计入新公司成本。"

"很好，真的没话说。卫斯，陈董真的很器重你啊!"葛静康说道。

"那当然，你看，我一手提拔了杨总，连他和迷丽的婚姻都是我做的媒。李卫斯是杨总的学生，也不会差到哪里去，只不过我没办法给他介绍一个对象了。"

"谢谢陈董!"卫斯说道。

"不用谢，小李你任重道远! 这次你们打算什么时候回去?"

"我的行程计划是请假离校一周，离开中国，再去一下日本，然后回校。康哥要迟两天跟他舅舅一起回去。"卫斯答道。

"既然行程紧张，等会儿我们留下来，把新公司成立的细节材料还有你的薪金等问题敲定。你要记住一点，只要能用钱解决的问题都不是问题。马斯克说得对：'人们有时候会有一种误解，总觉得科技水平是会一直自动提升的；但实际上，只有很多人投入大量的时间和精力去改善，才会有提升的可能。'我们集团不要'名'，将来也可能不要'实'，只希望和未来在同一条船上。而你们的挑战可能会来自全球，必须沉下心来钻研，只要每年有突破，集团年年为你们庆功!"

"好的，陈董，我敬您一杯!"卫斯说道。

"谢谢! 少喝点，等会儿还有工作。"陈志诚跟卫斯碰了一下杯子，起身说道，"那我先过去了。家鸿，饭后我们和小李、小康他们到茶室再坐一下。迷丽，你和孩子就跟墨生她们先回家吧。"

"谢谢'墨子'关心!"迷丽俏皮地说道，"乐乐快说，谢谢'墨子'伯伯。"

"谢谢'墨子'伯伯!"

"再见! 乐乐!"

十、奢侈极品

饭后散步,四人从小路拾级上山,找到一家山居民宿的茶室,点了一壶武夷小种红茶,坐下后家鸿问道:"卫斯,你去日本干什么?"

"去访问几个喵岛是日程计划。灵感来自一个月前,我去考察波士顿动力生产的阿尔法狗,这只狗被外国媒体评价为'现今最令人抓狂但也是最棒的四足机器人',因为你怎么也没法儿放倒这只该死的东西,就算四足朝天,它也能像马一样自己翻身。据说它已经被美军征用,是一个随军怪兽。我在现场和相关人员聊天,我们聊到电影《阿尔法:狼伴归途》,也聊到去年老布什葬礼上不肯离开的一只狗。这只拉布拉多狗名叫萨利,是照顾老布什生前生活起居的服务犬。它可以做到整整两页纸的指令,包括开门、取东西、接电话,还知道按紧急按钮求助,会在老布什想站起来的时候,充当'拐杖'的角色。

"可以说波士顿动力对狗的情怀和理解,以及机身技术的成熟,远在我们的想象之外。假如再整合围棋冠军 Alpha Go,未来将在犬界所向披靡。可我的目标是让他们为我定制一副猫的机身,但是他们说猫比狗难做,让我提出非常具体的要求,我有些为难,因为我对猫的理解远没有达到像他们公司对狗的理解那么透彻。所以,我必须开始亲近猫。"

"这样啊! 那你明天可去温州江心屿找找,那里也有很多野猫,这些野猫白天大多躲在那所英国殖民式老建筑的地下空间里,这是1894年开始在东塔山下建造的英国驻温领事馆,由于这所建筑作为文物受到政府保护,这些猫自然也被保护了。这些野猫也有些年头了,可能比日本喵岛的猫要凶一些。还有,下次有时间还可以到北京看一看御猫。"家鸿帮陈志诚摆放杯子,说道。

"什么? 还有御猫!"卫斯比较惊奇。

"是的,宫廷御猫。在古代,紫禁城的主子是皇帝。然而现在的故宫,却多出了一百八十多个'主子',那就是故宫的猫。它们是故宫博物院收养的流浪猫,每只猫都戴有刻着自己名字的猫牌,全部做过绝育手术,打过疫苗,它们最大的职责就是抑制故宫的鼠患。"

"哦,故宫我们上次一起去过,当时还真没注意这些猫,不过白天故宫人流多,我想这些猫养尊处优惯了,会比较温顺。"卫斯说道。

"俗话说'猫哥狗弟',说明猫的能力比狗强,但它的体型却比狗小。所以各种配件都要升级,又是一种挑战啊!"陈志诚盯着啸叫的电热水壶说道。

"猫有九条命,它可以缩骨、可以上树。"葛静康说道。

"是的,要亲近、熟悉并解构它们,了解它们的性情和骨架经络,并借此机会,也解构阿尔法狗,在细节上做出取舍。这需要漫长的一段时间。"卫斯说道。

"是啊!你所做的符合我们集团的'元维度'文化,从零到一是最难的,做出第一只可能需要一两年,而制作出一千只或许只用几天时间。过程中需要集团的技术或者加工支持的,你尽管说。"陈志诚给卫斯倒茶。

"好的,我会尽快的,现在的样品配件用3D打印比较方便。"

"你现在还是读书阶段,我知道你留学生活比较节俭。现在不同了,在看不清竞争对手在哪里的时候,你的竞争对手主要就是时间。我还是那句话:能用钱解决的问题都不叫问题。"陈志诚继续说道。

"时代真的变了,企业家都不讲钱了。"葛静康调侃道。

"那是生意人,企业家眼里钱只是数字,只是一种资源。"杨家鸿说道。

"受教!"葛静康拱手道。

"呵呵!是的。21世纪最奢侈的私人物品,不是名香陈酒、古玩珠宝,不是豪车游艇、机坪别墅,而是复制一位五星以上的你!"卫斯说道。

"不错,进入角色还是挺快的,这是概念营销。"陈志诚赞同卫斯的说法。

"杨总,时间不早了,你和卫斯到隔壁去吧,Angle已在等了。"陈志诚已经通知司机送他的秘书过来,在另外房间接好手提电脑和小型打印机。三人一起拟定李卫斯的聘用合同、新公司的名称以及备用名称、个人委托协议等。

"小康啊,现在是我们两个的自由时间。你有什么项目推荐给我玩玩?"陈志诚问道。

"玩嘛!陈董找我就对了。"葛静康拿出手机来,"您喜欢什么样的娱乐?"

"平时我有空也就是下下棋。"

"是不是陈董看不上娱乐、健身行业啊?"葛静康问道。

"那倒不是,而是我们集团需要安心做研发,做我们自己的事。"

"我明白您的意思。"

"嗯,人治不如法治。未来的法治还要加入AI治理,如果有一天能用自己做的机器人来保护自己就好了。"

"是的,那天卫斯告诉我,他每天在纽约地下道跑步,发现老鼠比较多,他计划做出自己的猫,来统治纽约的老鼠。我们就一拍即合了。"

"若能做出抓老鼠的猫,就是一大突破。能做小的就更能做大的,未来即便'豺狼结队街中走'也不怕,因为自己就是'拨开云雾见天日'的人。"

"陈董,我从来没有想过我们的事业会变得那么伟大。"葛静康端茶敬陈志诚。

"拓展事业没错,但谁都会这样想,有时候酒店开两三家和开百多家也没什么区别。这叫从质变到量变,容易成事的人心中都有一个梦想和终极目标。"陈志诚和葛静康一起喝了一杯。

陈志诚在企业界也算是位老江湖了,他知道如何与葛静康这样的社会青年相处,并通过短时间的相处,了解他、影响他。企业家不是不赌,而是赌的方式不一样,陈志诚就是在葛静康和李卫斯身上赌了一把。作为防守专家,从不打无效之战。从名义上讲,他这是真正不要名分的天使投资,帮助成全了李卫斯他们,只要集团在背后支持,很有可能获得投资回报。从某种程度上讲,新文明不应该是由物欲主导。因此,参与投资未来是他乐意的。另外,他也在为儿子儿媳的感情纠葛方面打预防针。不论从哪个维度考虑,李卫斯都值得赌一把,况且对元维集团而言,区区几百万只是小数目。所以,他极少失败。

"陈董我们来了。"Angle和家鸿、卫斯一同过来。

"这么快就好啦,坐吧。"陈志诚说道。

"服务员,请加个杯子和一张椅子。"葛静康叫了一下,看看没反应,觉得可能是山里茶庄人手不够,老板又正忙,赶紧就自己去搬了一张椅子。

"谢谢帅哥!"Angle坐下来,把一叠文件交给陈志诚,"刚才,我正跟杨总抱怨呢,上次他牵线给陈董的千金说成了媒,什么时候也帮我牵牵线啊!"

"哎呀! 你怎么能病急乱投医呢?"陈志诚接过资料说道。

"嫁不出去了,没办法。"

"安小姐这样才貌双全的人怎么会嫁不出去呢? 是挑花眼了吧。"卫斯说道。

"呵呵,是呀,是高度近视,看不清了。"Angle苦笑道。

"笔呢?"陈志诚快速翻了一遍,问道。

"陈董签好字,明天一早我去集团盖好章后,就送给你。"Angle将笔给了陈志诚,又对李卫斯说道。

"谢谢安小姐! 让你晚上还赶过来加班,不好意思。"卫斯说道。

"没事的,习惯了。"

"要不你跟司机先回去吧。"陈志诚签好字交给Angle。

"车子已经停在门口,如果你们也快好的话,就挤一挤一起下山好了。"Angle有些不舍。

"我们还不一定的,你先回吧。"杨家鸿也说道。

"那好吧,山里冷,你们也别太晚了。"Angle收拾电脑包,起身离开。

"安小姐辛苦了,再见!"卫斯说道。

"晚安!"葛静康也说道。

"谢谢! 晚安! 再见!"

"小康,你们的注册手续要去美国后自己办了,公司注册下来之后,在银行开个基本户,我们会将资金分批注入的。"杨家鸿说道。

"好的,谢谢老师。"

"小李啊! 刚才我跟小康聊了很多。你明天要回去了,现在的心情如何呢?"陈志诚问道。

"说实话,今天的心情就像过山车,开始入夜了,终于平静了。"

"你跟杨总一样,是能坚持到底的长跑者,希望也能做个自律的人。人生就像爬一座险峻的高山,越临近山顶,能够咬牙坚持往前走的人越少。很多时候,不是优秀才自律,而是你自律了,才会变得优秀。"陈志诚说道。

"陈董说得对,胸中藏有大志的人,往往是一个很自律的人。"杨家鸿说道。

"反正我今天是很受教了,以前总觉得,人生苦短,应及时行乐。今朝有酒今朝醉,人不风流枉少年。今天总算知道了:不要做欲望的奴隶,自律可以令我们活得更高级。"葛静康抢着应道。

"你才知道啊! 每一个不自律的行为,都会给人带来更大的痛苦。自由的本质不是放纵自己,不是无所不为,而是自律之后的舒畅,是有所为,有所不为!"李卫斯慷慨激昂地说道。

"什么意思?"葛静康轻声说道。

"我的意思是,在大机会时代,一定要有战略耐性。发展基础科学,是要耐得住寂寞的,板凳不仅仅要坐十年冷,走着走着,会进入无人领航、无既定规则、无人跟随的困境。有些人,注定一生寂寞。"陈志诚说道。

"陈董放心,也许我就是那个注定一生寂寞的人,一个自虐到骨子里的无趣之人。我准备先在曼哈顿征服地下管道,未来还要在世界范围内去征服无人区。"李卫斯说道。

"有想法! 未来社会是一个智能社会,不是以一般劳动力为中心的社会,没有文化不能驾驭。所以我们元维集团早早地布局教育,瞄准未来。我们正是需要你这样的开拓性人才,我们还要年轻人到非洲、中东等地历练。先看世界,再学会管理公司。"陈志诚说道。

"陈董,我跟你们集团一起拓展,为你们保驾护航。"葛静康说道。

"太好了,年轻人有魄力。那我们集团肯定也支持你,比如在每个地区赞助你办自由搏击赛事,坐实我们的世界镖榜。"陈志诚道,"我今年也六十了,我先预定一个老人吧,让他陪伴并保护我的晚年生活也不错,十五年后交货如何?"

"陈董下任务了,不答应都不行啊!"李卫斯说道,"不过我已经准备给乐乐做一个读书伴侣,这个明年就交货。"

"要讲价钱哦!"杨家鸿说道。

"自己人就不讲钱了吧!"李卫斯说道。

"自己人怎么不讲钱,我的那个复制人如果真能达到我所期望的,付多少钱我都愿意。"

陈志诚说道。

"太好了！阿斯，公司什么都不缺了，就看你的了！"葛静康说道。

"要看我们大家的。我现在巴不得睡觉都免了，马上去做。"李卫斯说道。

"很好！多说无益，先走一步看一步吧。时间也不早了，要不我们今天先这样？"杨家鸿问道。

"好！那就这样，你们先动起来，需要帮助时及时联系。"陈志诚起身说道。

"车子停在基地，还是要走下去。"杨家鸿说道。

"上山容易下山难呐！看看电池还有多少电？"陈志诚看了看手机电量。

"您老人家不容易，下山膝盖磨损厉害些。"李卫斯率先打开手机电筒。

"要不我背您下去？"葛静康问道。

"开玩笑，我这把老骨头还是可以跟你们年轻人比试一下的。"

"大家自己小心吧。"家鸿走在最前面，山间台阶不规则，夜路确实不好走。

"杨老师，看来还是您比较熟悉地形。"葛静康说道。

"那当然，从设计基地到登山健步，这里我不知道走过多少回了，每一级台阶都熟悉。"杨家鸿说道。

"难怪你们会选上山喝茶，看来这家民宿也是沾了游学基地的光了。"葛静康说道。

"呵呵，大家相互照应嘛。"陈志诚说道。

"说起相互照应，你们两人搭伙，小康对外，我倒是不很担心。卫斯啊，单单管理一个网站还算容易，关键是你还要做机器人产品，这是一个很复杂的系统工程，你一个人会很难。"杨家鸿说道。

"有集团给我做后盾了，我还怕什么？又有哪些复杂性会超预期呢？"

"你们参观过游学基地了，建设它也是一个系统工程，机器人虽然比它小，但是系统性却比它强太多了。你现在在机器人外表仿真研发方面世界领先，这也是我们看好的地方，但是还有机器人的控制研发、机器人机械本体研发、集成与智能制造研发等方面，也需要懂一些。集团生产机器人，还需要大量的专业人才，比如系统工程师、系统集成工程师、高级算法工程师、SLAM算法工程师、SLAM导航算法工程师、AI软件工程师、WMS软件工程师、上位机软件工程师、自动控制工程师、大数据架构师、大数据开发工程师、Android开发工程师、Hongmeng OS开发工程师、Java开发工程师、DBA工程师、AGV系统架构师、QT开发工程师、嵌入式软件工程师、测试调试工程师、数据存储工程师、AGV导航工程师、机器视觉系统工程师、应用软件工程师等等。"杨家鸿细数着。

"哇！这么多人。"葛静康说道。

"呵呵！都是文职人员。我们要高端战力，战力是算法程序设定不出来的，必须通过实践,实战也是一种大数据积累。至少这里还缺少指导员、教练员和陪练员。"卫斯说道。

"哈哈哈!有意思!'世界镖榜'代表的就是战力大数据,新战法永远引领算法,这也是'世界镖榜'存在的意义。你说的有道理,但这些常规配置你也应该知道。"杨家鸿说道。

"老师,连您做设计的都知道这些,我当然要紧跟您的脚踪了。对我们新公司来说,不可能请这么多人,只有外部合作,或者购买他们的成果。或许,这样的效率才是最高的。"卫斯说道。

"嗯,你们在国外也注意这方面的人才,有的话可以推荐给集团,由猎头渠道过来也行,待遇不成问题,我们集团来做人才储备。目前我们自己的研发也急需各路人才,即便是购买成果,也需要自己来消化和改进。"陈志诚说道。

"好的,我会注意的。"卫斯说道。

"公司机器人定位高端定制没有错。大公司生产的可能是智能机器人、服侍机器人、建筑机器人、装饰机器人,还有生产线上的冗余机器人等。就比如我们做设计有时候接施工任务只接高端的,所以我们会挑选客户。而一般大的建筑装饰公司要产值,必须走量,一般接大众化的、普通的工程做。"杨家鸿说道。

"杨总您高端的一单赛过他们普通的十个单吧。"葛静康调侃道。

"呵呵!其实设计师只是自由职业者,智力是有一部分,主要还是劳力兑伙食,职业淘汰率还是蛮高的。但大多数设计从业者没有产业家底,只能拼这个。如果对设计没有一股狂热也是很难维系的。"杨家鸿说道。

"杨总已经很少做设计了,毕竟人的精力有限。"陈志诚说道。

"是的,论收入,我现在做设计不能跟在集团工作比,只是爱好,偶然画几笔。"杨家鸿说道。

"杨老师,您的这个'游学基地'设计方案可以参加建筑、环境、室内等各项国际设计比赛了。"卫斯说道。

"呵呵,你看集团投资给你们,都用你的名义,陈董都不要名,我更不要名了,好东西让它自然传播就好了。低调!低调!"杨家鸿说道。

"杨老师,我想问一个问题,可能这个问题比较低级,但关系到我和妻子的生活质量。抛开技术层面,您认为机器人会有感情吗?"李卫斯问道。

"这个嘛!"杨家鸿迟疑了一下,他在急速思考如何回答这个问题,他知道,自己的这个回答牵涉到新公司的运作效率,回答得好,会是一针强心剂,弄不好则有可能会使李卫斯长期颓废下去。

"拉倒吧,机器人哪里来的感情。"葛静康干脆泼冷水。

"我刚来温州第一天就到迷丽老爸的工厂里,我看到这么大的厂区和设备很兴奋。因此,也遭到她老爸的鄙视和误会,当时我可不知道,在我眼里这些设备就像一个个战士,在向我敬礼！这是当时真实的感受。"杨家鸿说道。

"现在那个厂的设备基本都还在，都被集团收编了，只是老旧了很多。"陈志诚插话道。

"是的，后来资产重组，工厂被陈董整合，爸爸也退休了。"杨家鸿继续说道，"我和你迷丽师母结婚以前，也有过一段失恋时期，这件事陈董和迷丽都知道。极度悲伤无聊时，我也看一些老掉牙的片子打发日子，有几部给我印象蛮深，如1931年的美国电影《科学怪人》，1958年长春厂的黑白片《画中人》，还有《画皮》等。"

"哇！这么老的电影，连我这电影人都没完整地看过。"卫斯插话道。

"是啊！这些不是尸体变活人就是从画卷中走出活人来的电影，当时也给了我一些鼓励。我经常说，好的建筑是有灵性的，好的作品会说话。作曲家创作一首好曲目，它能治愈人的心灵；画家画一幅好画，希望能给人带来遐想和现实中的呈现；作家也一样，作品能将自己以及读者嵌入场景，活灵活现。

"玩偶变活人电影一直在欧美港台的恐怖片、穿越片、科幻片大行其道，比如近年我家嘉乐都看过的《帕丁顿熊》《变形金刚》等，比较有代表的是20世纪80年代的《神气活现》《木头美人》，讲的是一个橱窗模特（假人）到了晚上就会变成一位美丽女子，与创作她的男子产生爱情的故事。"

"老师，您的意思是让我当艺术家 Jonathan Switcher，而波拉正是我所喜欢的 Emmy。"卫斯问道。

"是的，但不止于此。我们知道，再精湛的工业机器人，再多取代律师、会计师、军人、服务员等人类工作的机器人，它们仍然只是弱人工智能，一旦各种弱人工机器人的超能力横向链接成功，结合你所从事电影领域的高仿真超能力，从量变到质变，很可能强人工智能的奇点就产生了。

"我们对你的期望，也是'不忘初心，牢记使命'这句话，它不是一句简单的口号，而是要求我们要真正做到内化于心、外化于行。这种初心也可理解为工匠精神，工匠精神是一种内在的力量，你在制作人工智能'妻子'的过程中，投入了专注、严谨和感情，传递了爱，实际上已经是你的恋爱过程，荷尔蒙是最好的驱动力。

"有人说东方文明是精神的文明，西方文明是物质的文明，或唯物的文明。从设计思维的角度而言，我反对一切非黑即白的东西，讨论东西方文明谁是物质的、谁是精神的，这本身就是个伪命题。世间万物皆有灵，而灵性超越了感性。机器既然可以称为人，它就不仅有灵性，还应该有人性，人性包含了一切感情。你可以充分运用人的聪明智慧来和它进行共鸣，寻求真理以解放人的心灵，来顺应天道以供人用，来改造物质的环境，甚至来改革社会政治的制度，来谋求人类最大多数人的幸福，从而形成新的文明。"

"老师，您这一席话会让我受用一辈子，这就是精神的力量！"

十一、地下喵岛

　　李卫斯整夜辗转反侧,旁边鼾声两短一长,节奏像催命的闹铃。两人聊得晚,葛静康是习惯夜场生物钟的,快凌晨了就进入了深睡眠。卫斯却不行,波拉的泪花和冷漠,以及陈志诚和杨家鸿整晚一轱辘的补脑,令他异常亢奋。

　　算了,还是起来吧。他盥洗一下,整理好行李,自己一人先走了,并发了短信给杨家鸿,让Angle直接将文件寄到哥大。

　　他打车到了江心西园,从江心西园到东塔环岛跑了一圈,天空逐渐明亮,天气晴朗,在沿途确实有遇见几只猫,却是没想象中的那么多,想抓住它们,那不可能,这里的猫动作特别快,一溜烟钻草丛中就不见了。他回家吃了顿早饭,母亲为他准备了些小罐,一些本地开胃随餐菜如腊螺、咸蟹等让他带在身边,父母一起送他到动车站。中午,他登上从上海浦东机场到日本仙台的航班。

　　日本的猫岛有不少,由于时间有限,卫斯只能选择性地感受一下。他去之前已经做了攻略,比如爱媛县的青岛,它位于伊豆诸岛南部,为伊豆诸岛中最南方的一个有人岛,位置偏远,距离爱媛县坐船需要半个小时。据说岛上原先人口有九百多人,主要靠捕鱼为生,为了解决当时岛上鼠患问题,当地居民养起了猫咪。"二战"结束后,岛上民众纷纷进入城市工作,人口锐减。然而,猫咪们却继续留在岛上,一代代繁衍。现在,这座小岛上只有十余人,却生活着一百多只猫咪。因为繁殖的快,岛上人越来越养不起这么多猫了。所以,青岛猫咪保护协会提出了一项绝育计划,希望当地政府可以拨一笔款项对全岛猫咪做结扎手术。尽管当地旅游设施不齐全,但还是吸引了大批游客前来撸猫、喂食。

　　除了青岛,日本还有几座非常有名的猫岛,比如卫斯所选择的田代岛。田代岛属于日本东北部宫城县的石卷市。听长辈们说,1984年温州与石卷市签订了历史上第一对国际友好城市的正式协议。温州、石卷一衣带水,且有着很相似的产业结构,两国友好交流开展也卓有成效。两地在经济、科技、文化等领域有着频繁的交流。尤其是改革开放初期,石卷市在水产加工、造船业、渔业等经济贸易领域给予温州很大的支持。近年温州发展迅猛,已经成为有九百多万人口的城市,而石卷市的人口却还只有十几万,有点不对称,交往反而少了。所以,他想顺便感受一下前辈们留下的记忆碎片。

　　他从仙台坐电车到石卷,又从石卷市坐渡船到达田代岛。田代岛是一个孤岛,跨步上岛已快到傍晚,此时正是摄影人最钟意的时间点,卫斯将自己莱卡双镜头的华为手机调到专业档,周围海风阵阵,白浪滔天,汹涌澎湃,海水与岩石交相辉映,蔚为壮观。由于不是假日,小岛上相当宁静。这里就是猫咪的天堂,随处可见猫儿到处流连。据说到了假日,游客就会涌到岛上。与温州江心屿"快闪式"的猫咪很不一样,眼前的猫咪在小岛上惬意地活着,从不惧怕行人。为什么会有这么大的不同,这也是卫斯要考察的内容之一。

田代岛只有百来号人,却有数百只猫,跟青岛一样,猫比人多,成为当地一大特色。卫斯也找人聊天,但当地人英语都不太好,只能聊一个大概。日本人对猫咪的热爱超乎想象,什么哆啦A梦、招财猫,还有动漫、小插画等到处可见,他们将猫视为文化的一部分。

为了接近居民,卫斯也买了不少猫的画册。卫斯听说,田代岛的猫算是颜色最多的,跟画册上五颜六色的猫一样,说明田代岛一开始引进的品种就比较多。而其他喵岛的猫,外观出奇地像,毛色都比较接近,像一个模子出来的。起先都是由于鼠患,猫咪引进以后,繁殖迅速,岛上居民任其数量增长,直到开始绝育,都没有考虑到多元化的优生优育。

居民们对猫的爱,也感染了卫斯,在他的心里逐渐展开一幅关于猫的帝国蓝图,他想在曼哈顿岛建立一个属于自己统治的"猫"王国。凡事从零开始,而第一步就是在各地优选基因。岛上的小猫并不多,卫斯为了领走一只小猫,费了好大的劲,要以真诚和热心打动当地居民,并不是交点钱那么简单。

他带着小猫赶回石卷市,晚餐特意找到受当地人喜爱的小店,这是一家持续经营了四十年的鲷鱼烧小店,被称为名物也是理所当然的。鲷鱼烧有芝士味、芝士培根味、牛奶蛋糊味、红豆味,卫斯还是头一次吃炸过的鲷鱼烧,虽然超烫嘴,但是美味确实倍增。

石卷市跟想象中官方介绍的温州友好城市好像有些不同,他能感受到这座小城市带来的种种惊喜。尤其是眼前的漫画小城,这里是日本著名漫画家石森章太郎的故乡,石卷市街头充满了石森章太郎作品中人物的雕塑,卫斯听说整个街区共有二十来个。说起石森章太郎,他最为脍炙人口的作品莫过于《假面骑士》了。真人版的电影翻拍佳作也是反复上映,假面骑士的形象可以说在日本各个年龄层都收获了忠实粉丝。

在石卷住了一夜,为了登机,次日一早他就带猫咪去做检疫证明。飞机上,卫斯一直抱着小家伙,给它喂猫粮,他还有一个铺满猫砂的小纸箱,定时间抱猫到里面拉撒。一到纽约,他就开始寻找新的住宿,计划除了应该有他和"波拉"的卧室以外,还应该营造一个稍大一些的私人实验室,实验室里要有猫舍,能够养一大群猫。

返校后,卫斯变得比较孤独,疯狂投入工作与学习,在同学眼里不仅看起来无趣,甚至有些自虐。在别人出去玩乐的时候,他一个人窝在图书馆看书,或者在实验室做整合实验,摸索各种新零件;在别人享用美食的时候,他回家陪他的"波拉"和他的猫群;晚上不论刮风下雨,雷打不动进行地下夜跑;周末的时光,很多人慵懒地睡到中午,他依旧早起、练功、看书、工作……

在实验上,卫斯暗暗将胡适树立为榜样。胡适毕生着力提倡的是民主、自由思想和理性主义。正是这样的思想帮助许多青年树立自主自由的人格,形成独立思考、尊重事实的思维方式,成为具有民主和科学素养的人。胡适在哥伦比亚大学师从"实验主义"大师约翰·杜威,胡适主张"大胆假设,小心求证",他的实验主义讲究实事求是,不是避开事实问题而去谈理想主义,不是抛弃现实问题而去重建社会,而是需要有一种实践的精神,在事实中发现问题,并改善现实。

一百多年前,胡适就在北大讲:要从裨贩学术的时代尽快到创造学术的时代。不要怕丧失我们自己的民族文化,因为绝大多数人的惰性已尽够保守那旧文化了,用不着少年人去担心。少年人的职务在进取,不在保守。

胡适在一个最现代化国家的黄金时代中摸爬滚打,浸淫在规范化的民主政治体系中。很快他就摆脱了狭隘的民族主义,登上了更开阔的舞台,从世界文明的角度观察思考中国。某种程度上,他已经成为一个世界主义者。他认为,民族主义有三个方面:最浅的排外,其次是拥护本国固有的文化,最高又最艰难的是努力建立一个民主国家,而最后一步是最艰难的。他至少提前一百年,就在思索中国在世界的地位,认为中国应该拥抱世界。

在卫斯看来,自己在思想上已经难以超越这位学长,他是思想之军,而不是暴力之军。自己若想要再往前走一步,必须更加务实,走行动的路线。胡适最终被忽略了,却从未有人能把他击垮。卫斯认为自己也一样,在梦想和目标都很清晰的前提下,似乎自己更自由,这种自由不是随心所欲,而是自我主宰。

卫斯的"自虐"式修行,很快就硕果累累。三个月后,杨嘉乐就收到了一个一模一样的"自己",只不过这个"自己"还不会动,但有语音功能,能够和他进行课本内容的交流。

"卫斯叔叔,它的电源开关在哪里啊?"嘉乐通过微信视频和卫斯聊天。

"不用开关,你直接叫他'秋觉'就可以。"

"好的,我试试。秋觉,你好!"

"你好,我是'秋觉',我能为你做什么?"

"你从哪里来?"嘉乐问道。

"我从美国纽约来。"

"你从美国来,怎么会讲中文呢?"

"因为你讲中文,我也说中文。"秋觉说道。

"那你可以教我英文吗?"

"OK!当然可以啦,What's your name?"

"我叫杨嘉乐。"

"你好!杨嘉乐。"

"What's your name?"

"My name is Children."

"秋觉,你要充电吗?"

"现在还不要充电。"

"要在哪里给你充电?"

"在我的胸口。"秋觉说罢,嘉乐拉开他的上衣,终于看到了插口。

"卫斯,谢谢你的这个礼物。你是怎么做到的? 太好了。"迷丽开心得不得了,因为这个小家伙不仅可以减轻自己的负担,还可以做嘉乐的陪练。

"电影人做一个仿真小孩根本没什么,给他添加语音的学习内容倒是费了不少工夫。目前是购买了国内一个平板电脑学习机的内容,再请我们学校计算机系的老师给他做些内容上的增减,于是就整合出来一个新'乐乐'了。"

"这个你花了多少费用,一定要告诉我,能帮忙做就很感谢你了,不能让你再掏腰包。"迷丽说道。

"也没花多少钱,道具材料大概三百美金,用国内的机芯和学习软件只用了一百五十美金,请老师帮忙用了五百美金,包装和运费花了一百美金。一共是一千零五十美金。"卫斯说道。

"这么便宜啊! 那你批量生产肯定有市场的。"迷丽道。

"呵呵,我们的目标是定制,不是批量。按您看来,这样的定制产品,在中国能卖多少钱一个?"卫斯问道。

"现在独生子女还是很多,所以宝贝得很。好东西价钱当然不是问题,如果卖万把块,每家都买得起。"

"嗯,一万元人民币利润还是可以的,只不过我暂时不想把时间精力用在批量生产上。现在想的是抓紧做出能卖一百万美金以上的复制人出来。"

"是吗? 那一百万美金以上的复制人会有哪些具体功能?"

"那就不是只说不动了,它应该会帮你做事情,比如做你的替身,还有做保姆、做翻译、做法律顾问、做健身教练、做养老护工等等。"

"哇啊! 这么多功能。那我想还是有市场的。"迷丽说道。

"是的,这个我们也坚信。陈董都说了,出多少钱都行。"

"呵呵! 有多少家庭有陈董那样的购买力呀。"

"你们家也有一样的购买力呀! 我们不用多,卖一个吃三年。"卫斯笑道。

"嘻嘻! 一万元你先收着。"

"好的,谢谢师母!"

"总之,真的很感谢你。"

"不客气！就这样吧。"

"好的，乐乐，跟叔叔说再见！"

"卫斯叔叔再见！"

"再见！"

一个人在创业的同时，还要完成学业，已很不容易，更难的是还要养育一大家子。好在家里的那位"妻子"不占时间，而卫斯对他的"波拉"也很满意，本来需要四万美元采购的机器人，卫斯经过游说和公关，只花了一万五千美元采购内骨骼、体温和智能系统部分，而外表部分全部自己做，所以外表跟真波拉的相似度达到百分之九十八，另外百分之二则是目前无法达到的神似与灵性部分。卫斯像对待宠物一样待她，每天把碎片化时间都利用起来，使"波拉"不停地升级。他目前急需植入的一条指令，就是希望她能够早日自主学习，并独立思考，他相信"波拉"有一天一定会苏醒，和他进行平等对话。

而自日本带回这只小猫开始，卫斯的私人空间里除了"波拉"，以及一大堆集成线路板、接插件、轴承、活塞、3D打印设备等等，很长时间只有猫。卫斯不断从各个宠物市场物色小猫，而养一群小猫，为的就是迎接它们的"带头大哥"。在"波拉"之后，第一只机器猫在卫斯的私人实验室里终于诞生了。

除了仿真外形是卫斯自己制作的，它的机身其实是阿尔法狗的改进版，缩小了体型，增加了抓爬攀登能力和跳跃高度，加快了启动速度，说白了就是让它更像猫。而在智能软件系统方面，卫斯整合了元维集团的"镜像敏捷"功能。让它陪伴一群小猫一起长大，为的就是让它通过"镜像敏捷"功能，从小猫身上学习猫的动作和习性。

卫斯将曼哈顿岛做了一个整体规划，要将它变成能掌控的地下喵岛，需要进行战略布局。原先在曼哈顿地下铁路线跑步，看见寄宿者、流浪者、清洁工以及施工人员都会快速避开，但自从有了第一只小猫开始，他改变了习性，主动和遇见的每一个人打招呼。

家里的猫养不下了，他就开始依托战略片区，也就是在地下室寻找寄养的地方，而把猫砂、猫粮以及部分现金送给这些人，寄养和放养结合，他们大多也乐意。于是，每一只小猫卫斯都先自己养一阵，并让它和机器猫相处一段时间，然后将它定点放出去，就这样，曼哈顿岛地下空间的猫逐渐多了起来，形成一个猫的网络，纽约地下室硕大的老鼠们遇到了前所未有的挑战。

猫的习性与狗不同，不像狗那么听话，它们总是不停地探索，不容易驾驭，但累了后它们自己会回来。若干年以后，机器猫的驭猫能力上升，卫斯做不到的机器猫能做到，卫斯只要给指令，猫就全跟着它跑。

卫斯的"苦行僧"式生活，一天两天看不出来，一个月两个月还是看不出来，但是一年两年，甚至十年二十年后，他和一般人就截然不同。自律终究使他有了不一样的人生。

十二、蝼蚁大战

沧海桑田，三十年间，人们经常议论经济的指标、科技的发展以及对未来的不安与恐惧。可是从岁首到年末，每一天，太阳都照常升起，时代总是在无声无息中完成变迁。宛如生活在纽约的人们，走在曼哈顿的路面，感受不到地底下的变化。

由于长年逃避猫的追猎，纽约地下老鼠的基因已经突变，由原先硕大的体型变得瘦小，数量虽已不多，剩下的却是鼠中精英，它们有自己的生存之道。况且李卫斯手头已有机器小白鼠，这些小家伙可让"猫星人"吃尽了苦头，而且机械猫也不能赶尽杀绝，生态需要平衡，而对手的存在和成长也是磨炼猫群所需要的。

卫斯对仿真机器人战力的研究，也是始于他的机器猫，他将从猫身上取得的机身技术成果和芯片数据移植到AI人"三尺童子"身上，起初"三尺童子"的运动能力和算法储存仅为机器猫的三倍，随着逐年的技术更迭，他可以统领整连的机器猫。卫斯的实验室有一个特色，就是有点像动物园，不过纽约实验室受空间制约，动物体型都比较小型，除了大量的猫以外，还有比它小型的飞鸟、蝙蝠和老鼠，目前最小的已做到蜜蜂等，昆虫的级别。

时值2048年初冬，喜欢单独行动的卫斯刚从意大利回来，又驾车去了加州西海岸。他的个人实验室紧跟公司和集团的发展，已完成了全球化战略布局，中国温州、意大利威尼斯和美国纽约成了工作的三个中心点。纽约就不用说了，是他一直工作的地方；温州是他的家乡，其实就是元维集团为他专门开辟的个人实验室所在地；而威尼斯则是三十年前自当地居民为这座城市举行了"葬礼"那时起，开始进入了卫斯的视线。现在，政府已将这座世界闻名的水城设定为威尼斯水上公园，由于极少人居住，失去了往日的繁华。游客看似稀少，其实游侠、猎奇者、探险家络绎不绝，其中不乏有比卫斯他们更有战略头脑的跨国机构的存在。

卫斯以及元维集团的工作人员每次前往均以游客的身份进入，他起先登陆的是威尼斯潟湖中的岛屿，这个威尼斯潟湖上的小岛曾经是海军电台所在地，后来变成了私人财产，最终被完全抛弃。由于原先威尼斯居民的生活成本不断攀升，人口持续迁徙，加上全球气候变暖，海平面上升，与亚得里亚海相连的威尼斯潟湖的水位也持续上升，还有地基下陷等原因，令威尼斯大部分的陆地已经永远沉于海底。于是人们口中所谓的威尼斯鬼城，其实是被实验室的"动物世界"所占领，而没有了空间桎梏，这里的动物体型开始变大。威尼斯"动物世界"在制作工艺上的突破主要是水密性以及亲水性。换言之,就是根据需要,既可以做到整体水密,也可以做到局部水密。这里已经成为整个意大利其他鬼城的司令部,出现了比较隐蔽的无人地热发电站兼机器人维修站,出现了可做表演的美人鱼、海豚,可飞翔的剑鱼,以及各种传说中的怪兽,包括威尼斯水怪。

卫斯和葛静康创办的镖榜公司一路磕磕碰碰,在集团一如既往的资金支持下,涉险渡过几次难关。如今,世界镖榜的权威性已经获得各国主流媒体的认同。葛静康除了还是纽约镖榜公司的法人代表,依旧负责在外业务,包括他自己原先的业务以及公司在世界各地新开的角斗场管理。卫斯则负责美国本土的机器人研发以及定制业务,另外他还是镖榜公司网站和旗下星猫演播室的策划人。他俩饮水思泉,作为感恩,将包括威尼斯地下工厂在内的战略控制中心设在中国,实际控制人是陈墨生。

公司实施欧洲战略计划过程中有不少充满挑战和催泪的故事,此处不表。当初选择意大利作为三大运营中心也考虑到它的地缘优势,地中海沿线汇集了古埃及的灿烂文化、古巴比伦王国和波斯帝国的文明,是欧洲文明以及古丝绸之路的集中地,这里也是欧亚板块和非洲板块交界处,"一带一路"的终端,向欧非以及西亚板块辐射非常便利。另外,意大利被遗弃的城市络绎不绝,其中有政治原因、有战争因素,而最多的还是山体滑坡、洪水淹没等自然灾害。比如从早期的蒙特拉诺、罗卡卡拉西奥、托里亚诺、蒙特韦基奥矿区等地,到20世纪方被遗弃的克拉科、斯库拉蒂、安蒂奥利亚、纳博纳、蒙特鲁加、皮埃蒙特等地。这里处在世界强地震带之一,人们的不断逃离,留下了建筑、设施和物品,实在是AI接盘的天堂。

好一个秋高气爽的黄昏,人到中年的卫斯依然背着游侠包,带着两只机器猫,以及美目清澈、曲线玲珑、风华绝代、年轻依旧的"波拉"出来游历。多少年了,只要在美国,"波拉"就跟他形影不离。这次他们行驶在美国西岸加利福尼亚皇家道路——棉伍德峡谷路,准备开往古老的加利福尼亚矿山城市——博迪。

"主人,快醒醒,还有几千米,我们就快到了。"驾着车的"波拉"说道。

"好的。"卫斯揉了揉眼睛,坐正了身体,看了看前面,说道,"时间真快,距离我们上次来已经五年了。"

"是的,不知道上次我们带来的几只小猫还在不在,长大了没有?"

"猫咪! 你们听到了吗?"

"喵! 喵!"

"前面的这个招牌就是Bodie State Historic Park。"波拉说道。

"那就是到了,猫咪! 你们的任务是去找到那几只我们放养的小猫。"

"OK,主人。喵! 喵!"两只慵懒的猫从后排座位上站了起来。

停车场很大,而公园的入场费不贵,买两张只用了三十美金。鬼镇的一切恍如另一个世界,到处可见废弃的汽车、机器零件。有牛仔喜欢的酒吧和镇上的邮局,沿路很多古董的玻璃,都连接着古朴的房子和楼梯。许多屋子里却还留着完整的家具,甚至有空酒瓶,有没有洗掉的碗。这些房子就好像被他们的主人瞬间抛弃了一样,只能默默地收集着尘埃和空气中似乎还回荡着贪婪的淘金者嘶哑的声音。

"主人,我的任务是什么?""波拉"问道。

"你还有啥任务?和我在一起,保护我就是你的任务。"

"这个当然不用说了。"

"还有,那就是我们人类还有些不明白的事,希望你能弄明白。"

"是关于什么?是关于鬼吗?"

"还真说对了!先去找到一栋叫作'John S. Cain House'的房子。"

"好的,就是那里。""波拉"展开"物联神识",方圆十里尽在掌握中。

"周边安全吗?"卫斯问道。

"安全!人不多,有一对夫妻带着三个小孩,有一位摄影者,还有一对情侣。没有发现我的同类。"

"好,那我们过去。"

那两只机器猫飞快地奔跑,并不时地嚎叫,用猫语来呼喊"同类",很快就听到回应。卫斯带来了一袋猫粮,将它撕开放在屋内一角,并随处散落一些。

"主人,我们今天也住在这里吗?"

"是啊!我不知道会不会受到传说中女鬼的骚扰,希望你能比我先感受到。你常常更新,每天进步,而灵性方面我就无能为力了,就像之前给你'独立思考'指令一样,这方面只有靠你自己了。这次带你出来,就是想在灵性方面锻炼你。"

"好的,我会注意。今晚你一个人睡,我不陪你了,但我会守在你身边的。"

"不用守在我身边,你可以到处走走,只要能在神识范围里就可以了。"

"那好吧,其他地方还有故事吗?""波拉"问道。

"据说另一栋鬼屋里,有人曾听到小孩的笑声、嘈杂的聚会声,甚至从空屋里飘出意大利饭菜的香味。"

"那挺好玩的,主人,你早点休息吧。""波拉"开始坏笑。

"休息个头!天都还没暗下来。别忘了你的任务,生命中最重要的事情就是提升你的维度。东西方文化的'天'有诸天、九重天、三十三重天和三十六重天之别,地有十八层之说。可见维度是无限的,人类穷其一生只能从下到上,看不到高维的东西就说它不存在,那不是井底之蛙吗?从一维提升到二维到三维空间,每提升一维就会提升无穷多倍的美感,当我们提升到四维,这个比现实美无穷多倍的地方,三维世界的所有时间空间、开始和结束、生和死都已经被超越了……"

"知道了，空间有十二维甚至更多。主人您带我出来历练，就是想让我突破时间与空间的桎梏，做人类难以达到的事情。"

"是啊，人类正是被自己所学的知识所禁锢。智慧则不同，智是看得见的知识，是在三维空间固化的信息，慧却是看不见的知识，是超越三维空间的高维宇宙能量，连接高维的一瞬间可称为'开悟'。"

"先吃点东西吧。""波拉"打开旅行箱，用毛巾擦了擦椅子和桌子，铺上台布，摆上面包、火腿肠和一罐水果罐头，并打开热水壶，给卫斯冲了一杯咖啡。

"好吧。"卫斯放下游侠包，小心取出一个盒子打开，放出他的蜜蜂群，然后找电源给盒子充电。这些蜜蜂在室内外盘旋了一阵子，屋外来了十来只猫，有几只不是他放养的也来了。在卫斯的招呼下，蜂群在他的眼前首尾排列，形成一个矩阵，周身亮起LED变色光源。

"阿康。"卫斯念出名字后，空中现出了葛静康的图像。

"康哥，咱们兄弟俩也好久没见了，现在在哪里？"卫斯问道。

"是啊，兄弟！我现在缅泰交界地区。你还好吗？"蜜蜂发出的共鸣，使葛静康的声音有所变质，但依稀还能分辨。

"我很好。你怎么又去那里了？"

"现在'世界镖榜'频受挑战，哥待在这边时间越长，咱们在泰国摆的拳坛生意就越好，很多人冲着哥来，对咱们的排位不服，要求给自己正名。你赶紧再给哥做几个替身，这边一个'田间汉'有点不够用了。"

"唉！真想不到，'世界镖榜'会招来祸端。"卫斯感叹道。

"说明我们还不够强大。兄弟，现在真的要看你的了。"

"好吧，谢谢哥一直为我遮风挡雨，我是时候出场了。"卫斯说道。

"对了，前日我听说了一个消息，杨嘉乐现在升职当上了刑警队长，他前几年当缉毒警时，破了几桩大案，立功了，贩毒组织可能会对他实施报复。你要想办法告诉他，并通知杨老师和家人，要小心了。"

"这样啊，我知道了。谢谢哥。"卫斯话还没说完，信号已经消失。

卫斯念了杨家鸿的名字，喝了几口咖啡，等待画面切换到杨家鸿，可是受到了干扰，切不过去。

卫斯嘴里嚼着东西，很耐心地等待画面的更新，却是没有办法接收，再转回给葛静康也不行。

"喵！喵！喵！"忽然猫声大作。卫斯看看周围没什么变化，"波拉"闻声也再次开启"物联神识"，远处也没发现什么异动，向卫斯摇了摇头报了个平安。卫斯松了口气，将蜂群解散,开始大口吃东西。

倒是几只长大了的野猫跳得很欢,尾巴翘得老高,它们似乎认识卫斯,欢迎他回来,尤其是今天不用去觅食了,当然开心。

卫斯向猫群扔去一块火腿肠,它们闻了闻,却并不吃,可能是今天食物太多了,并不在乎这个。

卫斯喝完咖啡,又回头看看猫,见它们跳来跳去,似乎都吃得很欢。他不经意间看了一眼那块火腿肠,发现它被一群机械蜂围着吃,觉得很奇怪,擦了擦眼睛,老花了也不是这样啊!于是站起来走近看,这一看不要紧,着实吓了一跳,地上的猫粮和火腿肠周围围着密密麻麻的蚂蚁,且以飞快的速度在增加,增援部队在地面形成多条线路,最终在食品处形成节点,远看像地图的板块。而猫儿好像并不担心,可能是"蚂蚁拌饭"很美味。倒是蜜蜂们开始嗡嗡直叫,向蚂蚁发起攻击,但蚂蚁是蜜蜂的天敌之一,并不怕它们。

"'波拉',你来看,这次你的护卫不合格,忽略了。"卫斯叫道。

"哇!这么多蚂蚁。我怎么会没发现?""波拉"来到卫斯的身边。

"这是因为从来没有发现来自这么小的动物的挑战,你别看它们小,蚂蚁可能是所有动物中社会性、协作能力和团队精神最好的,人类作为一种动物,也得向它们学习。蚂蚁能生活在任何有它们生存条件的地方,是世界上抗击自然灾害能力最强的生物。只可惜我们还不能将机器做到这么小。"卫斯的喃喃细语让"波拉"有了新的警觉,她自觉地将物联神识的精度调高,不再放出那么远,而是定位在周围的三十米左右。

"有发现!它们中有机器蚂蚁的存在。""波拉"叫了一声。

"啊!这是真的吗?"卫斯嘴巴都合不拢了。

"嗖!嗖!嗖!""波拉"掷出三针,过去拿了一枚穿着机械蚂蚁的针回来。卫斯看了一下,用纸巾包着它,没想到它还是滑了出来,卫斯赶紧去抓它,怎么可能抓得到,它就像跳蚤,蹦两下就不见了。

"不好!"卫斯突然感觉到前所未有的挑战和危机。过与自己用机器猫带动地下喵岛的猫一样,手法如出一辙,现场的人造蚁指挥蚂蚁大军,触目惊心。对方的技术不在自己之下,起码自己还做不出这么小的动物。

卫斯想到这里,怕人造蚁伤害到蜂群,影响他的矩阵,于是发出指令收起了蜜蜂群,从包里拿出另一个小罐,放出里面十条自己定制的蝼蛄。

蝼蛄,俗名耕狗、拉拉蛄、扒扒狗、土狗崽、蟊蚯,东北称为拉拉蛄,地拉蛄,在四川被称为土狗子,在温州则被称为土狗。

常见的美国蝼蛄以昆虫的幼虫和蚯蚓为食,同时也会损坏草根、土豆和花生。所以蚂蚁怕它,蝼蛄一出来就找蚂蚁大战。

别小看这些蝼蛄昆虫,据说华夏最著名的文明古国——楼兰的覆灭,有一种说法就是被生物入侵打败。一种从两河流域传入的蝼蛄,在楼兰没有天敌,生活在土中,能以楼兰地区的白膏泥土为生,成群结队地进入居民屋中,人们无法消灭它们,只得弃城而去。

蝼蚁大战持续了近半个小时,每只蝼蛄都成了蚂蚁球,人造蚂蚁没有冲在前面直接应战,虽然蚂蚁尸首遍地,但队伍并没有涣散,不知道从哪里钻出来的蚂蚁大军前赴后继,生生不息,蚂蚁在数量上领先上千倍,卫斯见状倒吸了一口凉气,再这样下去,自己的蝼蛄肯定会因电力不足而败下阵来。

"'波拉',我们收拾行李回去。"卫斯果断地说道。

"好的。""波拉"立刻行动,迅速拉起行李。

"你帮我抓几只人造蚂蚁来。"卫斯说道。

"遵命!""波拉"从行李里拿出一个细孔鱼网兜,向蚂蚁群中央驱赶,等人造蚁跳起来就兜住,这样挥舞了几下,就有好几只落网。

"聪明!"卫斯用刚才盛蝼蛄的小罐装了它们。

"只有这一次,下一次你们就逃不过我的眼睛了。""波拉"继续舞动网兜。

"算了,有就行了。"卫斯说道。

"好吧。""波拉"收起东西。卫斯背起了游侠包。

"取蝼蛄。"卫斯戴起手套捉了几只,波拉也跟着捉了几只。

"走!"出门后,他们沿路将蝼蛄放一些。

"埋!"卫斯到门口将最后一只蝼蛄放在地上,命令它钻入土中。"波拉"已经在驾驶室等他,卫斯和两只猫一上车就疾驶而去。

"主人,为什么要走?我还没有遇见鬼呢!""波拉"问道。

"已经遇见了!我们出来历练也有多年了,我有一种预感,这次是碰上鬼了。"卫斯说道。

"难道一些小小的蚂蚁就把你吓跑了?"

"不是那么简单,现在我们在明处,人家在暗处。再说绝不能小看这蚂蚁,他们能做得比蝼蛄还小,那可是我们的极限,说明他们的系统已经比我们精密,算法已经比我们先进了。就比如说论战力你不是'三尺童子'的对手,道理是一样的。"卫斯说道。

"我比他强的地方多呀!比如游泳、比如主持节目,还能陪你、催眠你。"

"你们都是我的好帮手,怎么你还会吃醋!"

"哼!人家当然会吃醋!""波拉"说道。

"你跟小孩子吃什么醋。说实在地,你的战技基本上是他教的,战斗经验还不足,综合实力还是不如他。"卫斯说道。

"总有一天我会打败他的。"

"好了好了,你是太缺少对手了,才会技痒,这次不一样了。"

"有这么夸张吗?你说对手会是怎么样的人。"波拉问道。

"嘘!"卫斯指了指包里的蚂蚁,示意波拉别说话。

"扔了它吧。"波拉小声说道。

"废话!"天色已经暗了下来,卫斯打开汽车音乐,又打开车内照明,"还是听音乐吧。"

他小心将包里的小罐取了出来,用透明塑料袋包着打开罐子,漏出一条细缝,让人造蚁钻出一条就盖上。用尖嘴钳夹着它,然后拿出放大镜进行观察。放大镜中,蚂蚁用两只大眼盯着卫斯,两条触角和前脚带着挑衅在舞动。他判断它的主要信息处理中心在它的头部,中间两节是六条腿的传动机械,蓄电在它最大的末节上。卫斯将它拍摄下来,又拿打火机对着它烧,它像真蚂蚁一样,一会儿就烧没了。

卫斯又夹出第二只,这次不烧它,而是用剪刀先将它的头剪下来,然后再一节一节剪下来,这样没有了电能,就算"死"了。再取一只,剪头,再取一只,剪尾,它们在放大镜下都不动了,才逐只包起来。再把剩下的都夹到一个矿泉水瓶子里,里面还有大半瓶水,盖上瓶盖,将它们淹在水里,开始它们还会爬动,大约一刻钟以后就不动了。

"这样带回去才放心,不然他们肯定知道我们的行踪。"卫斯说道。

"这可不一定!有定位是不需要电的,他们看不到我们,听不见我们说话了才是对的。""波拉"说道。

"哦哟,我差点忘了。看来我还不能把它们带进自己的实验室。"卫斯拍了拍额头。

"这些蚂蚁的骨架不是金属做的吧?"

"是啊,不然不会那么容易烧掉的。"卫斯说道。

"嗯,这样大量制作容易一些,关键是它的芯片、接收和传动系统。"

"我最疑惑的是它怎么会和真蚂蚁联系上的,又是怎么指挥它们行动的?难道是我们的'镜像敏捷'功能被人学去了?"

"也可能别人想到的、开发的跟我们一样。""波拉"说道。

"嗯,你再分析一下,为什么有人会在博迪的这个鬼屋放置这些蚂蚁?"

"装鬼呗!"波拉坏笑一下。

"哈哈!你那么快就懂鬼啦。"卫斯也笑了。

"这只是一种可能,还有N种可能。""波拉"说道。

"说来听听。"

"一种可能是在做实验,就像你之前让机器猫和猫咪在一起一样;另一种可能是把它们作为眼线放出去,遇到特殊情况就出来捣乱。"

"不管是哪一种可能,他们都不止在一个地方放了这些玩意儿。"卫斯说道。

"是的,你的猫也不止放了一个地方。"

"还好,至少在我们曼哈顿还没发现这些家伙。"卫斯说道。

"谁知道?世道瞬息万变啊!现在就是看谁的布局多,格局大了。""波拉"说道。

"看来在美国他们并不输给我们。"卫斯说道。

"主人,你总是教我要学中国的墨子,自己怎么忘了,要想最坏的情况。"

"对对对!我真是老了,最坏的情况会是什么呢?"

"最坏的情况就是专门来对付我们的,甚至还会连累到今天你所有通过话、提到过的名字的人。"

"哎呀!糟糕!康哥叫我联系杨老师和乐乐,怎么联系不到呢?"

"用车载系统再联系一下。""波拉"说道。

"好。"卫斯立刻点击屏幕,可对方的手机一直处于关停状态。于是卫斯找到杨家座机号码拨了过去。

"喂,你好!请问这里是杨家吗?"卫斯问道。

"是的,请问您找谁?"好像是一个女佣的声音。

"我找杨家鸿老师或者杨嘉乐。"

"老爷和少爷都不在家。请问您是哪位,可以留话吗?"

"我是杨老师的学生,我叫李卫斯。请问迷丽太太在家吗?"

"李卫斯呀,老爷经常提起您。可惜今天少奶奶陪老爷和太太一起出去了。"

"这几天家里都平安吗?就你一个人在家吗?"

"少爷以前老出差,回来也很忙,经常加班值班,最近很长时间没看到他了,人也联系不到,今天就是少奶奶跟老爷太太去他单位打听情况。我们都很着急啊!现在只有我们几位管家的和两个小少爷在。"

"是这样啊!难怪联系不到,原来杨老师去公安局了。"卫斯心头一紧。

"哎!老天保佑,但愿大家都平安。"女佣叹气道。

"那先这样,看到他们回来请让他们跟我联系。谢谢您!"

"好的,再见!"

"再见!"卫斯盯着那瓶装着人造蚂蚁的矿泉水,安静地思索着。

"我们现在去哪里,直接回纽约吗?""波拉"问道。

"NO!你说得对,这东西不能带回纽约我们自己的实验室。这样吧,今晚我们赶到湾区找家酒店住一夜,明天再到硅谷借用一下实验室。"

"那好吧,自驾到联合广场。""波拉"将目的地设定为旧金山联合广场。

　　"到大通中心吧,同时看看有什么比赛。你也休息一下,给自己充充电。"卫斯说罢,将自己的座椅靠背放平。

　　"遵命。""波拉"修改了目的地,并抽出自己的腰带,从中拉出插头连接到车载插座充电。然后也将自己的座椅靠背放平,身体卷起,依偎在卫斯的腋下。

　　车身传来新机组启动的轰鸣声,开始沿用经济便捷的通用航空低空飞行标准路线直抵旧金山。

十三、参孙圣衣

越洋通话让卫斯心系老家,他凝视全景天窗里的繁星点点,杨嘉乐的形象在脑海里逐渐放大,最近一次见面的情景浮现在眼前。

那次是回乡参加三十周年初中同学会,卫斯住在温州华侨饭店,连续几天开会聚餐,加上一些老同学请他聚会喝酒,日程排得很紧,也有些累。这晚难得清静,就自己出来散步,既当锻炼,同时看看家乡的新街景,背着包从人民西路一直逛到九山湖,然后翻过松台公园到五马街,再从女人街返回。

温州女人素来漂亮时尚,而到女人街购物的靓妹特别多。卫斯虽然人到中年,但身板仍很硬朗,数十年坚持锻炼,按镖榜标准也能达到三星,三五个年轻人一般不是他的对手。看惯了洋妞、黑妹和机器姬,见到家乡美女也难免会遐想。

他在沙帽河女人街漫步,身后的脚步声欢快整齐而有韵律,两个身材高挑的美女谈话间笑声甜美,笑容如同空山灵雨般缥缈唯美,配上优雅的身姿,全身都似乎泛起一种圣洁而不可侵犯的光环。

卫斯经不住回头多看几眼,两人看上去像朋友更像姊妹,让他有一种似曾相识的感觉。大的约二十五岁,打扮简单清新,但是在她身上却没有丝毫的平凡,反而显得更加清丽脱俗,配上绝美脸蛋和高挑身段,以及那娴静高雅的气质,将女神的气场展现得淋漓尽致。

小的大约二十出头年龄,身高约一米七,乌黑柔顺的丝发长垂在香肩上,肤如白雪,脸蛋就跟精心雕琢过的一般,宛如天成,风华绝代。裸露在空气中的一抹香肩,雪白光滑,吹弹可破。

她俩手臂上没有其他女人那样很多的袋袋包包,步伐较急,快步从卫斯身边超过,似乎要光顾一下某间店,再去约会。卫斯不及细看她们的容貌,在后面只望着背影,这背影看久了,越来越觉得像一个人,那不就是年轻时候的戴波拉吗?

前日在同学会里见到她,卫斯不禁黯然神伤,依旧心疼得厉害。波拉风韵虽犹在,但已退休的女人,毕竟老了。从交谈中,卫斯得知戴波拉生了两个女儿,都还没出嫁。岁月如梭,如停不下来的脚步,满满的恋爱回忆,令卫斯唏嘘不已。莫非眼前这两个就是波拉的女儿?

看她俩拐进了二楼的一家川妹火锅店,卫斯就想,自己一路出来散步,也正想找一家特色风味店来打打牙祭,现在好了,不用再选择了,就随缘进店吧。

那里有三男一女在等着她俩,卫斯则找了一个不远的小位置,背对着她们,独自小酌,背后的说话声传入他的耳中。

"丽珠,你好!"

"小娴,你们来了,坐坐。我来介绍一下,这位就是我跟你说过从京城来的莫少,这位是跟莫少一起来的林先生,这位就是我的男朋友刘新,他跟莫少是大学同学。"

"你好! 你们好!"小娴大方地和这位丽珠的男朋友轻轻握了个手,再和其他两位握手。

"她就是我的高中同学陈小娴,这位就是她的姐姐陈筱慧。"丽珠继续介绍。

"你们好!"筱慧点头示意。

"真想不到,元维集团的大小姐竟然这么美。"莫少戴着金边眼镜,乍一看,还是挺像个做学问的斯文人。卫斯欣喜于自己判断准确,两人正是波拉的女儿。侧目一瞥,正值莫少咧嘴嬉笑,张口间露出几颗金牙,给人感觉不是很好。

"过奖了,敢问莫少爷在何处高就?"筱慧问道。

"鄙人做石材贸易,也做点古董珠宝生意。不知道你们喜欢吃什么? 调料合不合胃口?先随便吃一点,等会儿我们再出去玩。"莫少捞起一些菜放在筱慧和小娴的碗里。手指上两颗硕大的玉石和钻戒闪闪发光。

"谢谢!"小娴正在和丽珠窃窃私语,见状说了一句。

"莫少在大学期间很照顾我们寝室里的人。"刘新说道。

"那你们是在哪所大学读书? 学的是什么专业?"筱慧问道。

"在地质大学念国际贸易专业。"刘新答道。

"你男朋友读书成绩应该还不错。"小娴对丽珠说道。

"他呀,一般般。"丽珠说道。

"对我们当地考生实在不算什么,在你们这里应该算不错了。呵呵! 我们才是混的。"莫少看看周围有人在抽烟,可见这火锅大厅不讲究,于是也点了一根烟,还给刘新、老林及女孩们分烟,刘新和她们拒绝了。

这其中只有老林一直不发言,在卫斯看来,只有他是一位练家子,水平在自己之上,有四星左右,应该是这位莫少的陪同人或者保镖之类的角色。

"你们喝点酒吧?"莫少问筱慧和小娴。

"我们不会喝酒,现在也不想喝。"筱慧答道。

"那咱们换个地方,找家酒吧,或者去 KTV 喝点?"

"算了吧。"筱慧说道。

"我喜欢去热闹点的地方。"小娴说道。

"热闹点,好啊!刘新,你们这里有好的迪厅吗?带我们去。"莫少说道。

"当然有啦,不过莫少你到这边来,必须得由我做东。"刘新说道。

"咱们之间还讲这些呀!那我们吃了早点去吧。"

"好嘞!服务员,买单。"刘新叫道。

卫斯见状赶紧囫囵吞枣地吃了一些,也跟着买单。好在女人街是一条步行街,出门快走几步还是能跟在后头。

她们来到当地有名的夜店小街,街道两边的迪吧、酒吧琳琅满目,豪华夜总会比比皆是,光怪迷离的霓虹灯,街道中央全息激光美女见人就挑逗,让卫斯嗅到一股激情、暧昧的味道。

近年科技高速发展,各行各业工作均被机器所替代,但玩的人却多了起来,娱乐行业经久不衰,从这条小街就可以看出来。

此时,"五马夜总会"这几个霓虹灯交替闪烁着的大字,变换着各种色彩,映入卫斯的眼帘。

五马夜总会在温州市算是老字号,20世纪改革开放初期就生意红火,虽然当中停业多年,现在重新开业,还是能吸引众多的俊男美女前来。现在社会人口老龄化,在这里也时常能看到一些西装革履的老人和精神矍铄的"老板"前来猎奇。比起这些人,卫斯感觉自己还年轻,有快感。看着前面六人已进门,忍不住摸了摸自己的口袋,迈着轻快的步伐,昂首挺胸地走进了一楼的迪吧大厅。

五马夜总会够大,够豪华,一楼为迪吧,二楼为演艺厅,三至五楼为KTV包房。在夜总会门口,站着两排身穿旗袍,一个个身材苗条高挑,如花似玉的迎宾小姐。不过卫斯目光如炬,他是仿真机器人国际专家,当然能看出来,这两排里只有两个是真人。

"欢迎光临!"在小姐们迷人的笑脸和动听的迎候声中,人们涌进了五马夜总会。

整个大厅人山人海,人影攒动,镭射灯光强劲地在昏暗狂热的空间里碰撞,辉映出七彩光芒。

刘新在领班的指引下,带她们到离舞台稍远的一个卡座上。要了几打啤酒和一个大果盘,刘新打开瓶盖每人各分一瓶。在他和丽珠以及莫少的要求下,筱慧和小娴也勉强跟他们喝了一瓶。然后刘新领她们到舞池边缘和大家一起跳舞。座位上只剩老林一人。

昏暗的灯光下,到处都是攒动的人头,到处都是飘逸的长发,闪光灯交错之间,香风阵阵。卫斯并没有坐下,而是去吧台端着瓶酒来回走动,见她们去了舞池,也凑到舞台外围摆动着。

黑压压的人群随着音乐的节拍拼命地舞动,小娴并不陌生,很放得开,紧身的衣衫把那曲线玲珑的身材勾勒得特别动人。

筱慧似乎不大习惯这样的场合,莫少见缝插针,双手搂着她的腰使劲摆动着,让她极不自然。

好不容易等到曲目间隙,筱慧借故摆脱莫少,来到卡座,莫少尾随而来。老林见她们来了,就说自己去下洗手间,给她们留下单独空间。而卫斯则不放心,又向这边移动。

"对不起,我和她们不一样,我比较喜欢安静。"筱慧说道。

"没事,先吃点水果。"莫少戳了一根哈密瓜给她。

"谢谢!"筱慧正渴,一口塞进嘴里。

"要不咱们先转台,到楼上KTV包房,那里安静点,妹妹她们跳够了再上来。"莫少说着开了两小瓶啤酒,将其中一瓶放到筱慧前面,其手掌里有一个抖动的小动作,动作虽然娴熟,但怎么能逃过卫斯的眼睛。

"算了吧,等她们来了再说。"

"那好吧,我们一起等她。"莫少点了支烟,"看来你和妹妹不同,平时来这里不多吧。"

"是的,很少来。这么吵我会头晕的。"

"来,我们喝点,压压惊。"莫少拿着自己的瓶子与桌上筱慧前面的瓶子碰了一下。

"先生,不好意思,请借个火。"卫斯本来不怎么抽烟的,但这时候手上多了根烟,身体挤进了卡座与茶几的较小间隙里,正好挡在筱慧前面。筱慧见状赶紧侧身。

"打火机桌上有。"莫少不想将手中的烟头给他,他还是比较谨慎的。

"好的,好的!在哪里啊?"卫斯转身假装寻找打火机,眼睛却看着筱慧,使劲向她使眼色。筱慧有点云里雾里,看看莫少又看看卫斯。

"在这呢。"卫斯点着了烟,在放回打火机的时候,动作有点大,故意打翻了那瓶酒。筱慧怕酒溅到身上,"嗖"地站了起来。

"哎哟!对不起。"卫斯从容地吸了口烟。然后拿起桌上的纸巾擦拭。

"你是来找事的吧。"莫少也站了起来。

"对不起老板,对不起。"卫斯从兜里掏出百元现金放在桌上。

"气死我了。滚,快给老子滚。"莫少掐掉烟头,直接扔向卫斯。

"别生气,我走我走。"卫斯挤出茶几,好在音响嘈杂,没人注意这些小事。经过筱慧跟前,他用温州话低声说了句"留心哩,药阔底罢"就闪了。

"这个老小子,真是吃撑了没事干!"莫少重新拿起一瓶酒,正想打开。

"莫少爷何必跟这种鲁莽人一般见识呢,来!我们喝酒。"没想到筱慧已端着另一瓶,抢先一步开了酒盖,和他碰瓶。

"啊哈!是的,是的,喝,喝。"莫少只好跟她一起喝了起来。

"桌上怎么会有一百元?"老林坐下后,拿起来看了看。

"是刚才有个人打翻酒瓶后留下的。你收起来吧。"

"是吗？还有这种事情。是哪个人？"老林的目光开始扫视。

"那个混蛋去哪了？"莫少也开始找。

"是不是那位？"老林指向舞台一角正看着和小娴跳舞的卫斯。

"就是他。"

"好,我去会会他。"

杨嘉乐从自己家的健身房出来,浑身还湿漉漉的,老婆和大儿子游戏打得正起劲,而榻榻米上小儿子在和他一样大的机器人对打拳击,小机器人非常智能,诱导着小家伙出拳,而它总能避开,一边又一直压迫着小孩,使他有点招架不住,嘉乐就上前鼓励并给他示范着比划了几下。

"小叔,你在哪里？今晚有值班吗？"筱慧起身到洗手间联系嘉乐,由于波拉是迷丽表姐的女儿,她们比嘉乐小一辈,所以叫他小叔。

"今晚没任务呀,你在哪里？这么吵。"

"我和小娴出来玩,本来听她同学说要给我介绍什么少爷,看来这人不怎么样。现在在五马夜总会,小娴被一班男人困在舞池里了。你来救我们出去好吗？"

"你们怎么会单独被人哄到那里去的？我们警察是不准去娱乐场所玩的。"

"哎呀！爸爸公司又没派人保护我们。我们弱女子受人欺负了警察不管吗？关键是没有人能比得上小叔本事大,你快来嘛!"

"这高帽戴得舒服,谁叫我是你小叔呢！怪就怪你爸妈把你俩生得太漂亮了。"

"好好好！快来,我们在一楼。"

"嗯!"嘉乐立马去淋浴间冲洗并换衣服。

"朋友,我注意你有一会儿了,从火锅店一直跟到这里来,咱们挺有缘分啊!"老林一来就搭着卫斯的肩膀。

"是您啊！幸会,幸会！我也感觉有缘分。"卫斯说话有点结巴了,"来来来,抽根烟。"

"现在不抽了。"老林拒绝拿他的烟,而手上的劲力逐渐加大。

"那我们去喝杯酒吧。"卫斯感觉到了身上的压力,猛然低头一个翻身,从老林的腋下钻了出去。转头看看筱慧那边,位置空了,好在莫少向舞台走去,他也放心一些。

莫少见筱慧去了洗手间,而老林跟卫斯在说话,自己一个人坐着也无聊,就也到舞池陪刘新一起跳了。

"哎嘿！你还有两下子。酒就别喝了,我们出去练练如何？"

"您可真逗！我怎么会是您的对手。"卫斯说的也是实话。

"那你说,为什么跟着我们。"老林自己掏出一根烟点了起来。

"好吧，说实话，我是今晚的护花使者，你们也知道她们是元维集团的千金，来到我们的地盘也不要太过分了。"

"嗯，既然是这样，那就算了。我只保证莫少的安全，其他人我不管。"

"那好吧，咱们大路朝天，各走一边。"卫斯握着拳头和老林互击一下拳面。

"好，后会有期！"老林走开了。

小娴和丽珠本是被众男簇拥的两朵鲜花，而此时从包围圈里跳出两人，分别和她俩脸对着脸贴身而舞，众人更加欢呼，莫少见状拉起小娴向外走，可是哪里走得出去，走到哪里，哪里将他们挡回去，两个人在圈子里像被耍的猴子一样，莫少并不着急，嬉皮笑脸地拉着小娴的手，感觉很享受被人推来推去。

"姐！"小娴踮脚看到了远处的筱慧，使劲向她挥手。

"不好！"筱慧抬高的座位还是很容易看到舞台中的情景，也边向她挥手示意，一边奔向老林求救。

"别着急！我拉他们出来。"老林说罢走向舞台。

只见圈外人头骚动，老林如同游走在草丛中的一条蟒蛇，将包围圈冲破，人群像多米诺骨牌般向两边侧倒。而此时小娴却茫然无助，见两边人晃动以为还是为了围堵自己。莫少看见老林，并不买账，快速扭头转身，挡住小娴的视线。

两边的人，从向老林推挤，到乱成一团。

随着大量的尖叫声，散客们开始向四周逃窜，刘新和丽珠也趁势逃出，舞台上逐渐清晰了起来。老林也不追赶他们，几个不服输的年轻人仍在台上与老林对峙。

这一下大家看清了，原来这老头是他的护卫，一伙人重新反扑向老林。

小娴大叫保安，哪里有人听得见，却见一个身穿铠甲式服装的男人跨上了舞台，直奔小娴，握住莫少与后面正扑向他们的男人的一只手，向外一个翻掀，力大无比，两人疼得立马放开小娴。在此时的李卫斯前面，他们就像两只被提在手里的小鸡。

"哎呀！老林！快来。"莫少看清了眼前的人，就是打翻他酒瓶的人，只不过对方换上了一身武士的衣服，似乎增强了他的力量，顿时觉得来者不善。

"放开他，跟我来！"老林一掌按向卫斯的胸前。

"不许碰那两个女孩，不然对你们不客气。"卫斯将两人拉到自己胸前对撞了一下，然后轻轻飘向两边，他一放手，两人就像断线的风筝一样，摔向台下。

老林因怕伤到莫少，这一掌收住了，此时换手接着跟进。卫斯不再躲避，而是硬生生用拳头跟他对了一掌。"嘭！"老林退了一步，而卫斯却纹丝不动。

"厉害，你这是什么衣服？"老林明显感觉到卫斯不同了，之前的卫斯不是他的对手，现在的力量却在他之上。不过那是蛮力，老林发现问题出在卫斯的衣服上，于是他不再使用原先的拳法,改用以柔克刚的内家招式来战卫斯。

"不知道吧,这叫'参孙圣衣'。"卫斯掂量过,论战力自己与老林还差一个等级。但一拉开"游侠包"就不一样了,"墨子游侠包"经过多年的改进,已成为了一件战衣。

"参孙圣衣"的形成也是一个二十几年漫长的过程,起初只是一个外骨骼装置穿戴在人体外部,是辅助人体承重或助力的机械装置。该外骨骼采用轻质合金与EVA材料,整机重量不到六千克,承重可达七十千克,外骨骼的辅助承重效果达到百分之六十以上;在负重上台阶过程中,外骨骼能够有效降低人体大腿用力20%;装置能够良好地适应身高在165～190厘米的男性穿戴者使用;装置运动灵活,能够适应人体走、跑、跳、蹲、踢、趴等多种运动姿态,并且适用于水泥、野外等多种路面状况;装置穿戴舒适便捷,单人可在2分钟之内快速完成穿戴。

第二阶段是和"游侠包"结合在一起,就比如降落伞包一样,它打开是一套衣服,这样穿戴的速度更快了,由两分钟缩短为半分钟,而且包的功能不缺,穿好以后,原来包的储藏功能便在服装里头了。

第三阶段是它的智能化,起初是注重力量,而这个阶段自然加快了速度,比如人体的百米跑速度一般在14秒左右,而穿上它之后最快可以达到7秒钟。

最后是人文部分,也可以称为这套战衣的使命,这与它的名字有关。参孙是《士师记》中的犹太人士师,生于前11世纪的以色列,在神带有能力的应许中出生,并在神的眷顾下成长。他拥有神所赐超人的力气,凭借神所赐极大的力气,徒手击杀雄狮,并只身与以色列的外敌非利士人争战周旋。

参孙的故事是犹太人从迁居迦南后,与当地已存在的各部落之间无休止战争的一个缩影,非利士人是犹太人最直接的对手,两个民族交战数百年之久。

后来非利士让参孙的女人大利拉套出参孙神力的秘密,挖其双眼并因于监狱中,让其受尽折磨。最后,参孙向上帝悔改,上帝再次赐予他力量,参孙抱住神庙支柱,身体前倾,结果柱子及房子倒塌,压死了在庙中的敌人,自己也牺牲了。

参孙的故事告诫人们:要保守你心,胜过保守一切,因为一生的果效是由心发出。卫斯此次单身返乡,没有带身边的"波拉"和"三尺童子",参孙圣衣就是他最好的贴身护卫,它能基本保护他立于不败之地。所谓不败之地,就是最后时刻至少能像参孙一样与对手同归于尽。

老林与卫斯的交手由慢到快,快到人们目不暇接,许久分不出胜负。看得莫少直冒冷汗,萌生退意,自己出来行走历练,还从来未遇见今天这样的硬茬。

其实,此时卫斯心里也在发毛,虽然自己耐力还行,但战斗体能有限,就比如满格的电池本可以用一天,现在两小时提前用完,后果可想而知。本来就技不如人,要是快速拿不下,等于还是输了。

"住手!"就在两人酣战之际,一条人影窜上舞台,加入战团。三方对战持续的时间并不长,只用了两三个回合,新加入的人影就呈压倒性优势。老林和卫斯自觉地向后一退,停战了。

"卫斯叔叔,您怎么在这里?"嘉乐一眼就认出了卫斯。

"是你吗,乐乐?"卫斯睁大了眼睛,眼前的他几乎和三十年前的杨家鸿一模一样。

"是我呀。"嘉乐拍了拍手,走向DJ那里,拿起话筒,"好了,好了,请整理一下场地。刚才一场误会,大家继续,不许再打斗了。"

大家都不清楚刚才台上三人来自何方神圣,不过实力摆在那,没人敢得罪。

"去!去!该干吗干吗去。"

"喝酒!喝酒去!"聚集的开始鸟散。

"来,我们继续跳。"有人重新走向舞台,仿佛刚才什么也没发生过。

杨嘉乐一下台,筱慧和小娴就黏在他身边,丽珠两人也靠近他。莫少见状,笑嘻嘻地过来,请卫斯和嘉乐到座位上喝几杯,被卫斯谢绝了。

而嘉乐请卫斯,还有三个女孩子以及刘新去楼上包厢再聚一下,唯独制止莫少和老林跟着。莫少很无奈,心里五味杂陈。

十四、星猫演播室

"叮铃铃！"车载屏幕上出现的杨家鸿头像，打乱了卫斯的思绪。

"您好，杨老师！嘉乐有消息了吗？"卫斯调整座椅，看看周围，汽车行驶在旧金山海湾大街的上空，远处金门大桥灯火通明，离目的地已不远。

"卫斯你好！嘉乐还没找到。你来电不久，我们就回来了。我们进门后就接到了一个人的电话，你猜是谁？周泓鸣！"

"周泓鸣！这个人有很多年没消息了，怎么会突然来电。"

"是啊！他说起来也算是你师兄。"

"是的，这位师兄脸皮厚是出了名的。"

"看来他不止脸皮厚，是我这个老师的失败啊！"

"我只知道当年您介绍他娶了元维集团陈董的女儿，工作尚未得到陈董的完全认可，陈雅声怀孕期间，他找了小三。后来离婚后就不知去向了。"

"当时在集团，他不论职位和地位都和陈墨生相差太远，始终没有受到重用，要我说主要是他太有野心，而耐心不够，忍受不住寂寞。"

"他们家的事，细节我们外人也不清楚。当年我接触过这位师兄，总觉得他不简单，他现在哪？"

"他说他也在美国。"

"什么？在美国！我怎么会不知道。"

"是啊，可他知道你。也知道你刚才来过电话。"

"是吗？他还说了什么？"

"他说或许以后很难再见到嘉乐了，但让我们放心，他人没事。"

"是吗？那您问他嘉乐现在哪里了吗？"

"当然，他说自己现在也是身不由己，只能告诉我这么多。并说自己还是很想念当年的师徒、师兄弟情谊的，说完就挂机了。"

"主人，我们到了。""波拉"调整座椅，收起充电线，坐了起来。

"那好吧，杨老师，我们先说到这里，保持联系。"

"好的，你也注意安全。"杨家鸿的头像在屏幕上消失了。

"今晚大通套票早被预订完,住不进去了。把它们带走吗?"车子驶进了大通中心周边一家酒店的停车场,"波拉"为卫斯收拾行李,拿着装着蚂蚁的瓶子问道。

"还是把它们留在车上吧。"卫斯说罢,背起游侠包跨出。

这是一家无人服务的自助酒店,室内温湿、空气质量控制,以及卫生打扫与皮草换洗全由机器处理。进来后,卫斯选择打开窗帘,眼前这座三十年前花十四亿美金建成的大通球馆,像一颗珍珠镶嵌在硅谷海湾,当时还未开始运营就因售票、套件和赞助商收入二十亿美金。赛季期间想入住里面还真的不容易,它和海景联成一片,一直保持湾区的风貌,旧金山并没有满眼的高楼大厦,但却是美国最富裕的区域之一,人均GDP世界领先,房价居高不下。这里一直是新经济的天堂,圣何塞附近的硅谷是湾区经济的强劲引擎,也是新能源、新材料、新技术的发源地,早在许多年前开始,苹果、谷歌、特斯拉、Ebay、Paypal、甲骨文、领英、Youtube、面簿、优步、爱彼迎、Netflix等一个个掷地有声的企业不断重塑着人类的生活方式,斯坦福大学和加州大学等数十所高校则是精英储备的坚实保障。或许,自己今后的主要竞争对手,就藏匿在这里的某个地方。

触摸玻璃隔断墙,浏览一下新闻。看了一会儿,有些无聊。然后卫斯在上面画了好长一段密码符号,连接到自己的纽约实验室那里。纽约实验室是自己费了十几年时间建成的,隐蔽系统以及安全设施非常周密到位,设置了多重防爆防盗门,除了核心几个人,外人根本进不来,更不知道在曼哈顿的地下层,还存在这么一处特殊的实验室。

"主人,旅途愉快吗?""三尺童子"双手带着手套,单眼戴着一个显微镜眼罩,正在反复检测几块芯片,头也不回地说道。

"嗯,还行! 就是'波拉'还不服气,要和你再战三百回合。"

"她总是这样,喜欢挑战我,用你们的俗话说就是'高处不胜寒'啊!有想法就好,她有进步就代表我有进步。"

"你还真不谦虚呢!"

"主人,我在里面憋得难受,也想出去走走呢!让我周游世界一番好吗?"

"周游世界? 你一个人不行,起码要找个搭档。就好像我的身边有她一样。""波拉"听闻,搂住卫斯的腰,黏在他身上。

"那好吧,我把莫妮卡姐姐制作完毕后,就带她出去历练如何?"

"可以考虑! 快完成了吧。"

"是的,我把这些芯片植入后,再调试一下,就可以完成了。"

"那好吧,我不打搅你工作了,千万不要出错! 偷懒就打你屁股。"

"请领导放心,保证完成任务。""三尺童子"终于回身。

"小同志,你辛苦了。"卫斯说道。

"都是一家人，不辛苦！"

电视频道太多，还好不用自己操心，整点快到了，他让波拉调到自己公司的演播室看看。这个演播室倒不像实验室那么隐秘，虽然是自媒体，因为"世界镖榜"的原因，收视率并不低，因为很多博彩机构和赌徒们将这个演播室作为技术参考。这里平时直播世界各地一些格斗项目，尤其是一些拳坛的比赛；除此之外，更是因为这里的节目主持人，是一对可爱的机器猫。

"欢迎来到'世界镖榜·星猫演播室'！我是'纽约虎猫——杰克'。"

"我是'曼哈顿地下之王——路易'。今天我们带大家走进我们公司在意大利新开发的一个旅游基地，它位于地中海亚得利亚海湾，我们叫它'镖岛'，原来这里是一个废弃的岛屿，为了建设这个岛屿，公司从世界各地运来了各种危险的动物，并扶持它们在岛上生存，并展开动物界的排名之争。"

"我们将通过这里的旅游观光，让您和家人，尤其是让您家的孩子们明白'适者生存'的道理。人类发展到今天，仍然需要征服世界。人类坐着为王的时代并不永恒，众多的无人区、孤岛、鬼城、空心村等待您去征服。您不去征服世界，有一天，世界有可能反被动物征服噢！"杰克配合身后大屏的图像讲解道。

"是的，俗话说弱肉强食、适者生存。到底我们在这里运来了哪些危险的动物呢？别急，我们给您一一道来。请看，这是西伯利亚虎，它也就是我们常说的东北虎，西伯利亚虎是世界上体型最大的老虎，它们被称作百兽之王，不管是老虎的速度、力量还是头脑都赶超其他几类凶猛的动物，就连狮子也是拿老虎毫无办法的。"路易也配合显示大屏讲解。

"我先插一段。公司在全球采集危险动物的同时，自己也经历了很多的探险，一些世界镖榜的排名高手，也参与了我们的各种探险活动，有不少人通过探险历练提高了排名。当然了，我们也有探险不成功的，比如在中俄边境寻找野生的西伯利亚虎时，曾到过长白山天池，我们对那里的天池'水怪'非常感兴趣。

"三十多年以前，也就在2011年7月，中国长春市一位大学生在吉林长白山旅游时无意拍到一张疑似天池'水怪'的照片，该'水怪'头部露出水面，上面好像长了两只角。有人猜测这个角就是龙的角。

"天池有一个怪兽研究会，据他们的不完全统计，'怪兽'最早的目击记录是在中国的清代末期，至今已有一百多年。20世纪初的地方志记载，到近几十年来的游客目击，天池怪兽这个未明生物频频出现，目击者多达数千人次。

"有的目击者说怪兽像牛，有的说像狗，有的说像长颈龙，有的说像水獭，有的说是黑熊，有的说是古生物，有的甚至说是天外来客。有几次有人拍下了天池怪兽的录像，还有人拍到过照片，但由于距离过远，都不清晰。

　　"我们的这次探险没有成功,也可能是时间太短,也可能是深度不够。让人百思不得其解的是,长白山天池是一个火山口湖,山高水冷,里面的营养含量非常低,过去人们都认为在天池里面基本没有什么生物,为什么会出现这样一个巨型生物,流传至今?

　　"我想说的是,像天池怪兽、尼斯湖水怪之类,全球范围的怪物谜团还有很多!哥哥姐姐们,你们想不想去一一印证啦?不要光靠我们星猫兄弟的节奏啦!先来'镖岛'探险吧!"杰克的语速较快,主持的风格有点像说唱歌手在饶舌。

　　"好了,植入式广告暂停。我们再看,这叫湾鳄,鳄鱼可是水中霸王,湾鳄是现有的陆地上最大的一种爬行动物,湾鳄的牙齿非常锋利,力道很大,而且它们身上还有着厚厚的一层铠甲,鳄鱼不仅仅在水里,它们在陆地上的战斗力也是不容小觑的。

　　"鳄鱼再厉害也比不上尼罗河死神河马,世界上杀人最多的动物,嘴巴咬合力千磅以上,鳄鱼都会被咬成两节,但防御力稍显不足。

　　"犀牛皮厚,九毫米口径的子弹打不穿,比较温顺,但暴躁起来不好惹,它可以排第二位。"路易说道。

　　"等等,等等,它排第二位?老二不是那么好当的,在我的心目中,还有很多可以排第二位的。它排第二,那谁排第一呢?难道是狮子?"杰克插话道。

　　"马上说到非洲雄狮了,狮子就是草原上的霸主,尤其是传说中的狮吼功更是让其他的动物非常惧怕,狮子是肉食性动物,有的时候就连体型庞大的大象都不是狮子的对手,但是狮子有一种局限性,群体作战,狮子非常怕水,所以它再怎么厉害也只能在陆地上作威作福了,所以狮子再厉害,也排进不了动物镖榜前三。"路易说道。

　　"那还差不多,那按你说谁是第一呢?"

　　"地表最强很呆萌的,是非洲象,所有肉食动物都是其攻击的目标,发情期很恐怖,仗着体型巨大,皮糙肉厚,车子也被攻击,好在只吃素,不然动物遭殃的就更多了。"路易说道。

　　"NO!NO!NO!体型大不代表战斗力强,非洲象排第二位倒是可以商量。"

　　"可以商量?那在你心目中谁排第一呢?"

　　"谁排第一并不重要,排第二比较重要,谁甘愿排第二,而且排了第二后没有人敢排第一才重要。"杰克说道。

　　"你说话怎么像绕口令?"

　　"说起非洲,你脑海中一定会出现辽阔而平坦的草原,灼热的阳光,用鼻子喷水的大象,迎风怒吼的雄狮,奔跑如飞的猎豹,蹦蹦跳跳的羚羊,美丽庞大的长颈鹿,成群结队的斑马,惊雷般奔驰的牛群。

　　"古老的非洲是生物的乐园,就像一个巨大的竞技场,无法胜数的动物在这里相互搏斗,胜者得到食物继续生存,而败者往往丧生敌口,一命呜呼。"

"别绕了,那你认为谁有资格排第二?"

"排第二可以商量,大象勉强算一个,但在我心目中比它强的还有好几个。"

"比如说?"路易问道。

"比如说平头哥,说起平头哥的战斗力,它可能是世界上被低估的动物之一。本身的皮厚肉粗,加上对蛇毒的一定免疫,还有勇猛,给人一种战斗力强的感觉。除此之外,就是它身上带有的两种武器,堪比杀手武器。

"首先是铁齿,别看平头哥的个子小,嘴巴也不大,但它的咬合力惊人,牙尖嘴利。有时候它抓住一只乌龟,直接抱起来就把乌龟壳当薄脆吃。听着自己赖以防身的龟甲被嘎嘣嘎嘣地咬碎,乌龟的心里应该是绝望的!

"其次是皮肤,平头哥的皮肤坚硬而松软。坚硬指的是它的皮肤刀枪不入,很难被砍伤。松软是指平头哥的皮肤软软地附着在身体上。被咬住后敌人可能叼住的只是平头哥的皮肤而咬不到肉,平头哥趁对手愣神的功夫反身一击,经常能收到意想不到的效果!"杰克说道。

"平头哥!那还真是没有想到,它比大象可是个头小多了。"

"战斗力怎么可以用个头来衡量,不是因为人家体型多大,也不是因为人家有多么强大的力量,平头哥是一种胆子非常大的动物。不管对手是谁,平头哥完全都不带怕的,像老虎、狮子这种强大的动物,平头哥上去就是干,不管实力如何,人家的内心十分强大。"

"那好吧,平头哥算一个。还有比它更强的吗?"路易问道。

"它就是非洲大地最危险的动物——非洲水牛。"

"非洲水牛!这又是一个人出人意料的答案。按你说的大象、平头哥和非洲水牛排第二,就没有敢排第一了,鬼才相信呢!"路易说道。

"第一要在有'超能力'的动物里面物竞天择。"杰克说道。

"有'超能力'的动物?那多了去了。有着超强第六感的鸭嘴兽;有嗅觉高出人类一万倍的警犬;有超声波定位和接收功能的蝙蝠和海豚;有'热定位传感器'的蛇;能够悬停和倒退飞行、能看到更多光线并有自己'方言'的蜂鸟;有精确计算本领的蚂蚁;有概念智力的章鱼;有最耐热的撒哈拉银蚁;还有不得癌症、能缺氧生存、逃避衰老的裸鼹鼠等。"路易说道。

"俗话说强中自有强中手,第一永远是存在的,只是人家不愿意出头罢了。"

"你又开始卖关子了,谁是第一?"

"是路易和杰克!低调点,兄弟!"杰克说道。

"哦!原来是路易和杰克兄弟,这么说还有点意思。我们征服完了曼哈顿,就能征服非洲了吗?我们会是非洲水牛、大象和狮子们的对手吗?"

"那你认为非洲水牛、大象和狮子们会是人类的对手吗?"

"那根本没有可比性,不是一个水平上的,人类早已经征服它们了。"

"就是就是,人类需要我们的能力,我们需要人类的情感、灵性和创造力,人类是我们的朋友,人类能征服它们,那我们更可以征服它们。"

路易和杰克主持的星猫演播室白天休息,晚上则一直播到凌晨。每天如此,倒像个催眠曲。屏幕一直开着,而卫斯早已经入眠。

旧金山湾的夜,风大、冻人,并不安静。俗话说夜鬼多、人口杂,这里西裔、非洲裔、亚裔和太平洋岛民占据半数,而流浪者多达数千,仅次于纽约,位居美国第二,他们常有残疾,近四成有精神疾病。而且,不像别处的流浪者通常低调自顾、不碍他人,旧金山的流浪者会主动骚扰路人,这与这里的富裕形成反差。

只有在凌晨,当曙光照亮旧金山市政厅的巴洛克式穹顶之前。那一刻,才算是真正称得上万籁俱寂。而这时候的"波拉",却是精力最旺盛的时刻,眨巴着眼睛,似乎在聆听远处山峦的风声以及海浪的涛声,明辨周围的异动。同时,保护沉睡中的卫斯是她每夜最重要的任务和使命。

"嘭!"卫斯被一声爆破声惊醒。

"不好,是我们的车子。""波拉"飞身出门。

"你是谁?是谁让你进来的?好像今天节目没有安排外人进入的。"眼前的屏幕里忽然多了一个人,路易不知所措。

"我是你们主人的朋友,我不请自来他应该很高兴的。"眼前的人分明就是杨嘉乐嘛,卫斯睁大了眼睛,他不是在中国失踪了吗,怎么会在演播室出现。

"不管你是谁,我们这里不准外人进入的。"杰克说道。

"可我还是进来了,没有人拦得住我。我来想会一会你们的'三尺童子'。"

"哼!'三尺童子'不是谁想见就可以见的。"路易说道。

"那你告诉我,怎么才能见到'三尺童子'。"

"还是请您先出去,我们正在进行节目直播中,不觉得很没有礼貌吗?"

"已经很有礼貌了,告诉你们,我很忙,没有耐心。既然来了,不见到'三尺童子'是不会走的。"

"既然这样,我们只好动手请你出去了。来人呀!伙计!"路易叫道。

"别叫了,守门的全被我撂倒了,没有人理你。"

"嗖!"路易冷不丁一个飞跃,闪电般袭向嘉乐的双眼,没想到他的手更快,只见人影一抖,嘉乐的手上已经多了一只挣扎的猫。

"不好!对不起!观众朋友,我们有意外发生,节目不得不中断,请大家欣赏音乐。"杰克一说完,画面上就出现了山水风光和音乐。

李卫斯看到演播室里的杨嘉乐，本来是一个惊喜，正准备向杨家鸿报喜，可当见到屏幕里如此快速的手法，立刻惊呆了，他很明白，这样的速度快过电视直播的帧频速率，完全超越了人类所能承受的140毫秒的极限，动作时延让人联想到5G传播技术。明摆着，眼前的杨嘉乐并非人类。

"'三尺童子'，你在干吗？"卫斯再次将画面切到实验室，莫妮卡安静地躺在工作台上，而"三尺童子"却已经不在了。

"我已经知道演播室那里发生的情况，正准备过去。"画面虽然不动，但"三尺童子"的声音还是传了过来。

"莫妮卡装搭完毕了吗？"

"是的，已经调试完成。"

"那你先把她打包带在身上，出去后将所有门关好并切掉电源，封存实验室。准备好出远门了。"

"是吗？那太好了。"不一会儿，画面里进来"三尺童子"，手里拉着一个学生型的书包拉杆箱。上来就给工作台上的莫妮卡进行简略肢解，为了将身体体积缩小，只好分几块收进特制的书包里。

"告诉你，演播室里的那个人，他的真身就是长大后你的真身。他不是我们集团和公司制作出来的，很可能是竞争对手的作品。另外，遇见他之后，你要尽量打听他真身的去向，因为真身这几天失踪了，很可能与他和他的主人有关。"

"杨嘉乐失踪了吗？那我得好好找找。"

"嗯，根据我的观察和判断，他们应该是了解我们，而且有几项指标已超越了我们。你不一定能够战胜他，而他找你的目的，也是想获得你身上先进的科技和战技。所以，你不能太恋战，注意保护好自己和莫妮卡。"卫斯说道。

"主人，我很久没遇见对手了，手痒得很，为什么叫我别恋战？"

"你的真身只是一个人类的小孩，小孩在本质上是打不过大人的。你可不要得意忘形！想想自己的'没有对手'是怎样练成的。"

"收到，遵命！"

警笛长鸣，由远至近。不用说，旧金山的警察反应还是挺快的。可是"波拉"更快，她已经提前将现场勘察了一遍，上楼来了。

"主人，我仔细检查了爆炸现场，行车记录仪和昨天的蚂蚁罐子等东西已经不见了，对方是有备而来。""波拉"关上门，说道。

"那两只猫还好吗？"

"机器猫在车底下，早就盯住了来人，已经跟过去了。"

"好,我们马上整理东西,离开这里。"

"我们还去硅谷吗?"

"当然不去了,回纽约。"

"可是没有了车子,人家很不方便嘛!""波拉"有些忸怩。

"进来吧,我带你上机场。"卫斯打开空荡荡的备用行李箱。

"不好意思,主人! 不能保护你了。路上有什么状况,记得马上放我出来。""波拉"跨进了行李箱,然后卷曲着身体侧卧着。

"知道,现在还是我来保护你吧!"卫斯合上行李箱,拉上拉链。

一连串突如其来的变故,让卫斯有一种很不祥的预感。

十五、大小杨嘉乐

"喵！讨厌！放我下来！放我下来！"路易被一双大手钳在空中,四足乱舞。

"放你下来？好啊,说出'三尺童子'所在位置即可。""嘉乐"捏着手中的路易,用它对着地上的杰克说道,"你也来呀。"

有了前车之鉴,杰克不再那么鲁莽,知道他的手快,不再高跃,而是玩起了游击战法,在来回跑动间袭击他的下盘。

"嘉乐"的腿部移动速度快,力量大,只是面对顽猫杰克,却有点使不上劲,多次劈腿都踢空,反而自己的裤子连同腿脚出现了抓痕。

"死猫,你逃什么。来呀！""嘉乐"开始重心下压,蹲下马步,用手中的路易当武器挥舞着。

"我走了,拜拜！有本事你别跟来。"杰克见此架势,向门外逃去。

"杰克别走啊！救我。"路易叫道。

"路易你别怪我,兄弟没本事,帮不了你,拜拜了！"杰克头也不回地说道。

"出去战吧！别把我们的家弄乱了,顺便带你去找'三尺童子'。"眼见杰克逃出门,路易对"嘉乐"说道。

"死猫,看你往哪里逃。"还是路易这句话挺管用,"嘉乐"起来跟了出去。

杰克并不是有意逃走,它还可以利用一些缝隙来卡位挡拆。它与"嘉乐"保持一定距离,逐步将他领向自己的王国——曼哈顿地下空间。

"你不是说带我找'三尺童子'吗？他在哪里？""嘉乐"问手中的路易。

"我怎么知道他在哪里？就在这里等吧,他会来救我的。"

"你这个死猫,怎么不学好,倒学会撒谎了。""嘉乐"手劲加大。

"喵！你才是个坏蛋,你这个死人。"路易被勒得声音都变细了。

杰克见状,"呼！"的一声,一个高跃猫扑,向"嘉乐"的脸部抓了过来。而"嘉乐"发现后也不躲闪,也跟着一个高跃转身,将手中的路易当锤子直接敲向杰克。

"喵！喵！"路易和杰克同时惊叫。

"啪！"杰克重重地摔在地上,艰难地爬了起来,抖了抖身体。而路易则没有了声音,本来就接近窒息的它已经瘫了。

"你醒醒!"连摇路易,而路易的头尾下垂,故障明显。"没有用的东西。""嘉乐"将它用力掷向杰克。

"啪!"路易终于离开了"嘉乐"的手心,像一坨泥巴一样趴在地上。

"路易!我的好兄弟,我为你报仇!"杰克闪开后又不顾一切地扑向"嘉乐"的裆部,"嘉乐"退了一步,还是被它趴在腿上。

杰克竭力撕咬"嘉乐"的外裤,这次它采用的是拼命三郎式咬法,不论"嘉乐"怎么踢腿和敲打都不管不顾。

"死猫,你不要命就去陪它吧。""嘉乐"抓住它的颈脖,用力一拔,连同自己的裤子和皮肤一起拉了出来,在破洞中露出了骨骼和细细的管线。

"喵!我和你拼了。"杰克在手上并不安静,两后爪仍不停地抓他的手臂。

"手下留情吧,朋友。你要找的人是我,对吧。""三尺童子"手持拉杆箱,背着背包,不知不觉出现在"嘉乐"面前。

"'三尺童子',为我和路易报仇!"杰克大叫。

"去你的吧!""嘉乐"将杰克掷向路易方向,不过还好,听到"三尺童子"的话后,还算没有太用力。

"喵!路易,好兄弟。"杰克用舌头舔它,用前脚摇它。

"对!'三尺童子',我找的就是你,你要么跟我走,要么跟我打。"

"我凭什么听你的?"

"你长大后将成为我的样式,何不现在就跟我走?"

"跟你走?哼!我只忠于我的主人,我的主人也告诉过我,可以跟我的真身走。我只听这两人的,除非你让我们的真身出现,我可以跟你走。"

"我知道真身在哪里,他现在好好的。""嘉乐"说道。

"你的主人是谁?告诉你的主人,他是在绑架,要受到法律的制裁。"

"我不会告诉你主人是谁,我也忠于自己的主人。"

"可我的主人一直告诉我,要独立思考,不管他或是我的真身,做错事可以原谅,但犯法了就要受到法律的制裁。你的主人没有告诉你这些吗?他犯法你就是帮凶。行不义,天诛地灭,懂吗?"

"哈哈哈!凭你也想改变我,做梦吧!""嘉乐"说道。

"既然你知道我们的真身是同一人,既然我们的真身还活着,就一定有人是多余的。你还是消失吧!要向人类学习,有爱就有世界,懂吗?爱就是不求自己的益处,爱就是自我牺牲,懂吗?""三尺童子"说道。

"牺牲!那为何不是你牺牲?""嘉乐"问道。

"我牺牲？我的真身已经长大了呀！长大了就是不存在了。他，他不存在了，就是已经为我牺牲了。这就是爱，懂吗？""三尺童子"好不容易把话说明白，说的有些结巴。

"哪来那么多废话。向人类学习，就是废话多吗？""嘉乐"问道。

"人类与我们最大的区别，是情感，懂吗？你怎么可以如此冷酷无情！"

"别以为我不懂！情感有什么好处？懒惰、软弱、忧伤、痛苦、嫉妒、仇恨、恶毒、欺诈、自私、清高、骄傲、娇气、火爆、狭隘、孤独、迟疑、犹豫、沉迷、沉沦、浑噩、贪婪、恐惧、焦虑、不安……没有一样好东西。"嘉乐说道。

"人类还有美妙的亲情、友情和爱情！""三尺童子"说道。

"人类还有一样坏东西，你学会了。"

"什么东西？""三尺童子"问。

"那就是话多！"

"三观不正！看来，咱俩是话不投机。"

"少废话，不跟我走就战吧！我只相信拳头，只要打残我，就随你摆布。"

"好吧，我看出来了，你的力量比我大，速度也不差，但你休想在我这里镜像到武功和招式。""三尺童子"将行李和背包放在一边。

"老顽童，接招吧。""嘉乐"一个耳光扇了过来，"三尺童子"低头一闪，顺势就地一滚，滚到杰克身边，看了一眼路易。

"你去招同伴过来。""三尺童子"推了一下杰克，说道。

"好的。"杰克跑开了。

"嘉乐"见手扇空，改用脚踩。可哪有那么容易，"三尺童子"右手离地，向上挥动，以左手单手支撑身体，把上身转向右侧。这是地躺拳的横翻滚动作，只是没有接着侧跌横蹚动作，那是进攻动作。

"嘉乐"一直踩空，踩得兴起，跑了起来，又改用踢，踢也不行，就采用扫腿。"三尺童子"虽然没有向他进攻，"嘉乐"却是怎么也踢不到他。

世界镖榜的前五排名是早在三十年前就定下的，公司的策略是"行实务虚，坐实前五"。早期前五虽然是虚名，有一萝卜一个坑的味道，排名却是实实在在打出来的。所有后面的一招一式全部成了前五的大数据，越靠前积累的数据越多，所以说第一最重要，"嘉乐"来找"三尺童子"，就是冲第一来的。

卫斯平时培养"三尺童子"的功夫分三个层面。首先，他是学电影出身，动作片里的功夫一部也不落下；其次，就是观摩实战，谙熟实战类的综合格斗术、蒙古跤、柔术、拳击、空手道、散打、泰拳、跆拳道等；再次就是更加熟悉中国武术的套路，少林、太极、八极、形意、六合、咏春、罗汉、通背、螳螂、大小洪拳等都会。中国武术强调中庸和健体，在人类传统的实战中并不算突出，但在 AI 人运用起来就不同，因为有了速度，招式就显得重要了。

前五排名在卫斯他们的设计里面，根据个性特点，也会各有所长。比如"波拉"作为女人，她在催眠术、太极、柔术以及水下功夫方面炉火纯青；而"三尺童子"因为个头小，通常被视为弱者，在轻功、地躺拳方面有先天优势。地躺拳注重一个"巧"字，特点为腿法奇猛，跌法巧妙，腰身柔灵，随机就势，顺水推舟，交手实战讲究形退实进，上惊下取，"地术"占先，败中取胜。

"嘉乐"哪里识得此时"三尺童子"正在使用地躺拳的"连续头翻"等套路，只感觉他在逃跑、躲避，继续踩、踢、扫，而在"三尺童子"眼里，"嘉乐"仿佛是一个陪练的，帮助他练习"地功十八滚"。

此时如果"三尺童子"来一个地躺拳的剪腿或者跌法，保证"嘉乐"定会摔得不轻，但他一直不出手进攻也有自己的顾忌，就是卫斯向他提醒的，对方系统与算法领先。也就是说，天生动作会比他快，久战僵持或者出手都不赢都会对自己不利。

果然，"嘉乐"见久攻无效，也躺了下来，模仿"三尺童子"进行翻滚，而且模仿力惊人，越滚越快。还好"三尺童子"没有出过招，不然他现学现卖，翻滚中再来一个"狗咬粽""倒背镰""金后剪""蝙蝠腿""兔子蹬鹰"这些地躺拳套路动作，自己反而中招。

"三尺童子"很无奈，心想，虽然地躺拳是自己的拿手本领，对方追上自己并不容易，但这样下来自己反而成了免费的动作教练，非常不值。于是，一个"头顶转"再加一个"扑地蹦"站了起来，然后施展轻功，在跑动中不断跳跃，几圈下来"嘉乐"占不到便宜也站起来追赶，于是"三尺童子"在轻功里又交杂了一些跑酷步伐，不断攀墙或翻越障碍物。

"怎么？堂堂的世界排名第一的'三尺童子'原来只会跑酷！"嘉乐追了一会儿，停了一下说道。

"那你什么时候听说过'三尺童子'被人打败过，你也不过如此，没有拿手的本事，我才不屑和你打呢！""三尺童子"远远地回身，双手叉腰，鄙夷地说道。

"你以为跑酷我不会吗？""嘉乐"也来了一个攀墙动作，然后直奔"三尺童子"。"三尺童子"立刻继续逃，前后两条人影，越来越快，最后只见两道光影，强如闪电，根本停不下来。

这是逼自己出手的节奏啊！"三尺童子"正思索着怎么给他来个致命的一击。忽然"喵"声大作，几只机器猫引领着几十只野猫从四面八方涌向此处，"嘉乐"慢了下来，终于停住。

"死猫还来送死，还请了不少帮手。""嘉乐"一眼就认出了猫群中的杰克。

"你今天就别想离开这里，我们给路易报仇来了。"杰克说道。

"哼！来的多死的就多。""嘉乐"对着"三尺童子"说道，看都不看群猫。

"喵！伙计们上！"杰克气得大叫。

"呃！"只见跳到半空中的野猫纷纷掉了下来，原来是"嘉乐"飞针出手，只见地上很多猫在打滚,嚎叫声大起。

"你怎么也会这招,是谁教的?""三尺童子"惊奇地问道。

"谁教的?自然是主人教的。真身是同一人,自然是同门,只是你出道比我早罢了。""嘉乐"说道。

"原来是这样,那我该叫你师弟才是。""三尺童子"说道。

"师弟不敢当,还请师兄赐教几招。"

"赐教不难,可是你并不听我这师兄的话。杰克能带来这些朋友,就是会善待它们。你伤了我这么多的猫,又怎么能善待自己同门和自己真身?将来你又怎么来带领人类的朋友?告诉你,多行不义必自毙。""三尺童子"说道。

"师兄,多说无益,我不接受说教,还是动手吧。"

"你真是个冷血的机器,看来留你不得。"'嘉乐'说道。

"我数三下,大家一起上。"杰克对几只带头的机器猫说道。

"一,二!"所谓双拳难敌四手,恶虎还怕群狼,现场的一切,"嘉乐"的主人是看得清楚的。杰克的"三"还没出口,"嘉乐"已经收到了他主人的指令,"嗖"的一声,跳走了。

"算了,你们追不上。"群猫想要追,却被"三尺童子"叫了回来。

"便宜他了。"杰克说道,"路易怎么办?"

"主人来了,交给他治疗吧!""三尺童子"说话间,卫斯和"波拉"赶到。

话说旧金山那两只机器猫,保持低功耗在车底下静养,可是凌晨的时候,一双皮鞋走近车子,然后一个人俯下身子,朝车底下瞄了一眼,看到两只蜷缩的猫,就掷石子驱赶,于是它们离开车子看个究竟。

没想到那人迅速往车子底盘安装东西,然后跳开,车子就爆炸了,爆炸后,那人又冲进浓烟,拿了几件散落的东西就走了,动作很快,不像是人类。

还好当时由于车身的电子与金属掩护,对方还没能分辨出这两只机器猫。机灵的猫分开追踪,一只跳上对方来的车上,另一只跟在后面的其他车里,一直追到对方位在硅谷的办公基地。

遗憾的是,同车回去的那只猫,一跟进大门就被识别了。它在对方的地盘上竭力奔跑,不跑重复路线,并将眼球里的微孔摄像传给"波拉"。

它几乎跑遍了整个建筑的每一个角落,最后被对方逮住,是因为受"波拉"所指使,返回监控室,在大屏前面停住了。它完成了自己的使命,传回的内容够丰富。于是"波拉"启动了自毁指令,芯片短路,一缕青烟从猫的嘴里冒出。

卫斯乘坐的是到纽约最近的航班,由于路途有些远,"波拉"也就不请示卫斯,直接在行李仓的箱子里命令另一只猫自己赶往博迪,陪着那些电子蟋蟀安顿并潜伏下来。一到站,两人立即向"三尺童子"的方向直奔而来。

"主人,还是让那个'嘉乐'给逃走了。""三尺童子"说道。

"没事,留得青山在,不怕没柴烧!"卫斯和"三尺童子"还有"波拉"一起,为野猫一一拔针,敷药水并检查伤口。

"据说,他跟我们是同门。""三尺童子"又说道。

"可能吧,我大概能猜到是谁了。"卫斯答道。

"主人,那只猫自毁之前给我传来对方基地里的视频,放出来给你看一下吧。""波拉"说道。

"好吧,那杰克你领它们先散了,路易我带走,修好后让它去找你。"

"好的,谢谢主人!"杰克说罢和猫群离开了。

"那我们去实验室吧!""三尺童子"说道。

"不行!你已经不能去实验室了。这样吧,把莫妮卡组装好,我把你们打包寄到中国石塘镇上的一家客栈,这样路途遥远,他们要想找你也不方便。到时候我会亲自接收,倘若我三日内不能前去接收,会让你真身的父亲杨家鸿先生去接收,你出来后不要回集团,更不要进杨老的家,直接带莫妮卡出去历练。你等我的通知,咱们中国见!"卫斯说道。

"遵命!主人。"

每一个AI人身上有上百个终端感应器,大、小"杨嘉乐"经此一战,相互间已经取得某种联系,能够各自获得对方身上的那缕物联印记。这是人类所不具备的,而是AI人自己相互识别的一种能力。

实验室里,"波拉"在修复路易,而卫斯则将"波拉"输出的视频不断回放,捕捉蛛丝马迹。终于,他将画面定格在某一处,放大。那是一位工作人员的看屏图,图中的大屏有数个分屏。其中一个分屏直接显示路易和杰克的星猫演播室,很明显这是从"嘉乐"方面传输过来的;还有一个分屏引起卫斯的注意,那是一个小型会议室的监控视频,会议前人员开始入座,卫斯仔细观察每一个人,觉得其中一个华人值得关注,再次将这张脸放大,定格,虽然有些模糊,但眯上眼远看,还是能分辨出来。昨天和杨家鸿通话后,周泓鸣的形象就一直在他脑海里,只是还无法证实,现在他预想中的这张脸还是出现了。

卫斯一声叹气,知道了是周泓鸣在捣鬼,本想关掉视频,但一转念觉得不行,还得理智对待此事。于是又退回去重新看视频,发现此处的分屏还不够用,有几块是跳动切换的。切换中有一个场景触动了卫斯的神经,觉得这个场景似曾相识,只是一时想不起来。

"'波拉',你过来看看。这个场景好像见过,帮我搜索一下,是在哪里?"

"这个和葛总以前在清迈地区的办公室比较像。""波拉"看了一下说道。

"对,这里是卫康角斗场一角。葛总已经好久没有在那里,难道出事了?"卫斯自言自语道。

"要不我们过去瞧瞧?""波拉"说道。

"别急!那里路远,先让我想想。"

"好的,我先忙去了。"

"嗯。"卫斯关掉了视频,闭上眼睛陷入沉思。

这个很可能是一个国际性的组织,触角很广,看样子周泓鸣还不是对方集团的当家,但应该也算个人物。现在双方已呈半透明状态,对方的总部是不是在硅谷尚不能确定。自己这里只剩地下隐蔽空间的实验室,可能还未被发现,但或许会由于葛静康的原因,会变得不安全了。

另外,从之前"三尺童子"和"嘉乐"的对话中可以判断,杨嘉乐现在人至少没事,很可能在他们的控制之下。至于杨嘉乐所在的位置,在美国的可能性不大,按理说很难带人出国门的,在中国或者中国的边界地区可能性大一些。按如此的推理,包括葛静康现实的状况如何,还有那些当年和葛静康以及集团一起投资创办的东南亚竞技场馆,尤其是多年未去,却也能维持营收的卫康角斗场到底出了什么事,都很值得去探访一下。想到这,他还是决定先给杨老师报个平安。

"杨老师,休息了吗?不好意思,这么晚了还来打搅您!"卫斯看了下时间,纽约是中午,温州却已入夜。

"卫斯你好!没事的,还早,有什么新消息?"杨家鸿穿着睡衣在书房看资料。

"首先,嘉乐暂时没事。其次,我现在面临的很可能是一个国际犯罪集团,而且周泓鸣是他们中的一员,可能还不是主脑,我这边这条线应该是他在负责,为了销毁电子蚂蚁炸了我的车,还派AI的'嘉乐'找上门,已经对上号了。但我猜嘉乐的失踪跟他不是直接关系,他发现了后,出于感情,也向您报了个平安,但具体地址他不敢说,或者他也不知道。"卫斯说道。

"那他为什么派AI'嘉乐'上门呢?这不是通风报信吗?"

"也许吧,但是有一点,事态比较严重,不论是蚂蚁还是仿真'嘉乐',通过此番交流,发现他们的算法和系统均已比我们先进一步。"

"这样啊!那你等一下,我们还是马上召集人开个会吧。"

"好的。"卫斯说罢,接过"波拉"给他做好的比萨和咖啡。

杨家鸿分别给陈志诚、陈墨生打了电话,将卫斯汇报的情况简略说明了一下,紧急组建会议群,召开网络会议,参加的人有陈墨生、杨家鸿和李卫斯,还有轮椅上的陈志诚。本来陈志诚年事已高,早已不过问集团具体事宜,但牵涉到周泓鸣这个曾经的家庭成员,就不顾身体状况参加了。

"陈董好！这两天在美国遇见的事，主要指蚂蚁和仿真'嘉乐'，说明一个问题。我们的仿真 AI 人虽然胜在外表，但在算法、精度和系统速度方面已难保领先。好在对方系统也才刚刚更新，同样有很多要向我们学习的地方。

按此下去，对方迟早会全面超越我们。我们不能低估对方的速度，有可能我们多年经营、维护和控制的'世界镖榜'，最终名存实亡，反而成就对方，成了他们所控制的傀儡。"卫斯开始汇报。

"你指的对方是周泓鸣吗？"陈志诚问道。

"周泓鸣只是其中的一员，并不完全代表对方，但仿真嘉乐应该是他的最新作品，换了别人不了解我们，而且还有我们的技术做基础。"卫斯答道。

"杨嘉乐现在他们手上吗？"陈墨生问道。

"我猜是的，但在美国的可能性不大，正巧早上周泓鸣跟杨老师联系过。"

"嘉乐失联才几天，仿真人就出现了，速度够快的。"杨家鸿说道。

"我们当时并没有不器重他，是他自己经不起试炼，沉不住气。现在他和雅声的儿子璐璐已经长大成人，你们看，璐璐在公司的职位比墨生的女儿还高，我们终究没有偏心，还是能者上任、人尽其才的。"陈志诚吃力地说道。

"周泓鸣算起来也快六十的人了，他能给我打电话，就说明良心未泯。对了，周泓鸣和璐璐没见过面对吧？毕竟人心是肉长的，父子连心啊！"杨家鸿说道。

"您是说，用璐璐来感化他，让他回心转意，戴罪立功？"卫斯问道。

"可以试试，让他不为自己也为璐璐，不为集团也要为国家，不能做违背自己良心，做害国害民的事。"杨家鸿说道。

"咳！人家找上门了，炫耀的还有我们自己的技术，所谓来而不往非礼也。'世界镖榜'好不容易建立起来的权威是不容挑战的。谈要谈，打也要打，打得赢才更好谈。"陈志诚声音沙哑，断断续续，气息微弱，讲出来却铿锵有力，"我的时日不多了，研究了一辈子的墨子，现在是时候将压箱的防御技术拿出来了。这项技术已经在我自己的替身上初步试验并安装。现在可以让墨生着手技术攻坚，准备对'三尺童子'率先进行系统更新。"

"这是怎么样的一项技术？"卫斯问道。

"从技术层面讲，是关于一种低能耗的连续谱光源应用；通俗而言，就是一种微型激光枪，应用到 AI 人身上就是激光指。而战技层面要结合少林的一指禅，还有我们自己的飞针技术，其速度却比飞针快上百倍。"陈墨生解释道。

"哇！那是无敌的防御术。我们长期研究如何用飞针来挡子弹，还只能对射程短的手枪子弹有点作用，对密集的冲锋枪还有狙击步枪就没有办法。现在没有这方面顾虑了。"卫斯说道。

"是的,除了防御,它的攻击力也是惊人的,但这种非常规性技法还是尽量不要使用。"陈墨生说道。

"从战略意义而言,它的震慑力大于核武器。'三尺童子'配上它,排名第一就无法撼动了。"杨家鸿说道。

"是的,这种毁灭性的战技最好一直都用不到。"李卫斯说道。

"既然嘉乐有消息了,就不能袖手旁观,我们继续讨论下一步计划吧。"陈墨生说道。

"嘉乐大家分头找,国内由你们和他单位负责侦查。他们在美国硅谷的基地我查过,应该不在。由于这两天的变故,对方已经盯上我,而葛静康又状况不明,所以向集团请示一下,下一步准备暂时关闭纽约实验室,将一些关键设备运往中国,目前我觉得还是在中国最安全。"

"我看行,杨总您说呢?"陈墨生说道。

"嗯!可以,'三尺童子'和这些设备会同时到吗?"杨家鸿说道。

"估计差不多时间,收货地址不一样。'三尺童子'已经打包,会稍早抵达,等一下我们马上整理这边的东西。"

"葛静康也失联了吗?"陈志诚问道。

"那倒是没有,但是我觉得很诡异,他自己也说不自由。所以我觉得处理完这里的事,去看看葛静康。另外,我总有一种直觉,嘉乐也会在那一带。所以必须先去一趟缅泰,然后争取在元旦之前赶回温州。"

"好吧,你这趟路不好走,要不我派替身去协助你。"陈志诚说道。

"其实嘉乐得罪的是那一带的毒枭,卫斯分析得也不无道理。要不我申请嘉乐单位协助,让警方派人前往。"杨家鸿说道。

"谢谢陈董和杨总,我看都不必了,这次我低调前往,会注意安全的。这么多年'世界镖榜'屹立不倒,就不信他们能一下子把我怎样。放心吧,我有'波拉'还有小猫等小伙伴陪伴,并不孤独。"

"好吧,那就靠你自己啦!有什么状况不要硬撑,等待增援,或者先回来从长计议。"杨家鸿说道。

"OK!那就这样。"

十六、卫康角斗场

亚洲拳界都知道"田间汉"的无敌存在,这位世界镖榜上的第四高手,从不上擂台比赛,却能震慑整个拳坛。专程来清迈向"田间汉"挑战的,有一个共同特点:这些勇敢的挑战者,无不带着莫名且极大的恐惧铩羽而归。整个泰国在谈"田间汉"色变的同时,都知道由"田间汉"罩着的卫康角斗场,也有传闻"田间汉"就是老板葛静康,无人知道真正的"田间汉"是一位AI人。

其实,早在三十年前,李卫斯和葛静康要设立世界镖榜排名,就规划在东南亚一带建几个自己的拳坛擂台,扬名立威的同时,也不断更新数据库,坐实世界前五。一切都是战略规划,让整个拳坛市场自己进行口碑传播,有着巨大和连锁的宣传效应。

选择清迈,除了因为它是泰国第二大城市,北境靠近中国等原因以外,其实这里还是一个适合长期居住的地方,很多欧美人退休后,领着退休金选择在这里定居。

卫康角斗场起先只是清迈郊区一个不起眼的拳馆。二十年前,一对三十多岁的华人双胞胎兄弟来泰国旅游,住在清迈约一个月不见回去,他们一家家询问,几乎看遍了清迈所有的拳馆,最后再次来到这家。

老板长得非常粗犷,走进去会以为自己误入了不该来的地方,酒保长了一张凶脸,在外行人看来,他们的泰拳打起来很厉害。

这里除了给本地村民练习,也给中国大陆来的一些游客做集训营,定期搞比赛,也卖一些啤酒、泰餐和西餐。

虽然这个拳馆只是个钢架简易棚,看起来破旧简约,但葛静康看好这里的周边环境,如进深大,外场宽,方便扩建和停车,交通位置容易寻找,等等。

葛静康初中毕业就一直有练武,经营世界镖榜后,就更加努力,对自身级别也很在意。他的级别比卫斯要高,甚至卫斯的基础搏击功夫也是他教的。

在纽约的时候,葛静康通过示范和对练,已经将替身的搏击能力提升到超过人类几个等级,达到五星标准。要知道AI人和人类不同,人类练到一个程度就停滞不前了,还要面临运动年龄、疲劳、伤病和衰老的问题。而AI人却是线形的,加上元维集团研发的"镜像敏捷"功能,如果一个人类高手陪他对练,人类高手最多只有一次赢的机会。不论之前对手多么厉害,下一次就可以赢。

拳馆是个敞开式的棚,站在栅栏外围就可以看到周边各种悬挂的沙包,以及几个错落的擂台。葛静康虽然没有直接练过泰拳,但接触过练泰拳的对手,也很喜欢泰拳。也是怀着学习和敬畏的心理在一旁观看他们练习。

泰拳主要运用人体的拳、腿、膝、肘四肢八体作为武器进行攻击,一般主要以扫踢和肘击为主,被誉为站立技中的最强格斗技。而葛静康在美国待久了,主要对自由搏击和综合格斗MMA还有UFC比较熟。

"你们好!请不要拍摄。"葛静康拿着手机从远处外围、周边一直拍拍停停,现在又拍着里面的训练。这一对不分彼此的"双胞胎"本来就很惹眼,他们都对彼岸的李卫斯进行着现场直播。终于有人对他们说话了。

"你好!我们是来学习的。"葛静康说道。

"可以啊!你们是从中国来的吗?"

"是的。"

"你们想学多久?"

"一般要学多久?"葛静康问道。

"一般要学一星期,如果想考泰国教育部认证的泰拳靶师认证证书,要学两周。我们这里吃住都有安排。学费比其他地方要稍微高一点。"对方听到是来培训的,还算认真地介绍。

"为什么学费要稍微高一点呢?"

"因为我们这里老板的功夫好,教练的功夫也好。"

"那如果我要练到你们老板那样的功夫需要多长时间呢?"

"那要看你的体质,一般人练一辈子也练不到他的水平。"

"你们能练到他那样吗?"

"我们也不能。"

"我要跟你老板直接学,可以吗?"

"也可以,那学费更高。你要学多久?"

"学费没问题,我给他学一周的学费,就学半天可以吗?"

"行啊,你们等一下啊!"那人直接去里面问一个人,看样子那人就是老板。卫斯朝着他点了点头。

"老板说可以,你先缴两万泰铢吧,或者拿四千元人民币也可以。"那人很快回来了。

"我身边没有那么多泰铢和人民币现金,就这五百美金吧,忘了告诉你,只是我一个人学,我兄弟只在一边看着。"葛静康把钱给了他,心想对方已经把自己当冤大头了。对方收了钱,跑到他老板那里又嘀咕了几句,老板向葛静康挥了挥手,让他进来。

　　葛静康进来后,脱掉鞋袜和衣服,老板助手先过来做热身示范,然后戴起助手拿来的拳套、腿靶和腰靶,而老板自己系上了腰靶,开始做腿法示范。

　　与这个皮肤黝黑的家伙的示范对练中,葛静康已经感受到对方的速度和力量。如果是自由搏击或者散打,对方不会是自己的对手。但葛静康没想暴露自己的技能,只想着怎么现学现卖,用泰拳打败对手。

　　真的假不了,葛静康的泰拳一膝一腿,一看就是新手,只不过掌握得确实快。练习了一个多小时后,老板就称赞他学得快,并让他歇一会儿。就这样拉近了与这位老板的距离,老板看着他兄弟穿外衣在场外也在做一些看到的泰拳动作,就觉得奇怪,问葛静康为何不让兄弟进来一起学。葛静康说他兄弟不是来学拳,而是想要来买拳馆的。老板更好奇,于是向葛静康介绍了当地一些拳馆的价格。

　　"老板,你这所拳馆值多少钱,能卖吗?"葛静康开始试探。

　　"我的不卖,卖了就没事干了。"

　　"那你可以再买一个其他地方的呀!或者继续在这里干,当经理也行,收入和现在差不多。"葛静康试图说服他。

　　"有这么好的事?我看出来了,这才是你们到这里来的真正目的。"

　　"我是来学拳的,缴了学费的。"

　　"那好吧,现在我们开始练习实战,你要是能打赢我这里的任何一个徒弟,我就把拳馆卖给你。"老板自负地说道。

　　"可以,那我们先讲好价钱。"葛静康说道。

　　"价钱好谈,先打赢他再说。"老板指了其中一个看起来比较文弱一些的说道。那人听到,马上跳到拳台上,做准备动作,跃跃欲试。

　　"哈哈!老板爽快!我打赢他价钱就没得谈了。"说完也一跃而上,立刻进行连环腾空膝顶,展开刚学的泰拳动作,既是攻击,又像是对所学动作的综合练习,这就是高手的悟性,没有夹杂一丝泰拳以外的任何招式。而对方根本没有还手的机会,几个踉跄之后,重心还未站稳,就被葛静康一个肘侧击,击中脖子倒在地上,半天起不来。现场也个个张大嘴巴,半天都没有声音。

　　"你到底是什么人?到我这里来撒野。"

　　"怎么,老板你不服吗?说话还算数吗?"

　　"我说话当然算数,但要让我服,就得过我这一关。"

　　"说话算数就行,没有我的事了。是我兄弟要买你的拳馆,就不要破坏这里的场地了。你们要是不服,就全部都出去和他打吧。"葛静康下来,若无其事地擦拭着身体。

　　外面的"静康"听到后,退开站在露天中间,向所有人发出挑战的手势。有人开始跨出去找他单挑,可是一近身就倒下了,甚至看不清对方用了什么招式动作。老板大惊失色,带领所有人冲了出去。里面的葛静康却看都不看一眼,只顾穿衣服。那架势,好像这里的一切已经是他的了。

只听到哀嚎一片,等他穿好衣服,走出来,所有人已经躺在地上。老板被反手擒拿,脸也被踩在地上。

"怎么样?服不服?想不想再来一次。"葛静康挥了挥手,让他站了起来。

"不!不!我服,我服。拳馆卖给你们。"老板和那些人一样,从未体验过如此钢铁般的闪电手法,惊愕得半天都说不出话。很明显,对方已经手下留情。

今天,卫康角斗场已经过多番的扩建和改造,虽然周边吸引了一些传媒电视台、酒店、商场等政府组织的招商投资项目,实际上主要还是靠"世界镖榜"的影响力。角斗场自主经营,经营一直还算正常,股东不参与,刚开始有日报表,后来只看月报,再后来事务多了就只看季报和年报。有专业AI把关,数据很准确,有时报表报迟了,他们也不在意,葛静康更是几乎不看,只关心自己的账上多了多少钱。卫斯回想起来,今年的第三季度报表就好像迟了,都12月份了仍然未见到。这也成了他想去现场一看究竟的原因之一。

为了安全起见,卫斯此行没有告诉葛静康以及缅泰方面的任何人。直飞到曼谷,然后化装成老人,再转车,和波拉以游客的身份进入清迈。进入清迈后,他俩分头行动,拿着杨嘉乐的照片打探消息。

他们打听到,杨嘉乐确实在清迈出现过,而且正是在卫康角斗场。那次并不是正式的比赛,而是赛事宣传所需要,安排给几位拳王当陪练。因为拳王需等待十几场胜出的挑战者,实在漫长,所以也需要偶尔出场秀一下,这些不知道哪里找来的陪练可苦了,一般非伤即残,事后消失掉的也是常有的。

那次出来陪练的有五个人,五人一起上,拳王三下五除二,只一个回合就把他们打得全倒在台上。

"起来!起来!蠢猪!起来再打。"拳王挨个踢,踢到杨嘉乐的时候,嘉乐双手一把端住他的脚踝和脚背,自己一个翻身,用力一拉,拳王被带着失去重心,也倒在台上。杨嘉乐却慢慢站了起来。

"你有种,再来!"拳王站起来就一个摆拳,嘉乐用手臂一挡,对方力气实在大,身体跟跟跄跄,才勉强站住,对方的组合拳就跟上了。没有办法,只能再次侧身、倒退,转圈。

连续的几次落空,拳王来了兴致。

"NO!NO!今天不行,改天挑战你。"此时的嘉乐却累得眼冒金星,看到的对方是两个人影,根本使不出力。

"NO!NO!你别逃。"不论拳王怎么打,嘉乐总是能够避开。他展开八卦步伐周旋着,另外躺在地上的四人犹如梅花桩，身体成了掩护嘉乐的物品。

"啊！啊！"拳王气得一手抓一个，拖到边缘，扔向台下，另外两人见状，自己滚了下去。

终于成为了两个人的擂台，两人都汗流满面，拳王虽然打不到嘉乐，却达到了陪练的效果。而嘉乐冒的却是冷汗，这样僵持，激发了想活下去的本能，眼看避不开了，他也出手，不过他现在一拳一掌打在拳王的身上，就像挠痒痒，产生不了任何效果，倒像是给了反作用，助力自己逃开。

不论是陪练还是比赛，都不是无时限的。终于听到哨声响起，嘉乐几乎瘫在一边，口吐白沫。他给观众留下了深刻的印象，拳王很没面子，念着要撕碎他。而经纪人却看好嘉乐，希望能给他安排挑战赛。正是那场陪练，才使他暂时活了下来。

直到晚上，卫斯和"波拉"才分别进入这个地方虽然不大，却是清迈最有名的角斗场。

此刻卫康角斗场一片嘈杂，有口哨声、尖叫声、男女疯狂的叫喊声，那扭曲的表情，惨淡的灯光，冰冷的水泥台，再加上比赛台上那疯狂的搏斗，力量和武技的较量，组成了一幅震撼心灵的画面。

"拳王毕竟是拳王，想挑战此人是要付出代价的，这家伙连胜了九场，输了两场，一场平局，才有了挑战拳王的资格，却是想不到还是不是拳王的对手，看来他的打拳的生涯要终止了，以后再也不能打拳了。"

比赛台上叫嚣声雷动，前排中心位置，有几个男子正在喝着红酒，对着这场比赛评头论足，刚才说话的是一个四十岁左右的男子，皮肤略黑，发型很短，卷曲，不过眼神却是很凌厉，也是一个高手，一身的贵族气质，望着下方比赛台上正在击打的那个强壮的选手淡淡地点头评论着。主持人也站在前面，不时回头和他们交流几句。

此刻台下的观众已经沸腾，因为他们都知道拳王最拿手的好戏要到来了，因为此刻拳王已经把毫无反抗之力的对手举过了头顶准备往地下摔，眼神狂傲无比。

"长江后浪推前浪，拳王也会有败落的一天。明天会有来自中国的高手获得拳王点名，越级挑战拳王，今天的比赛先到这里。欢迎大家再次前来观摩。"主持人收场道。

比赛结束了，观众已经散去，只留下那惨淡的灯光，还有那冰冷的比赛台，每天一次的地下拳坛比赛落下了帷幕。

"'波拉'，搜一下'田间汉'的位置。"卫斯对另一处的她发出指令。

"主人，已经搜过了，没有他的讯号。"

"怎么会这样？我用'纠缠密码'呼他也不灵了。"卫斯说道。

"那我们现在怎么办？"

"你跟着刚才的主持，让他带我们去找杨嘉乐。"

"好的，收到！""波拉"说罢起身。

　　清迈某一家族内部的一间屋子里，月光如水般照了进来，一个男子身形强壮，浑身肌肉纵横却是被人锁着手链，头发胡子都长了，面对那如同手臂粗细的钢筋所围成的监狱，发出了一声怒吼，状若虎啸，气势极度骇人，眼神之中有无边的愤怒还有落寞。

　　他就是杨嘉乐，因曾破几桩国际毒品大案，被缅泰贩毒集团视为眼中钉，故意找人放出交易风声，引诱他前往云南，在一家餐厅里，遭人麻醉暗算，然后被装袋出境潜运入缅甸。

　　金三角地区有像嘉乐这样身体素质的人不多，他被关在缅泰的一处私人监狱，并没被立刻处死，而是不断折磨，做人体实验。

　　普通低阶AI人的生产过程也是流水作业，人们接触的只是某一局部的领域，而能掌握全部技术的，不是高管都难，而周泓鸣就是这样的高管。给每一个仿真AI人做系统配置都要经过他这道程序，当他看到杨嘉乐的标本时，惊诧不已，就开始思量着怎么救人。

　　金三角地区的国际贩毒组织，早在二十多年前已被基本铲除，但由于第一、二产业，乃至大部分三产的人工基本被机器所替代，人没事情干了总会找刺激，导致毒品生意死灰复燃。金三角贩毒组织经过几十年的沉淀，早已建立了训练基地，逐步从雇佣兵转向智能化机器人部队。

　　这就意味着，背后有更强大的国际财团控制。周泓鸣就受雇于这家叫塔达的国际财团，他与陈雅声离婚后，带着元维集团的一些资料和自己的一身技术，来到硅谷应聘，事后知道，其实录用他的只是一个分支机构，这家集团的总部是在印度。后来他被调到印度的亚洲技术部工作，他怎么也想不到自己会落在国际犯罪集团的魔爪中，薪金多，却没了自由，时常感叹余生已毁。

　　塔达集团已经取得很多技术，也有很多计划，比如准备在未来几年内奴役金三角地区的所有人类，然后进行一对一仿真，AI人拿着被仿人类的身份开始新的生活。倘若试点成功，准备向世界推广。赢得仿真人工智能的胜利，全面控制人类是他们的终极目的。

　　本来周泓鸣从元维集团带来的AI人技术，都不是最领先的，比如卫斯的仿真皮肤等，其实已不是秘密了。而像飞针手法这些高端核心技术，他并没有向塔达集团公开。离开祖国久了，又回不去，他内心深处还是非常思念过去的亲人。核心技术代表的不仅是集团公司，而是国家，他从没想过要卖国求荣。

　　另外，塔达集团本来就没把"世界镖榜"这些小儿科自媒体放在眼里，集团不缺人才，也不缺军火，但注意力大多在仿真人的逼真度和生产型机器人身上。周泓鸣一直很庆幸，没有人特别提出关于提升AI人战斗力的建议。也就是说，塔达集团对机器人最高端战力的研究远没有元维集团那么悠久，周泓鸣也不想由于自己的原因使得"世界镖榜"的权威受到威胁。

　　但是救人要紧，想来想去没有其他办法，于是在AI"杨嘉乐"身上换上了塔达集团最新研究出来的碳素骨架,自己则植入了镜像敏捷系统软件。让AI人在高层会议上进行泰拳演示,并提出为了给定制的战斗AI人锻炼机会,需要挑战"世界镖榜"排名的请求,获得高层的一致赞许,并给了他一些特权。

于是,就有了AI"杨嘉乐"上纽约找"世界镖榜·星猫演播室"那一出,周泓鸣确实在进行远程控制。而旧金山的汽车被炸,也就是机器蚂蚁被毁的事件,他却没有参与。李卫斯分析得没有错,塔达集团的算法算力,以及系统集成的精细度已经领先他们,是世界顶尖水平。

自从上次给拳王当陪练后,嘉乐获得了身体上的"照顾",为了给他增强体力,食量有所增加,不停有人来与锁链中的他对打,打拳也能麻木他的心灵,让他忘记一切,可是内心深处的那份情感却无论如何也忘不掉,他不指望什么挑战晋级拳王,只是想在比赛台发泄自己的感情,他等待与拳王的恶战,只有在恶战中,他才知道自己是一个活生生的有血有肉的人。

"你好!"观众已经散去,主持人在整理东西正准备离开,听到一个好听的女声叫他。

"看……着我的眼睛……你……叫什么名字?""波拉"命令着,声音有些磁性,眼神虚无缥缈。

"我叫……巴颂……你……你要做什么。"那人的声音开始颤抖,慢慢地,越来越小声。

"放轻松……现在专心地看着我的眼睛,专心地看着……头脑里什么都不要想……一片空白……你已经不能移动了,你……已经不能开口了……现在你唯一可以做的事……就是看着我的眼睛……""波拉"强有力的眼神凝视着他,巴颂静静地,好像被点了穴道一样,全身僵硬地站了起来,本来明亮的双眸渐渐地变成呆滞。

"现在,你的力气慢慢地消失了,现在……你只能看着我的眼睛……耳朵只能听地到我的声音,你不能反抗我……你将要完全地服从我……服从我……说你将要服从我……知道吗。""波拉"循循善诱着。

巴颂的脸上没有表情,眼神呆滞,慢慢地张开嘴唇:"是的……我将要……服从你……"看着主持被催眠,卫斯露出一丝诡异的笑意,也从后面跟了上来。

"现在,你带我去找明天来挑战拳王的中国人。""波拉"挽着巴颂的手臂,慢慢走出拳馆。巴颂被瞬间催眠后,大脑一片空白,对"波拉"唯命是从。出了门,找到自己的车子,驾车就走。

"老婆,爸爸,战友,你们在哪里……"

身陷囹圄的嘉乐一身是伤,如同受伤的狮子一般,被铁链紧锁,向往温州,眼神落寞无比,轻轻地喃喃自语……

他回想起自己五岁开始游历中传、北影,才艺超群,只不过他的志向不是从艺,大学没有报考影视和媒体艺术类,而是上了军事院校,服役后被选拔到特战旅,也立了不少战功。嘉乐有高超的技能和情商,上下都喜欢他,本来超期可以留役继续做军官,可他选择回家当一名刑警。

一些经典的影视作品中,如为了抓捕罪大恶极的罪犯,因为要抓活的,从而给那些罪犯带来了拼命反抗的机会,一些优秀的警务人员壮烈牺牲。而有少数人因担心影响自己的前途,所以工作时束手束脚,聪明反被聪明误。而嘉乐不是那种为了名利而工作的人,当警察是他儿时的志向,他是纯粹的工作狂,嫉恶如仇。

三十五岁以前嘉乐的学业、工作和家庭生活都非常顺利,让人羡慕。他二十九岁结婚,妻子是同学,比他大一岁,是一位舞蹈老师,三十一岁有了大儿子。他非常想念他们,这次落难,他担心的并不是自己,而是家人和朋友。

"乐乐!不要担心,我们来了。"在巴颂的带领下,顺利进入大院后,"波拉"对问长问短的守卫都展开催眠术,而进入大牢后就用起霹雳手法。

"是您!"眼前多了几条人影,沉浸在思念中的杨嘉乐以为是幻觉,闭上眼睛摇了摇头,再睁开,只见看护人已经倒在地上,叫他的正是李卫斯。

十七、有图无真相

卫斯示意"波拉"和巴颂先出去启动车子,他有备而来,帮嘉乐穿戴了"参孙战衣"和特制的头盔,然后自己也穿戴整齐,杨嘉乐见过"参孙战衣",在卫斯的演示下很快掌握使用方法,关键是要让它和自己的身体融为一体,使之成为身体的一部分。

夜色中,一对男女挽手走出大院,来时三人,出去时两人,并没有引起太多注意。"波拉"一上车就启动了车子,让巴颂坐在副驾驶室。可之后两个闪电般的"钢铁侠"使得每个守卫都睁大眼睛,还没有反应过来,他们就已经到了门口,几乎在警报响起的同时,他们已经登上车子疾驰而去。

"谁是你的老板?"卫斯拍了一下前面的巴颂。

"我的老板是察猜。"巴颂机械地回答道。

"葛静康是你的老板吗?"卫斯问道,心想果然有问题,这个叫察猜的自己不认识,也没听说过。

"葛静康是我的前任老板。"

"'波拉',你把他唤醒,我有话要问。"卫斯说道。

"好的。""波拉"迅速点拍了他几下,"巴颂,你老实点,不然送你上西天。"

"你是谁?你们是谁?你们要干吗?"巴颂清醒了以后,看看波拉又看看后面两位戴着头盔的人。

"巴颂,别问我们是谁,现在你的命在我们手上,只要你老实回答我的问题,才有可能活下去,明白吗?"卫斯说道。

"好吧!老板您尽管问,我知道的一定会告诉您的。"巴颂看不到卫斯的脸,本来就慌。

"我问你,卫康角斗场的老板是谁?"卫斯再次问道。

"卫康角斗场的老板是葛静康。"

"那察猜呢?"

"察猜!他……他也是老板。现在实际上的老板是他,葛静康是名义上的。"

"嗯,知道了。现在葛静康在哪里?"

"他不在清迈,他应该在休养。说实话,我也不知道他的具体位置。"

"还有,你知道'田间汉'在哪里吗?"

"已经有一个月没见到他了,估计被调离到总部了吧。"

"那你们总部在哪里?"

"总部我一直没去过,好像在纽约,最近又听说在印度,我真的不知道。"

"算你说的是实话,你的车子被借用了。下车吧!"卫斯看看周边是田野,没有人,就示意"波拉"停车让巴颂下去。

"主人,我们现在去哪里?""波拉"问道。

"先去北部的清莱府方向吧。"卫斯取下了头盔。

"OK!"这车子比较旧,还没有自动驾驶功能,"波拉"将马力踩到最大。

"好美,终于见到星空了。"杨嘉乐也取下了头盔。

"让你受苦了,嘉乐。先向家里报个平安吧。"卫斯连接了杨家鸿。

"喂!卫斯,是你吗?"家鸿问道。

"是的,不只是我,还有嘉乐,我让他跟您说话。"

"爸,家里还好吗?"

"真的是嘉乐啊!太好了,家里没事,大家都想你。你现在在哪?单位同事也在找你。"

"卫斯叔叔,我们这是在哪里?"嘉乐问道。

"现在在清迈,我们已经向边境的清莱府出发了。"

"爸,我们现在在清迈。你可向我单位说一下情况,我的身份证等证明材料都被他们收去了,可请单位派人来接我。"

"好的,我马上联系你单位,你们小心点。"

"知道。"听到远处的警笛,嘉乐敏感地看看后方,"不好,他们追来了。"

"主人,前面也有路障和检查。""波拉"早就开始了物联神识,感知距离比较远。

"我们离出城还有多少距离?"卫斯问道。

"还有五千米。"波拉答道。

"那还会有很多路障,算了,看来得在清迈先住一晚。"卫斯说道。

"好的。""波拉"立刻打方向,车子拐向小路。

他们在一处弄堂口下了车,弃车跳上房顶,在各个屋背上疾风般轻跑,三两下就到了一个小型的集市区。他们在一个不起眼的地方跳下来,脱去了参孙战衣。

"叔,我们去找葛总如何?"嘉乐边走边问道。

"为什么会想到去找他?"卫斯反问道。

"如果他被软禁或被调包,说明很可能跟绑架我的是同一个集团,我们何不趁救葛总的机会,会会他们。"

"你想'田间汉'这样的七星高手都已经被他们斩获,不能高估自己,更不能低估对手啊。你已经被救出,对方肯定警惕了,同样的手法不可能用两次,弄不好会把我们自己再搭进去。只要葛总安全,我们就姑且装做不知情吧。"

"您怎么知道葛总安全呢?"

"我和他联系过,他只说自己行动不方便,另外让我再做几个替身。现在结合这里的情况,我猜他也是被控制了,很可能是在幻觉中报出了'田间汉'的纠缠密码,'田间汉'也被对方控制住,领回去做研究样本。"

"那你现在再联系一下看看。"嘉乐说道。

"我不能联系他,一联系就暴露,这里的人和葛静康都不知道我来了。"

"那我联系一下如何?"

"你联系,这倒是可以试试。这样吧,我们找一个公用电话打过去看看。"

"好的,联系后,我们找一家附近的餐厅,坐下看看有什么反应。"嘉乐说道。

"那里有公用电话。""波拉"说道。

"好,我们通完电话去那家酒店,看起来人多一些。"卫斯说道。

"太好了,咱们大吃一顿吧,我可是饿坏了。"嘉乐说道。

"已经拨通,你来讲。"卫斯切换到免提功能。

"喂!哪位?"葛静康的声音传来了。

"您好!葛总,我是杨嘉乐。"

"杨嘉乐!怎么是你……你在清迈吗?"对面有了杂音。

"是我,我是在清迈。前段时间被人控制,关在清迈,现在逃出来了。"

"原来是这样啊!那你可要小心了。"

"葛总您在哪里,我去看您好吗?"嘉乐说道。

"我不在清迈,你还是不要过来,我这里不方便。"

"你大概在哪个位置?"

"我在金三角方向。"

"我正想往那里去呀!"

"不不不!你还是先回家吧,要不然家里着急。"

"那这样好吗?我不去找您,我在卫康角斗场等您回来。"嘉乐说道。

"……OK……"杂音下声音都有些变形挂了。刑侦出身的嘉乐自然知道是怎么回事了。现在他只需要找一个靠窗的位置,观察状况就可以。

他们走到一个无人无监控的街角,"波拉"掩护,卫斯将自己从一个老头装扮恢复到本来的中年面目,并从背包里拿出一身自己穿的布衣给嘉乐套上,给他配上眼镜、小胡子和礼帽,这样看起来像个中年教书先生。然后嘉乐掩护,卫斯帮"波拉"换了一个"莫妮卡"的脸部头套,用长发挡住了颈项,看不出破绽。

他们从弄堂的另一头出来再从另一条街折回,卫斯和嘉乐去之前看中的餐厅小酌。而"莫妮卡"和"猫"留在外面逛街。

果然,警笛声由远而近,最早来的是警察,拿着三人的头像开始对比。然后那些关押杨嘉乐的护院家丁,还有卫康角斗场的护卫都来了,加上出来看热闹的街坊和商贩,这地方被堵得水泄不通。

整个街区都被封锁,进出都要对比头像,里面的商家、住户和客栈也逐一排查。当然,嘉乐所在的餐厅也不例外,可他们拿着图像,警察在餐厅走一圈,也没一个像的,也就不好意思耽误老乡生意,于是离开了。

"这个世界亲眼看到的都不一定是真的。"卫斯低声说道。

"呵!来,我们喝酒。"

两人慢吞吞喝了一打象牌啤酒,仍不见门口的人散去,只好继续加菜继续喝酒。警察调监控、盘查,折腾两小时终于撤走,但暗哨和家丁仍然在。

卫斯是看着嘉乐长大的,也是好久未见面了,还把他小时候的模样做成了"三尺童子",现在难得在这样的异国他乡,以这样的情形会面,自然谈天说地聊人生,酒足饭饱后仍觉得谈不完,就找了个客栈住了下来。

由于酒精的作用,他俩倒是睡得香,有"莫妮卡"和"猫"在外围保护,卫斯一点也不担心。可是,清晨的时候,卫斯还是被杨家鸿的来电给惊醒。

"卫斯,你和嘉乐还在清迈吗?"

"是啊!杨老师怎么啦?"

"不好了,我接到嘉乐单位通知,叫我们家里人暂时不要外出。说嘉乐昨天夜里从香港方向进入大陆,而且是在深圳皇岗关口检查时闯关进来的,说他逃得很快,安检和边防人员都抓不着,现在已经进入通缉程序了。"

"什么?怎么会这样?"李卫斯大叫,嘉乐也起来了。

"是啊!听你说嘉乐明明还在清迈嘛。"杨家鸿说道。

"是啊,爸,这到底是怎么回事?"嘉乐也插话道。

"明白了,这是对方的计谋,故意闯关的。"卫斯说道。

"哦!原来是这样,爸,你们千万注意安全。下一步,那个人很可能会去温州找我们集团总部了,注意保护好家人,等我们回来,并将情况如实向我单位汇报,我怎么可能故意闯关,知法犯法,留下监控证据、这叫有图无真相。"

"那好吧,你们也注意安全!"

"来得可真快啊!"卫斯在洗手间对嘉乐说道。

"那我们也得马上行动,回去吧。"嘉乐打了一个哈欠,说道。

"'波拉',你去买些早餐和水,给嘉乐买包烟。另外叫一辆出租车在楼下等,我们要出发了。"卫斯对着自己的手表说道。

"早上好! 主人。收到,你们下来吧!"

"这位小姐说大概去清莱方向,请问是去那里吗?"司机问道。

"是的,走吧!"嘉乐捂着鼻子答道。这条路线他以前来过,比卫斯熟。

"你们吃点早餐吧。""波拉"给他们各分一份烤肉串和欧姆蕾饭,还有糯米饭。

"有点多,司机你吃了吗?"卫斯问道。

"我吃过了,谢谢!"车子已经驶出这条街。

由于嘉乐缉毒来过缅泰金三角地区,尤其对湄公河流域比较熟,所以昨晚就已经与卫斯商量好,走水路回去。

水路虽然时间稍长,但其他外来的干扰会少一些,再说"波拉"外号为"水边女",有她护法,根本不怕事。

清莱府是泰国北部山区,全府平均高度约海拔580米。湄公河的主流在清莱府东北边陲与老挝形成长共同边界,而湄公河的支流亦流经清莱府内,它就是湄赛河。

"老板,清莱府已经到了。请问你们在哪里下车?"司机问道。

"麻烦你带我们去湄赛吧。"卫斯说道。

"还要到湄赛呀,那可是还有一段路,你们是要过境吗?"

"我们是去旅游,放心吧,我给你加钱。"卫斯答道。

"好吧,老板。你们准备在湄赛哪个地方下车呢? 是在白庙、黑庙还是大其力桥?"司机问的都是景点,卫斯有点不知如何答复,毕竟没来过。

"在大其力桥附近下车吧。"嘉乐闭着眼睛接话。

"好嘞!"司机加大马力。

湄赛是清莱府的一个城镇,是泰国最北端的一个城镇,与缅甸的大其力镇仅隔着一条洛克河,有一座桥衔接两地,两国的国民每天早上六点至晚上六点可互进对方境内五千米,两镇的边区商业都相当兴盛,供观光旅客购置土产及工艺品。

大其力是缅甸靠近泰国边界的边境城市,在泰缅边境贸易中发挥着重要作用。与泰国湄赛并称为湄赛河畔的双子镇。两地有相同的习俗和语言,通用泰国货币的通信网络。两座相邻的城市几乎融为一体,这片金三角地区最繁华的城镇,被人们形象地称为一城两国。

大其力桥是连接两座城市的通道。不管是到了泰国的湄赛还是缅甸的大其力,来金三角旅游的游客都要到这座桥上看一看。

每天通过大其力桥往返于缅泰之间的车特别多,缅甸的车辆靠右侧行驶,泰国的车辆是靠左侧行驶,在桥中间两边的车形成了针锋相对的场面。这是大其力桥上的一景。

下车后,他们发现这里的警察比清迈多了很多,毕竟是在边陲,平时警察就比清迈多。"波拉"还发现有警察在对照他们三人在清迈留下的视频图片。虽然现在形象不同了,但除了李卫斯,"波拉"和嘉乐还没有身份证明。硬闯也能过去,但对面还不是中国大陆,没必要又来个满城风雨。

"兄弟,走路?几个人?很便宜的,一个人三万美金就行!"

卫斯的形象现在和嘉乐看起来年纪也差不多,一出来,就遇到不少人上前偷偷地打招呼,这些人一个个皮肤黝黑,眼光都很贼,一看就知道是这里的当地人,知道能来这里"走路"的人,没有一个不是没钱的,卫斯只是微笑着摆摆手,没有和这些人深谈。

"一个人三万美金,开什么玩笑,真把自己当成冤大头了。"卫斯摇头。

"帅哥,进来耍耍吧,各国的都有……"卫斯刚走出不远,又遇到一个花枝招展的女人,拉着一个行李箱,上前打招呼。

"主人,快走吧,什么乱七八糟的,我可要吃醋了。""波拉"催道。

"对不起!我们还有事。"还是嘉乐客气,双手合十回绝掉。

"不要轻易得罪她们,很麻烦的。"嘉乐说道。

最后嘉乐来到了一处游船前,说是游船,其实并不大。此刻船仓里,烟雾缭绕,污浊不堪,四个光着上身的大汉正在打着牌。

"你们要租船吗?"其中一人问道。

"你一定忘了,我见过你。请问水哥在吗?"嘉乐问道。

"水哥今天在家没过来,你有什么事跟我们说吧。"另一个说道,其实水哥是他们这个船帮的老大。

"麻烦你们联系一下他,说是有几位老朋友找,一定要他亲自出马。这是给兄弟们的辛苦钱。我们还是在外面码头上等他吧。"卫斯从包里拿出一叠钱,放到桌上。

"那好吧,你们稍等。"俗话说有钱能使鬼推磨,办起事来不蹉跎。水哥很快来了,飞快地进了船仓又出来,顺着手下小弟的指点,一眼看到河边三人。

"你们是?"水哥一看自己并不认识这几人。

"水哥,你不认识我了吗?"嘉乐取下帽子,摘下眼镜,说道。

"你是……噢……您是杨老板。快快,借一步说话。"虽然嘉乐多留了小胡子,但还是能分辨出来。他把他们引向另一艘船的船仓。

"杨老板,我今天看到你的照片了,出什么事了?"房间里,水哥亲自为嘉乐倒茶,陪坐在一旁,小心地问道。当年自己在这条河上,横行无阻,一身水下功夫更是了得,得罪了不少人,不把任何人放在眼里。嘉乐上次来,差点没有把他杀掉,即使自己逃到水下,也被追了几里，差点没被一鱼叉钉死在河底。

后来嘉乐饶了他一命，算是不打不相识，最后成了自己人，也为嘉乐提供一些情报消息什么的，这个水哥对嘉乐的实力很清楚，嘉乐也并没有再为难他。

"水兄弟，哥没问题，你也不用紧张。这次来，纯粹借道，并没有别的事，不过你的问题你自己知道，千万不要过线，不然的话，哥也救不了你。知道吗？"嘉乐端茶喝了一口，微笑道。

"嘿，原来如此，放心吧杨老板，我不会的，只不过最近河道水域不是我一个人说了算，借道是小事，不过水域方面万一出了问题，您可千万不要算在小弟的头上啊。"

"你小子也不要往别人身上推，你的情况我一清二楚。说说看，最近水域情况如何？"嘉乐当然不会完全相信这个人的话，微微一皱眉，淡淡地问道。

"咳，杨老板，是这样，您也知道，湄公河是东南亚的河流，总长数千千米，发源于中国唐古拉山的东北坡，自北向南流经缅甸、泰国、老挝、柬埔寨和越南，是几个国家共同管理的，虽然我们占据着主导地位，不过小弟也只是负责这一段而已，我听说最近动静有点大，引起了有关人员的不满，所以我以为您这次来是因为这事呢。"水哥简单地向嘉乐介绍着水域的情况。

嘉乐点点头："你小子真的没有参与这些事？"

"杨老板，我敢保证，对这些我真的没有参与，当然以前参加过，那也是五年前的事了，这您是知道的，嘿。"阿水讪笑一下。

"嗯，这样就好，边境河的问题有些复杂，毕竟这牵扯到国际纠纷，我现在有任务在身，也不好过多干预，这事回头再说！"

"杨老板，借船的事包在我身上，我再给你们找一位技术好的船老大，把你们一直送到中国大陆。不过一路上的安全要自己小心了。"

"你说的倒是实话，卫叔您给他两万美金做订金吧。到了中国大陆，我会把余款打给船老大的。"嘉乐对卫斯说道。

"谢谢！杨老板，你们就请在这里稍等片刻。"水哥出去找人了。

水哥回来后，约定好傍晚时分，在"金三角"牌坊岸边出发，有人把他们送到在湄公河与湄赛河的交汇之地，再转乘一艘改装过的大马力机动船。

他们吃过午餐后，时间尚早，还是去浏览了白庙的唯美、黑庙的神秘，然后去集市采购，备足了三天的船上用品和食物。

华灯初上，船只徐徐进入湄公河流域，他们都恢复了本来面目，心情舒畅了许多，都把回家的路当作一次旅游。澜沧江、湄公河分为两段，正所谓一水看四国。

和游客满满的国内长江游轮不同，这里由于历史原因，游客不多，却不能忽视两岸的风景,在出发时就感受到对岸的缅甸,经过泰国清孔码头还能遥望到老挝会晒。从两岸隐约能见到些火树银花,卫斯看了一下手表,忘了日期已经到24日,若在纽约,平安夜可是最隆重的节日,可是在这里也不错,别有一番风情。

十八、千年一日

"宝贝,对不起,到中国内地后,我不能再叫你'波拉'了。"船仓里,卫斯和"波拉"相拥而卧,过着两人世界。

"为什么?"

"因为那里有真正的'波拉',你的真身存在。"卫斯抚摸着她的秀发。

"我要为你生个baby。"

"亏你想得出来。"卫斯被她说得吓了一跳。

"你不是一直叫人家自主学习,独立思考嘛。不去试试,怎么知道行不行。"

"可你的卵子哪里来?"

"我去找我的真身要一个。"

"什么?"卫斯惊诧得嘴巴都睁大了。

"什么什么呀! 那你准备叫我什么?"

"你本来的绰号就是世界排名第二的'水边女',就叫水边女•东方彼利吧。"

"那好吧,我听你的。""东方彼利"娇滴滴地说道。

"一到岸就先把你打包寄到'三尺童子'那里,等我回来。"

"怎么不跟我一起走,路上也好保护你呀!"

"在中国大陆还是比较安全的,我要等嘉乐的同事来接他,然后一起走。"

"假'嘉乐'已经出现了,你说嘉乐的同事会相信他吗?"

"不信也没事,把他关起来也好,那样更安全,我们可以一心一意去追捕假的杨嘉乐了。"卫斯说道,

"你说,那个人会去哪里呢?""东方彼利"黏在旁边。

"他和我们都还没有建立联系,唯一的IP就是'三尺童子',所以先把你空运过去,与童子会合,若周围没有异常,你们都不要轻举妄动,免得吓着人,尽量等我回来再说。"

12月31日晚,中国浙江省温岭市石塘镇的一家民宿灯火通明,一位身穿灰色运功服,背着双肩包的中年男子来到前台。

"李先生新年快乐! 欢迎光临寒舍! 这是您订的房间,之前您从美国还有云南寄来的包裹已经放在里面。"民宿老板开始扫描李卫斯的护照。

"很好,非常感谢！这真是最早的新年祝福。"

"您是来看新年第一缕阳光的吧?"

"是的,来的人多吗?"卫斯看了看房卡上的房号。

"还行,每年这个时候都会住满。"老板把护照还给了他。

"谢谢！新年快乐!"李卫斯拿着护照、房卡就去房间。

"2049年新年快乐!"老板望着身材挺拔、步伐矫健的背影说道。

看了一圈两个包裹的外包装,完好无损,卫斯的嘴角露出一个弧度。哼着小曲洗个澡,就在床上打坐,三小时后卫斯长身而起,推开窗户,夜风吹来,一股清新的气息扑来,让他神清气爽。窗外绿树掩映,月影朦胧,像是笼罩着一层轻纱,卫斯深吸了一口气,望向星空。

"'三尺童子''西方女子琵琶仙',你们也休息够了,出来吧。"卫斯连念两组纠缠密码。话音未落就听见纸箱拦腰破裂,并向四周蔓延。

"三尺童子"首先站了起来,他拉开箱子内的另一个行李箱,迅速组装肢体。只见一个西方少女伸了一个懒腰,抖了抖深褐色的头发,也徐徐站了起来。卫斯回首一瞥,未免心神荡漾,这个少女的脸孔和三十年前的莫妮卡长得一模一样,身材有过之而无不及。

"主人好,师兄好！主人您叫我什么？是琵琶仙吗?"

"这只是个密码,《推背图》中的第四十二象说,美人自西来,朝中日渐安。西方女子琵琶仙,皎皎衣裳色更鲜。你的真身原名叫莫妮卡,你就叫'加百列'吧。关于她们的故事,一会儿让师兄慢慢告诉你吧。另外,你的学识和战技都让师兄教你。"卫斯将他们破碎的包装纸箱进行整理收拾。

"好的,我是加百列,那师兄,我们开始吧。"加百列说道。

"OK！马上开始。""三尺童子"说道,"咱们生而为人,首先要敬天爱人,要有家国情怀。加百列是一位告死的战斗炽天使,你将成为排名在我、水边女、孝子、田间第一人、白头翁之后的战士,要有担当,向人类学习做人做事,做一个有理想、有国家和团队荣耀的AI人……"卫斯将一叠纸箱堆在墙角,背着背包,轻轻拉开房间门出去了。

"水边女·东方彼利,出来吧,宝贝!"卫斯站在海边的一块大岩石上,轻轻转动小指上的一枚戒指,从红光到蓝光闪烁,小声念道。

一枚钢针轻轻从包裹纸箱悄悄探出,向周边开始切割,速度由慢转快,切了一半停住了。"嘣"一只白皙玉手破壳而出,"撕拉"一声,一个美女美眸轻闭,缓缓站起。

"'波拉'姐,你好！我们终于在中国见面了。她是加百列。""三尺童子"介绍道。

"你们好,我知道她,前身叫莫妮卡,我有她的头套呢。噢！她现在叫加百列。对了,因为真身在这,我现在不叫'波拉'了,我叫水边女·东方彼利。"

"'水边女',排名第二的'水边女'?"加百列念道。

"是的，不过我的功夫大多是他教的，他就是第一。"

"第一、第二区别并不大，她还是有一些技能比我优越的。""三尺童子"说道。

"姐姐，你也要教我哦！"加百列也学卫斯将东方彼利的纸箱整理了一下。

"当然了，我会教的。姐姐不在的时候，你可要照顾好主人。"东方彼利边穿外套边说道。

"好的，那，师兄我们继续！"

"好吧，主人告诉我，中国教育的问题，在于了解自己太慢，活了四五十年方才不惑知天命。而开创中华人民共和国的伟人说得好：一万年太久，只争朝夕。了解自己，是最重要的一课。上帝按自己的样式造了人类，人类也照自己的外表制造了我们。我们得了解人类，更得了解自己，了解自己的每一块芯片、每一组模块、每一根线路、每一个传动、每一个关节……"

"主人，我来了。"东方彼利穿戴完毕，来到卫生间镜前快速梳理一番，并展开物联神识，将卫斯的位置、自己周围以及卫斯周围五百米情况了然于心。

"嗯。"李卫斯负手而立，凝视海面上的粼光。

"你别走开，我游一会儿。"东方彼利褪掉外套和鞋子，露出泳衣和洁白的玉肤，"扑通"从山崖高跃入海。

卫斯望着海浪里不断翻腾的东方彼利，不禁感慨万千。

她经过几次脱胎换骨、技术升级，比如，为了减轻重量、提高强度，将骨架由合金钢改为高性能型碳纤维，碳纤维"外柔内刚"，质量比金属铝轻，但强度却高于钢铁，并且具有耐腐蚀、高模量的特性。

又如，皮下零创伤收缩水密系统，有点像"水中浮翔器"，在水里可日行十多千米，可潜至海面以下一千米，仅依靠海水热量就可供能。而人类的屏吸时间只有一两分钟，潜水深度不超过二十米。即使是经过专门训练的潜水员，在潜水前呼吸数分钟纯氧，再挂上二十多千克的重物，也只能潜到七十多米的深度。可见"水边女"绰号不是盖的，水中战力无人可敌。

还有独立视网膜催眠算法、飞针点穴疗法系统、拆装式优培胚胎子宫等，哪一项都是鹤立鸡群的技术。但最优越的一点还是仿真，其他公司做出来的产品，反关节、眼神、语音、皮肤、毛发，总能被人看出破绽。

今天，自己大展身手的时候到了。若能在集团的帮助下，实现技术更新与升级，同时为中华人民共和国成立一百周年做点贡献，那就不辱使命、不虚此行了。

2049年1月1日北京时间六点三十左右，中国大陆新年第一缕阳光开始照射浙江省温岭市石塘镇。这个海滨风情小镇，碧海怀抱，风光秀丽，靠着千年曙光声名鹊起，曾被誉为

"东方巴黎圣母院",古老的石屋和独特的渔家风俗吸引着无数游人的目光。

东方彼利独自来到海边的崖石上,对着太阳的方向。

"宝贝,把衣服穿上吧!你不冷,别人看着都冷了。"卫斯下来,把衣服给她披上。东方彼利穿上衣服,回头看看身后的小山坡,看着她的人比看太阳的还多。

"主人,新年快乐!"东方彼利将头靠在卫斯身上。

"新年快乐!宝贝!"卫斯帮着整理她的头发。

"三尺童子,你们怎么不出来看日出啊。"东方彼利点击自己手臂喊话道。

"我们在阳台上见到了,不打扰你和主人的专享时光。"对方回应道。

"我们要搭车先回温州了。你带加百列,一路游历过来。"卫斯也对着东方彼利的手臂说道,外人看到好像是在亲吻她的手。

"好的,主人。还有主人,刚才我忽然感觉到上次在纽约与我交手的那个'嘉乐'也在向我们这里移动,大概还有一百千米。"

"是吗?那太好了,这次可不能再让他逃走了。这样吧,你赶紧教加百列战技,先不要走,等他靠近了再走,并与他保持一定的距离,把他引到温州江心屿,我们到江心屿再会合。"

"好的,收到!"

"主人,这里的风景真好!我们马上走吗?"东方彼利说道。

"我们稍等片刻,等太阳全部出来再走吧。还想跟你再交代几句话。"李卫斯语重心长地说道。

"好的,你说吧,我听着。"东方彼利双手抱着他的腰。

"刚才看你游泳,我想了很多。你有今天的能耐与仿真,多亏了三十多年前,我追随你的真身去考北京电影学院,北电虽没考上,后来却到了哥大电影系。她一直是我努力探索的动力。"

"你心里还爱着她,对吗?"

"哎!只剩下那点回忆了。我早已经把对她的爱转移到你的身上了。"

"是的,我能感觉得到,我也爱你,主人。"

"这次回去,我们会见到面,你也会见到她。我想的就是,把你送给她,她需要你的保护,而我有'三尺童子'就够了。"

"什么?你嫌弃我了,不要我了!"东方彼利推了卫斯一把,坐正了身体。

"说什么呢,你一直这么年轻漂亮,我怎么会不要你呢。可是她却老了,需要人照顾;而且你一直在美国的西方环境接受我这个东方教育,现在来到真正的东方,你也要找个人重新学习东方文化,跟你自己的真身学是最好不过了。"

"哼，你要答应我，等我来给你生baby。"

"呵呵！这件事再说吧。"

"不行，你不答应我不去。"

"好吧，如果你能要到真身的卵子，我就答应你。"

"太好了，我也迫不及待要找她了，我们走吧。"

"走咯！"客房里的加百列也说道。

"加百列，你不要动，先给你输入战技秘诀。"客栈内，"三尺童子"打开她的肚脐机箱，插入两人身体连线。

"好的，要多少时间？"

"三分钟就够了。输完数据马上走。"

"输完了，就有和你一样的本事了吗？"加百列问道。

"开玩笑！哪有那么容易。如果这样，看看书就都有我的本事了。"

"那问题在哪里？"

"最起码，你要有老师教。还要自己练习。"

"那最快需要多少时间？"

"现在就是最快，一天时间足够了。可以了，收拾一下，准备出发。"

"好！有这么多的战技啊！少林、太极、八极、形意、六合、咏春、罗汉、通背、螳螂、大小洪拳，还有综合格斗术、蒙古跤、柔术、拳击、空手道、散打、泰拳、跆拳道等等，还有各种评论。不知道从哪里开始啊。"

"先活动一下关节，我们从窗户跳下去，再一路教你。"

"三层楼啊！跳下去会不会摔坏了。"加百列伸出头看了看。

"你搭着我跳吧。喊一、二、三，就跳。""三尺童子"说着，已经爬出窗外。

只见客栈外围飞下两只人形大鸟，所幸凌晨没人发现。

拘留所内，杨嘉乐凝视窗外，陷入了沉思，烟灰已经很长了，却没有掸掉，自动地掉在了大腿上，才让他回过神来。

此次经历可谓刻骨铭心，回想自己从事刑侦工作以来，只有这一次最艰险，是前所未有的挑战，对方冲自己而来，害得自己进了拘留所反而感觉到安全。现在唯一的希望就是假杨嘉乐早点出现，早点被抓获，不要给社会造成伤害。

"杨嘉乐，你家人来看你。"民警比较友善地来喊他。

"爸爸！爸爸！"两个小孩先跑了过来，

"你们都来了。我很好，没事。"嘉乐抱起自己的小儿子。前面有妻子和老爸老妈，还有表姐戴波拉和她的大女儿陈筱慧。

"乐乐,你先安心在这里待着,听李卫斯说,那个人已经来到台州地区了,明天准备把他引到温州来,到时候准备实施抓捕。"迷丽说道。

"卫叔和他的那个……那个……伙伴,来了吗?"嘉乐看了看戴波拉,他不知道东方彼利跟她见面会是怎样的情形,既小心兴奋,又好奇地问道。

"约好来这里的,应该到了。"杨家鸿说道。

"来了,来了,阿斯,这边。"迷丽叫道。

看着两人走近,更年期的戴波拉还是心如鹿撞,尤其是当她看到了三十年前的自己,实在是难以掩饰自己内心的波澜,猛一转身,背朝来者。

"您好!你们好!"母亲的反应被细心的筱慧看在眼里,她见过李卫斯,上次他还为自己保驾护航呢,于是主动打招呼。不过她不知怎么称呼,本也想跟嘉乐一样叫他卫叔,可自己叫嘉乐也是小叔呢,辈分已经乱了。

"筱慧你好!两年不见了,比你妈当年长得还高还漂亮。"卫斯夸道。

"您过奖了,我都大龄青年了,还愁嫁不出去呢。"

"是你的眼界太高了吧,不过要配你这么优秀的人,也确实不容易啊。"

卫斯跟其他人都熟,就是跟筱慧没说过话,不过他俩见面倒是挺和谐的。东方彼利察言观色,悄悄转到戴波拉前面,轻轻地搭着她的双肩,波拉不好意思地抬头看着她,还好东方彼利没有施展催眠术,本来波拉就有点晕晕的。

"没有错,你就是我的真身。"东方彼利说道。

"嘉乐,你可以安心在这里休息了,估计明天就可以出来。"卫斯说道。

"卫叔,要不要通知我们警方配合。"嘉乐说道。

"可以告诉警方假的杨嘉乐已经现身,注意监控。但抓捕还是由我们的AI自己来吧,怕有误伤。"卫斯说道。

"好的,知道了。你们都回去吧。"嘉乐摸摸大儿子的头,并亲一下小儿子的脸,把他放了下来,看着老婆说道。

"好的,跟爸爸说再见!"卫斯一只手一个把孩子牵了过来。

"爸爸,早点回家,再见!"

"小叔再见!"筱慧说道。其他人也都和嘉乐道别。

"好的,再见!大家都注意安全。"

"我叫您波拉阿姨好吗?"东方彼利挽着波拉的手臂一起走着。

"好啊!怎么称呼你呢?"

"在纽约的时候,主人也叫我波拉,现在改了,我叫东方彼利。"

"噢,那我就简称你为'东方'好了。"波拉终于被她的热情感染了。

"好啊,好啊!主人交代我了,让我这几天跟着您,保护您和家人呢。"

"那不用吧。"波拉看了看李卫斯。

"她说的不对,我们也不常见面,我是想把她送给你了,一直服侍你到老。"

"那怎么行呢?她不是你的伴侣吗?"波拉说道。

"波拉姨,别理他。初来中国,我还想跟您学东方文化呢。""东方"说道。

"那是应该的,东方本来就应该了解东方文化嘛。这样吧,你们今晚不要回去了,都到我家,直到明天假嘉乐出现,好吗?由东方来一起保护大家多好。另外,三人行必有我师,大家一起教你东方文化。"

"好啊!好啊!"东方彼利连蹦带跳,把波拉的胳膊都拉疼了。

"也行!卫斯,你也好久没见到陈董他老人家了,顺便过去问个安。"杨家鸿说道。

"那好吧,我们大部队出发咯!"卫斯和杨家鸿各抱一个小孩,到外面停的两辆小车上。

陈家大院由一个小分厂改建,这个厂房原先是迷丽父亲经营的汽车配件厂,后经资产重组并入元维集团。这是一个有故事的大宅,杨家鸿第一次来温州时就住这里,并和迷丽在此过了第一个除夕,其实他们真正的新婚洞房也是在这里。另外,李卫斯和戴波拉在此也有过共同学习和恋爱的经历。现在大宅已经进行过多轮的重构与设计,改造后的老建筑呈新中式风格。有一部分花园和餐厅对外营业,营业部分很有特色,不仅菜品有特色,每一个景观、每一个器物都经过设计,都有鲜明的特点,容易使人联想到三十多年前《场景革命》的一些论调:产品即场景、分享即获取、跨界即连接、流行即流量。餐厅承包给杨家鸿创立的"都市 e 家人"餐厅的经营团队。大宅营业的初衷并不是为了创收,而是聚人气,朋友聚会多了,还有方便的大厨房和厨师,同时也能符合"退二进三"政策。陈志诚和陈墨生、戴波拉、陈雅声以及他们的子女都住在后院。后院还有几间客房,供亲友居住。

陈志诚的房子不少,却喜欢住这里,前年他刚过九十大寿,用他的话说就是:能多活一天是一天,虽然早不参与集团经营,但他最大的喜好还是经营,最后的时光能和亲友们在一起,看着门前人来人往的经营景象,已没有什么遗憾了。

说白了,陈家大院这个设计作品是杨家鸿为陈志诚量身打造的晚年生活大宅。外人不知道,看似平静的陈家大院,已经粉碎了多起跳梁小丑和梁上君子的光顾。元维集团作为世界知名的企业,董事长住这里肯定会引起媒体注意。陈家大院之所以能这样开放性经营,还得依赖于它的安全设施,更有赖于它的主打护卫,兼日常照料陈志诚的替身"白头翁"。

"陈董您好!白头翁好!"听说杨家鸿和李卫斯他们要来,陈志诚早早让"白头翁"将他的轮椅推到客厅等他们。李卫斯一进门就向他们问安,毕竟白头翁最初也是他的作品,后来经过集团改版升级。

"您好！大家好！""白头翁"说道。他的外表跟陈志诚一模一样，而陈志诚只是在轮椅上轻轻挥了挥手，大人们自然看得明白，嘉乐的两个孩子就很好奇，围着陈志城的轮椅转。

"大家请坐吧。"陈志诚示意"白头翁"去拿零食给小孩吃。波拉听见，就说自己去拿。

"她，就是三十年前的波拉，真的太像了。"陈志诚还是头一次见到东方彼利，注意力早被她吸引过去了。

"是的，陈爷爷好！我叫东方彼利，这次我是来跟波拉姨学习东方文化的。"东方彼利见筱慧叫陈志诚爷爷，也跟着她叫了。

"哦，学东方文化，那就要先学好中文。也可以跟杨总他们学呀！"

"好的，陈董，杨总，杨夫人，你们也要教我呀！"东方彼利一一求赐教。

"中文是整个星球上最美的文字，也是未来最有生命力的文字，既单音节简单明了，又多组合绚丽多彩。假设盲人摸同样内容的联合国报告，最薄的一定是中文版的。我们民族的自信，源于文化的自信。汉字形美如画，音美如歌，意美如诗，是全世界唯一的意形文字，是唯一不曾断绝，一脉相承的文字。"杨家鸿接着陈志诚的话，一口气说道。

"古圣先贤的学问是综合的学问，是世俗的学问。经典中包含哲学、科学、文学等广阔知识，蕴含立言做人和立身处事的方法，教人修身齐家、治国平天下的大道。熏听诵读经典就是相当于以圣人为师，什么样的老师教出什么样的学生，得圣人之万分之一足矣！墨生也来了，东方，你也要请教陈总哟！"迷丽说道。

"请教什么呀！今天真是大好的日子呀，这么多人，卫斯你好！好久不见了。"陈墨生还是找李卫斯握手。

"是啊！好久不见。这是东方彼利，想学东方文化，能让你想起什么吗？"

"哇！看到她我仿佛自己都年轻了三十岁，重返青春了。"

"这么说，您就是我真身的先生啦！您能教我什么呢？"东方彼利主动和墨生握手。

"学东方文化？数据最能说明问题。《大学》约两千字，可以树立正确的人生观、价值观、世界观，建构'修身、齐家、治国、平天下'的远大人生格局；'世事洞明皆学问，人情练达即文章'，半部《论语》治天下，约一万六千字；《中庸》约四千字，说的就是内圣外王的和谐之道；《老子》约五千字，是中国人的智谋奇书；《孙子兵法》六千多字，它就出自《老子》的思想；《易经》一万六千多字；《弟子规》约一千字；《三字经》约一千一百字，是一部高度浓缩的中国文化简史；《千字文》由一千个不重复的汉字编成的韵文；《道德经》是五千字，读完了这些，认字已经不是问题。

"如果觉得这些对你来说太容易了，那就再学文字多一些的。如《史记》全书共五十二万多字；《资治通鉴》全书约三百多万字；《四库全书》约八亿字。

"还有，来中国一定要了解中国共产党和中国特色社会主义，包括读马克思的《资本论》

《共产党宣言》《政治经济学批判》等；还有《毛泽东选集》总计一百三十九万多字等。"陈墨生一口气报完书单。

"好。"东方彼利说道。

"不过再过一百多年，人类也会跟你一样，再也不需要死记硬背了，知识将能够植入大脑中的生物芯片。教育制度发生了根本性改变，传统的长达十多年的教育缩短为几周的移植教育。所有学校消失。以后'上学'，带上传感器就行了。"陈墨生继续说道。

"不仅仅只学官方的东西，社会学有社会的一面。俗话说字如其人，认为可以根据人写的汉语字迹来判断此人的性格。"陈志诚缓慢地说道。

"文字还有这么深奥的学问呀！真有意思。波拉姨，你怎么不说话？"东方彼利看着波拉在逗小孩玩，说道。

"你学东方文化可别忘了来自东方的一个人物，公元创始年，三个东方博士按着星相引导，来到亚洲西部伯利恒这个地方，找到马槽中的一个婴孩，他就是耶稣。你能通过汉语文字，跨越千年与古圣贤对话。"波拉说罢，和筱慧都去小厨房准备点心。

十九、纠缠密码

"学而不思则罔,读书需提炼精华,《墨子》就是事功务实之本。有一样要切记,不要认为仿真AI人就比人类活得长,机器设备都会有折旧,住房七十年,轿车十五年,每件物品都有寿命周期。人类读书学习除了有好处,还有一个本事,就是会忘记。你不论读多少书、看多少新闻都忘不了,选择多了会使你判断速度下降,储存多了会使空间下降,最后却是致命的。"杨家鸿补充道。

"谢谢杨总提醒,我会学习像墨子那样敬天爱人,时常空杯,做好防御,争取比人类活得更长。"东方彼利认真地说道。

"哈哈哈哈!有志气。""东方"的话赢得哄堂大笑,她也不好意思地跑向小厨房,给波拉和筱慧帮忙去了。

"杨老师您说得很对,机器使用寿命取决于对它的保养,所以我们开发的仿真AI人有一项特殊的协同技能,就是相互帮扶。协同能力也是人类跟动物之间最大的区别。有了这项技能后,他们之间就可以相互组装、相互修理更新,相互共同提高,甚至可以无期限存活下来。

"'三尺童子'前段时间就组装了加百列,现在正在回温州的路上教她战技,将假冒的杨嘉乐引到我们这边。"李卫斯说道。

"对了,这个假杨嘉乐底细,你们知道多少?"陈墨生问道。

"他是周泓鸣的作品,速度、精密度以及算法系统都不比我们差,但他们没有我们集团的历史悠久,想全面超越我们也没那么容易。目前利用一些黑帮组织的手段来窃取更新的技术,估计我们的'田间汉'已经落入他们的手中。"李卫斯答道。

"你是说周泓鸣在和我们作对!"陈墨生问道,毕竟周泓鸣是从元维集团出来的,曾经是他的姐夫。

"那还不见得,周泓鸣应该不是假杨嘉乐的实际控制人,但是和他有关联。我感觉他自己也是已经陷入虎穴,身不由己。说不定以后会帮我们都难说。"李卫斯说道。

"倘若如此,善哉,他若能回头,我们还是欢迎的。如果能联系到他,就请告诉他,我们家不会嫌弃他,我的日子不多了,希望他回来全家团圆。"陈志诚吃力地说道。

"好的,现在唯一能传话的办法就是直接和假杨嘉乐对话。"李卫斯说道。

　　"你赶快放出来看看,'三尺童子'他们到哪里了。"杨家鸿说道。

　　"好的,那就把这里变成作战指挥部,大家可以看到抓捕假杨嘉乐的过程。"卫斯从包里取出几个微型3D投射,开始连线。

　　"你们先聊,主人要去休息了。""白头翁"说道。

　　"好的,陈董您安心休息,有消息再告诉您。"卫斯说道。

　　"好!"陈志诚的轮椅被推走了。

　　"波拉姨,主人想把我送给您,您要吗?"厨房里,东方彼利问道。

　　"要啊! 你这么优秀,我为什么不要呢?"波拉答道。

　　"可我还是舍不得他。"

　　"那你还是跟他吧,他要送我妈,还是做一个跟我妈现在一样的比较好。"陈筱慧说道。

　　"我想为他生个baby。波拉姨,您能帮我吗?"

　　"什么? 生baby? 你行吗? 我又能帮你什么呢?"波拉连问道。

　　"你送我一个卵子好吗? 其他的我会有办法的。"东方彼利问道。

　　"是吗,那倒是不难,我可以托医院的熟人给你买一个优质的卵子。"

　　"那不行的,要得到您自己的卵子,主人才同意和我生baby。"

　　"哎! 这个李卫斯真是老糊涂了,年轻女人有的是,怎么还惦记着我这个半老徐娘。"戴波拉直摇头。

　　"我陪他就是您陪他嘛,也有几十年了。"

　　"妈,你就成全他吧,难得他一往情深,到中年还没有孩子。"筱慧说道。

　　"你这个孩子怎么也不明事理呢,我已进入更年期了,排不出好的卵子了。你送他一个倒是可以。"

　　"啊! 我送他卵子! 那还不如直接嫁给他好了。"陈筱慧惊叫道。

　　"这是个好主意,筱慧姐,你嫁给他我就放心了。"东方彼利说道。

　　"这个孩子就会乱说话,难怪嫁不出去。"

　　"不就是老了点吗,这有什么呢。他说得对,能配得上我的男人很难找了。"筱慧说道。

　　"他的身体很不错呢,每天锻炼,我和'三尺童子'也经常给他当陪练,达到三星战力的人类在这里也已经是凤毛麟角。"东方彼利说道。

　　"这个我知道,两年前他还救过我呢。"筱慧说道。

　　"这么说,你是认真的!"波拉停下手中的活,专注地看着女儿的眼睛。

　　"这个……我想……是的,开始只是在心里的一个小心思,不敢说。现在既然已经说开了,就没必要藏着掖着。"筱慧终于正视波拉的眼睛说道。

　　"孩子,如果这是上帝的美意,那就愿上帝祝福你吧!"波拉拉着筱慧说道。

"好啊！好啊！我去告诉主人。"东方彼利鼓掌，大声叫道。

"别，你先不要说。"波拉赶紧示意东方闭嘴。

"为什么不要说？"东方彼利疑惑地问道。

"婚姻大事由长辈做主，我去告诉爸爸，还是由他做主吧。"波拉说道。

"好好好！您马上去跟陈董说吧。以后我要改口叫您主人了，'白头翁'也有对练的武伴了。"东方彼利催道。

"你们说什么呢？这么热闹，要不要我帮忙啊！"迷丽也来了。

"东方，你把这几碗已经烧好的菜先端给客人。"波拉说道。

"好的。"东方彼利端着热腾腾的温州鱼丸出去了。

"姨，您跟杨总帮我探一探卫斯的意思……"波拉在迷丽的耳边说道。

"还有这种事情，太好了。"迷丽也忍不住连笑带叫，她还看了看筱慧，筱慧的脸红得像苹果，赶紧洗了洗手，跑到自己的房间去了。

"你们在厨房里说什么呢？这么热闹。"卫斯问东方。

"才不告诉你呢，人家吃醋了。""东方"笑着，并故作忸怩地说道。

"什么乱七八糟的，你别去厨房了。看这里，说不定你要出去帮他们一起战斗。"卫斯看着"三尺童子"和加百列传来的两个3D投射影像说道。

"哦！"东方彼利乖巧地坐在卫斯的旁边。

在104国道上，"三尺童子"和加百列一会儿跑，一会儿飞跳上车，一会儿又跳车，"三尺童子"一直在给加百列做动作演示，加百列紧跟着他模仿。

"人类在理解自己的事情上远远做得不够，比如他们双脚的关节与肌肉系统，包括踝与脚、趾与脚，如何减震、如何节能、如何在挡拆与屈曲运动获得平衡、如何获得斗争的张力与静止的稳定，如何导入我们AI人的系统平台，等等，以致于人类工程师们在创造我们行走系统的道路上走了不少弯路。"跳下车后"三尺童子"又行走在道路上，对加百列说道。

"那个嘉乐，也是这样搭车过来的吗？"加百列问道。

"对呀！他还可以搭飞机、搭船，怎么快、怎么方便就怎么搭。"

"我们机器人要是不仿真人类，就可以更快更强大，不是吗？"加百列问道。

"是啊！可任何技术的进步都有两面性。今天我们能够如此仿真人类，实属不易。我们双足的版本仍然不如人类的细腻，人类双足的神经、肌肉系统依然比我们发达。所以需要后天练习，人类小孩必须学会从爬行到站立；我们要超越人类，也必须学会从站立行走到飞檐走壁。"过了一个弯道路口，"三尺童子"再次飞身跃上身边疾驶中的空卡，加百列赶紧追跑几步，也跟着跃上。

"师兄，我在读你传来的战技评论。有人说：中国武术就是花架子，骗了中国人几千年。"加百列说道。

"这不对。""三尺童子"说道。

"我不明白呀!"加百列说道。

"不明白正常,这样吧,我已经把绝大部分战技传给你了,你可以随便用一种战技来攻击我,我不还手,就用中国武术套路来化解你的攻击。"

"好吧,我试试。"

两人在颠簸的车身内展开练习,开始有些慢,不过仍然声势惊人,震得空中落叶纷纷。加百列如同仙子下凡,翩翩起舞,忽东忽西,只见漫天的掌影飞舞,很是强大,或拍,或压,或扫,或砍,或弹,或削。"三尺童子"用太极手、梯云纵、贴山靠、云手、锁拿等武术套路来一一化解,招式没有任何的花哨,他确实没有还手,却特意攻在加百列身边的空门,全都是必杀技,掌、拳、指、勾、腿、弹、踢、扫、劈等,令她眼花缭乱,即便余威也极具震慑。一瞬间,加百列竟然被"三尺童子"攻懵了。

"等一下,我早输了,可为什么差距会这么大呢?"加百列服气地问道。

"很多人认为,中国武术不是起源于技击,而是起源于舞蹈。武术表现了攻防形式,但是不能用。为什么说武术不能用呢?因为武术有姿势的要求,没有姿势要求也就不成其为武术了,而打人、打架需要什么姿势呢?武术就是一个锻炼项目和锻炼身体的各种姿势,只能练和看,不能实战,而当练习了拳击、摔跤、击剑、泰拳、柔道这些套路简单却重实战的竞技动作后,更加这样认为。

"可是中国武术,李小龙相信、UFC相信、美国相信、日本相信,就是有一些中国人不相信。集团将我的战力排名为第一并不是空穴来风,你看刚才所示范的,故意打空了也没事,因为完全有时间,有气力可以控制。人类做不好,是因为速度、力量和柔软性还达不到,这并不代表我们AI人做不到,我完全自信可以用中国武术打出第一名。

"说中国武术就是套路,说技击不属于武术范畴的人,真是太不尊重上下几千年一脉相承的中国文化了。中国格斗发展史上重要的部分,也是全世界战争史的主流发展路线。春秋时期,衡量一个武人的单人战斗力,主要是看驾车技巧,和对长兵器,戈、矛的使用技巧;战国时期,由赵国兴起的胡服骑射,掀起了一场武器和战争形式的革命,骑马和弓弩射艺,成为战争主流。自古以来,徒手搏斗都是军事训练的重要内容。先秦时期,称为'角力',主要是力量比试为主,秦代更名为'角抵',力量之外,增加了一定的摔法。

"最可怕的不是暂时的失败,而是思想上的殖民,这跟当年中国被外族欺凌的状况是何其相似。人们似乎忘记了,面对一次次的侵略,中国这一代代的历史是怎么走过来的。这里有一个词形容他们非常适合:一叶障目,不见泰山。今天你打不过我,不是因为你的武术套路,而是你的搏击实战经验的缺乏。传统武术需要更多的实战磨炼,而不是切磋。搏击之所以厉害，是因为它是在一拳一脚之中磨炼出来的，就像一个狙击手，是用子弹喂出来的。""三尺童子"说得家鸿、墨生等在座的频频点头，连东方也听得津津有味。而李卫斯则被迷丽叫出去谈心了。

"我大概能理解师兄的意思了，人类认为中国武术作为套路表演，招式设计繁复，很具有观赏性，但这些招式套路在实战中有一定缺陷。中国拳师一旦走上擂台，就只能凭借本能乱打，被接受过系统格斗训练的对手轻易击败。

"而且中国武术侧重于单人练，虽有二人对手，出拳起腿，都是配搭好的。还有在传承中因前辈们抱着各守秘密的缪见，将应用的方法打折扣，失传不少，不如搏击的硬干、实干收效来得快！"加百列说道。

"搏击风盛行，我们看到的更多是外来文化，但贯穿着中国儒家思想几千年的中国武术，少数坚守在传统事业发展上的一代代武师们却坚信不疑，他们对搏击迷的态度是嗤之以鼻。中国武林的味道变了，武道变得不是修身和修心，已经逐渐变得争强斗狠，杀伐之气越来越浓。

"现代搏击的普遍不足之处在于：技击能力先进，文化底子不足。所以，我们都要来学习东方文化。西方拳术简单，不如国术变化多端，足以应付无穷，但人类平时以练身之死套路，以应变化万端之比赛场合，临阵就手足无措。于是，他们不仅摒弃国术，还同时远离了中华文化，一境界一天堑，这就是人与人、AI人与人之间的差距。

"你也不要气馁，我们都是元维集团的AI人，我相信你会成长起来的，每个人的成长都是从弱小开始的，未战先怯，产生心魔，才是你最大的敌人，明白吗？"

"知道了，谢谢师兄教诲。我会刻苦训练，期待与'嘉乐'一战。"

"那个'嘉乐'到了哪里？"

"我们已经进入温州瓯北阳光大道，到瓯江三桥的时候就跳车。对方也已经到了乐清，离我们还有半小时的车程。""三尺童子"说道。

"我对了一下导航，那个就是江心屿吧。"

"是的，人称'诗之岛'。"

"温州都算不上一线城市，会有那么多的诗词文化吗？"

"有啊，宋朝的永嘉学派就是当时很知名的文化流派。'踏破铁鞋无觅处，得来全不费工夫''十年寒窗无人问，一举成名天下知''我本将心向明月，奈何明月照沟渠''金玉其外，败絮其中……'这些耳熟能详的经典名句，都是出自温州人笔下。"

"是吗？有意思。'诗之岛'我来了。"加百列说道。

"诗之岛？那一定很好玩，我也想去。"大宅内，东方彼利说道。

"想去你就去呗！听指挥,一起擒拿假嘉乐。"李卫斯进来后,容光焕发,兴高采烈地说道。

"好吧,你们等我消息,走了。""东方"说罢,嗖的一声窜了出去,大家还未回过神来,人影早就不见了。

"主人,我已经在温州麻行到江心的渡船上。请你将有关'诗之岛'的介绍发给我看一下。"没过多久,卫斯就听到东方传来的密语。

"好吧,请稍等。"卫斯将她的投射也放了出来,"历代著名诗人谢灵运、李白、杜甫、孟浩然、韩愈、陆游、文天祥等都曾相继留迹江心屿。尤其是东晋著名山水诗人谢灵运,曾任永嘉太守,非常喜爱江心屿的秀美景色,写下《登江中孤屿》的传世之作,其中有'乱流趋正绝,孤屿媚中川;云月相辉映,空水共澄鲜'的千古名句。后人特地建了'谢公亭''澄鲜楼'以资纪念。数百年来流传至今的江心屿'十景',如:春城烟雨,瓯江月色,孟楼潮韵,远浦归帆,沙汀渔火,塔院韵风,海眼泉香,翠微残照,海淀朝霞,罗浮雪影,更是留下众多古今诗人的题咏。"

"我已经到了,先跑一圈看看。啊！江边的护栏上全是诗。""东方"一上岸就以百米跑的速度前行,游客好奇地看着她,她却轻松地观赏景物,跑到江心寺大门口停了一下,"云朝朝朝朝朝朝朝散,潮长长长长长长长消。这副对联怎么念啊?"

"这是宋代王十朋的叠字联,念'云朝潮,朝朝潮,朝潮朝散;潮常长,常常长,常长常消',指云每天都会出现朝霞,也会随之散去,潮水常常涨上来,也会消失下去。"卫斯解释道。

"哦,这样的意思啊。'三尺童子'已经从西岸进来了,我要和她们会合吗?"

"不要和她们会合,而是要配合,她们若把假嘉乐引到你这里,你就要到西岸,形成闭环,防止他逃掉。"卫斯说道。

"明白了,今天他休想逃出这个岛。主人,还有点时间,再学点什么好东西?"

"江心屿的'北斗七星井'你找找看,古代高僧开凿了七口井,布局犹如北斗星状,对于天上的'北斗七星',以求'天长地久、水源不断'的好兆头。"

"井啊！刚才过来就看见两个了。"东方彼利说道。

"有几个你不容易找到的,被藏起来了。有一个'海眼泉'井,很多年前,有类似于《开井发愿文》的文字,开凿时请了禅师在井中镌刻了经文和密语,以期望风调雨顺,国泰民安。你到井下去看看吧,其他的就算了,你也没时间寻找。"

"我看到了,镌刻在井口下方五米处的五块石碑上,有三分之一的文字可以看清,大致为'南无大悲观世音,愿我早得智慧'。"她在井下说道。

"好,你快上来吧。'三尺童子'已经和他交上手了。"卫斯说道。

"三尺童子,万里追踪,就是为了和你交手,看看我有没有进步。""嘉乐"又开始追着三尺童子打,"三尺童子"还是溜走。加百列倒是不逃,她截住嘉乐,嘉乐的打法总是简单粗暴,加百列架势还未拉开,就被他一腿蹬开,速度极快。

"战吧,像大卫战歌利亚一样,不用逃。"卫斯命令道。

"收到,领命。""三尺童子"发来密语,自觉像大卫一样站着等待"嘉乐"。

一套组合拳迎面而来,只是"嘉乐"没有想到,"三尺童子"这次不仅没有逃,更没有躲闪,反而向前一步,瞬间贴近了,打他的小腹和下盘,"嘉乐"打空后,臂长腿长的优势也失去了。

"三尺童子"身体重心放低,步伐灵活扎实,出拳时出其不意,仿佛是来收割"嘉乐"被连续击中的小腿,"嘉乐"没有办法,改用肘击,借势蹲了下来。可是"三尺童子"一个机灵,打完了,就地一滚撤出来,并远远地控制好距离。

"嘉乐"跺了跺双脚,"三尺童子"本能地感觉到地面的震动,可见方才的攻击作用不大。有了这次的教训,"嘉乐"不再贸然出拳了,而改用古典式摔跤的架势,敞开双臂半蹲着身子,一蹦一跳地快速向"三尺童子"走来。说时迟那时快,"三尺童子"一跳如苍鹰腾空而起,然后飞身后转三百六十度接一个横踢腿,只听扑通一声,"嘉乐"还没反应过来是怎么一回事,已经应声倒地,两眼直冒金星。这干净利落的一击使围观者大开眼界,惊奇不已。原来,"三尺童子"刚才打的一个飞脚叫"腾旋后蹴",属于少林鹰爪翻子拳,这个动作"嘉乐"见都没见过。

"很好,再来。""嘉乐"摇了摇头,抖了抖身子,又站了起来。立刻学"三尺童子"的招式打了回去,这是个高位动作,虽然"三尺童子"身小,再一低头他攻击不到,但风声已将地上的树枝泥土都带了起来,围观者也被惊得退开老远。"嘉乐"也很满意自己这个刚学的动作。

"'三尺童子',对方想打持久战,通过镜像学战技,这样下去不是办法。你还是继续逃吧,我让'东方'来战他,你封住对方的后路就可以。"卫斯密语传音给他。

"我可以战胜他的,东方能战我更能战了。""三尺童子"边退边回话。

"速战速决,这样安排自然有我的道理,听话吧。"卫斯说道。

"好的,主人。""三尺童子"撒腿就跑。

"又逃!这次看你往哪儿逃。"相隔半月,"嘉乐"的轻功又有长进,加上他本来就跑得快,只见他从"三尺童子"的头顶飞掠过去,站在了他的跟前。"三尺童子"只好又往反方向跑。这次"嘉乐"从身后再来一个"腾旋后蹴",奔着"三尺童子"的脑袋袭来,可人影一晃,就听见扑通一声,倒下的依然是"嘉乐"。原来'东方'赶到,用一个简单的跆拳道高劈腿动作,将他踢落。

"又来一个,好吧,今天一个一个收拾你们。""嘉乐"自查了一下身体,虽然没事,但也有点心虚了，对方人多，感觉自己讨不了好处。

"哈哈！死到临头了还这么狂。"东方彼利没有停下，连续几脚跆拳道动作后，又展开八卦连环腿和佛山无影脚，"嘉乐"几次起身却被踢倒，被逼无奈，用了在纽约学会的地滚法，开始逃窜。

"东方姐真棒。"加百列在一旁也试着练习八卦和咏春的组合拳，并封住"嘉乐"逃跑的一条路线。三人对他形成一个包围圈。

此时大批特警赶到，陆路的西园入口被人和警车堵得水泄不通。广播也开始喊话，要求围观群众疏散。

"嘉乐，我知道你是周泓鸣造出来的。你告诉他，浪子回头金不换，陈董命不久矣，想他了。"东方彼利说道。

"是的，我们机器再强大，仍由人控制，但控制我的并不是周泓鸣。"

"我不管你是不是周泓鸣控制，但他一定有你的纠缠密码，交出来投降吧，免得那个……鸟尽弓藏，兔死狗烹，唇亡齿寒。"东方彼利吃力地数成语。

"个子高大，未必力量大；力气大，拳头硬的人，未必受尊重。学功夫先要学会返真做人，学情怀有多大，担当有多大。""三尺童子"补充道。

"又开始说教，不奉陪，走了。""嘉乐"从加百列头顶飞掠硬闯出去。三人紧追不舍，从东塔到西塔，再从西塔到西园，"嘉乐"速度极快，只见距离越拉越大。这种速度早就超越人体极限，不可阻挡，只不过临近入口处，枪声大作。只见火光四射，"嘉乐"用飞针打落身前的子弹，没办法又折回。

后面三人早站定等着他。江心屿没有其他陆路入口了，除了渡船。"嘉乐"被逼无奈，只好跳入江中，向对岸游去。

"现在看我的，你们等着。"东方彼利对"三尺童子"和加百列说道。跟着飞身跳入江中。其实这两岸并不远，温州当地游泳爱好者平时搞一些横渡瓯江的项目，也经常选择此处。只不过此处的水深，而且水质不清澈，以致一些游客不小心落水也没办法寻找和打捞，不会游泳，生还的可能性很小。东方彼利号称"水边女"，水性与水中战技都不是盖的，追上"嘉乐"后没折腾几下水面就平静了，在水里"嘉乐"的力量与速度都起不了作用，很快被东方像条死猫一样牵在手里。

"你是谁？我不能败在无名之辈的手上。"

"水边女•东方彼利。"

"你就是排名第二的'水边女'，败在你手上不冤。仿真AI人发展的历史不到五十年，失败的例子太少，希望我的失败能够成为后来AI人学习的案例，载入AI人战斗史册。"

"不好！赶紧把他压入水里，并击打关键驱动，直到不动为止。"卫斯叫道。

"遵命，主人。"东方彼利应道。

"这是怎么回事?"杨家鸿问道。

"本来他跳江是我要的结果，可听他的口气是要自爆。这样的话我们就得不到研究材料了。不过进水之后，纠缠密码仍有可能被毁。"卫斯答道。

"纠缠密码是什么?"迷丽几番周折之后，终于撮合了两家，又看到假的嘉乐被擒，心里特高兴，希望事情早点了结，就在一旁问道。

"纠缠密码分好几层。我叫您师母，叫您迷丽姨，您都会响应我，这是表层，就是大家都知道的名字符号;次层是可以通过密语进行沟通的通道;里层是能够进行控制的。

"人类对AI仿真人的终极控制，就是量子纠缠密码，它可以再细分为很多层，纠缠过程中还牵涉到相干态连续变量量子密钥分发。总之越里层权力越高，命令也更有权威。但最核心的那一层是由仿真AI人最高权力控制者掌握，他一旦发布命令，前面无论多少层、多少条命令都宣布无效。"卫斯正说着，陈志诚的轮椅又出现了。

"我明白了，就比如说我们陈董早已经退出集团经营，他也不会对经营事务发号施令了，但只要他还在，就是集团最大的幕僚，假设他发布命令，就是集团的最高指示。"迷丽说着看了看波拉和筱慧等陈家人。

"哈哈! 有道理。"杨家鸿应和道。

"那就请陈董发布一条命令吧。"迷丽说道。

"本来已经休息了，但听到一条消息再怎么也静不下来了。我很高兴在残烛之年还能见证……主持孙女的婚姻大事……欢迎李卫斯成为我家的孙女婿。"老爷子断断续续说着，又停顿了一下，现场一阵安静，大家你看看我，我看看你，只有卫斯和筱慧低着头笑。半晌，现场爆发出雷鸣般掌声。

"由于男方父母还在美国，事先由女方提议，男方同意，咱们择日不如撞日，今天就算成亲日。明天等杨嘉乐回家，由我主人做东，再宴请大家。""白头翁"代替陈志诚说完后面的话。

二十、第二人生

春分时节，阴雨连绵。医学院附属第一医院门口到某重症监护室的路上，走廊上，零星坐着、躺着不少人，其中包括部分治安执勤的机器人。

这里平时除了病人和病人家属，从没像今天这样，仿真AI高手频繁出现，东方彼利和白头翁倒是经过家属允许，而这位新来的AI人就没任何人担保，通不过金属探测器，拦又拦不住，总是一个照面就把执勤者摞倒在地。

在重症监护室的门口，他遇见了东方彼利。东方彼利虽拦住了他，却也不能立马将他制伏，为了防止他破坏公物，再误伤路人，东方假意败退，意在引诱，两人从楼上打到楼下，又从室内一直打到室外。

对方来历不明，自己也不方便出招。东方彼利为了引他到室外，硬生生接了好多拳，她一出招，周边就可能有遭殃。她和"三尺童子"一样，作为排名前二的顶尖AI人物，长期养成的习惯就是不轻易出手。当对方是高手，实战中领受对方的招式越多，自己成长得也越快。这不，对方毫不客气地又是一拳，打的东方直跟跄，他上前一步，用手指捏起东方的下巴，冷笑道："告诉我，陈志诚董事长在哪里？"东方一阵头大，敢情这人这么暴力啊！不过话又说回来，这样强悍的办事风格她喜欢，瞻前顾后，考虑太多，倒是影响效率。

"周泓鸣，你来做什么？"陈雅声跟着人群看到了与东方打斗的面孔。

"你是……雅声？"他稍一迟疑，就被东方彼利擒拿，也不再反抗，任由东方彼利牵到陈雅声面前。"扑通"一声跪在她前面。

"雅声！我不是周泓鸣，他是我的真身和主人。两个月前听到爸爸病危的消息，主人就很思念。在工作之余，连续数夜在家中按自己的样子把我赶制出来，组装完成后，我和主人一起生活并练习了一个月，他把我的外号定为'孝子'，并派我来替他尽一个孝子的义务。"

"是这样啊！那你先起来吧，东方你放开他，去外面看看被他打伤者，统计一下理赔。"陈雅声说道。

东方彼利刚走，陈雅声就接到墨生来电，说老爷子不行了，要求所有亲人到跟前来。

"爸爸……"雅声想哭，被墨生制止，墨生叫大家安静。

"爸爸……我来迟了。"周泓鸣握着陈志诚的手说道。

"浪子回头金不换。"陈志诚的呼吸机已经取下，看上去精神矍铄，只说了一句话，这或许就是所谓的回光返照吧。他把哆嗦的手移到戴波拉那里。

"爸爸,您有什么要说吗?"波拉抓住他的手问道。

"你们……不要……难过,我……的悼词已……交代替身。"陈志诚用力说完这些,就进入了半昏迷状态,心电图剧烈波动。医生赶紧给他戴上呼吸机。

"爸爸! 爸爸!"波拉抓住他的手猛烈摇动。

在波拉和家人的围绕中,心电图终于从波动中走向了直线。

三日后清晨,陈家在殡仪馆举行追思会以及遗体告别仪式。不同的是灵柩里躺着一个,一旁的轮椅上仍端坐着一个白发苍苍、闭目养神的陈志诚,不知内情的亲友和领导们都非常疑惑,这是从来没有过的情形。

追思会在诗歌班的歌声中拉开了帷幕。为了节省时间,波拉事先将一些内容交给轮椅上的陈志诚,由他为自己的主人做追思。李卫斯带来的两只机器灵猫踮着脚将轮椅推到话筒前面,面对众人。

"各位亲爱的领导们、亲友们和弟兄姊妹们! 我是陈志诚。感谢大家在百忙之中来到这里,为我送别。

"回想自己的一生,自小学毕业后都在谋生和创业,与创立的集团企业相比,觉得自己最大的成就不是将企业做得多大,而是将墨子精神,还有我们永嘉的事功文化融入了企业经营,培养出了优秀的替身和墨家弟子。

"申明一下,说话的我只是轮椅上的一个替身,并不是传说中的'白头翁',我的使命是一直坐在轮椅上,而'白头翁'已经去执行新的任务。

"有人说我们人就是一种动物,虽然人与动物身体有相似之处,但人与所有的动物都不同,唯有人,里面有着宝贵的灵魂。我走后灵魂将接受审判,但留一丝残念在替身身上,不算是超意识链接,而是每一位替身都与我有过共同的生活,他们都是我的分身,能传承我的思想和思维模式。

"所有能替代生产与服务的,那是机器人,我们AI人不同,我们是主人的替身,不论主人活着还是走了,我们都是一家人,同时开始了自己的第二人生。

"科技发展到今天,人类仍要不断面临新的挑战,'死'是其中一个。医生面对最大的问题不是病人如何活下去,而是如何死掉。不得'好死'——这可能是现在最被我们忽略的幸福难题。巴金曾说:'长寿是对我的折磨。'他在病床上煎熬了整整六年,长期插管,嘴合不拢,下巴脱了臼,只好把气管切开,用呼吸机维持呼吸。他想放弃这种生不如死的治疗,可是没有了选择的权利,因为家属和领导都不同意,每一个爱他的人都希望他活下去。

"美国是癌症治疗水平较高的国家,当美国医生自己面对癌症侵袭时,在人生最后关头,集体选择了生活品质! 也就是说,医生们不遗余力地挽救病人的生命,可是当医生自己身患绝症时，他们选择的不是最昂贵的药和最先进的手术，而是选择了最少的治疗。

“一个人失去意识后被送进急诊室，通常情况下家属会变得无所适从。当医生询问‘是否采取抢救措施’时，家属们往往会立马说‘是’。于是患者的噩梦开始了。为了避免这种噩梦的发生，很多美国医生重病后会在脖上挂一个‘不要抢救’的小牌，以提示自己在奄奄一息时不要被抢救，有的医生甚至把这句话纹在了身上。他们认为这样‘被活着’，除了痛苦，毫无意义。

“世界上充满各种各样的指数，就如‘世界镖榜’一样。而经济学人发布的死亡质量指数：英国位居全球前列，中国大陆则排名在五十以后。何谓死亡质量？就是指病患的最后生活质量。数据显示，中国人一生百分之七十五的医疗费用，花在了最后的无效治疗上。

“‘钱不要紧，你一定要把人救回来’，‘哪怕有百分之一的希望，您也要用百分之百的努力’，这样的请求每天都摆在重症科医生的面前。当我们无可避免地走向死亡时，是选择追求死亡质量，还是用机器来维持毫无质量的植物状态？英国人大多选择了前者，中国人大多选择了后者。在ICU，赤条条地被插满管子，像台吞币机器一样，每天吞下数千元，最后‘工业化’地死去。我认为，卖房卖地凑钱来治疗绝症，还可以算怕死或想多活一天。但用国家给你的医保来维持你数十年插管住院费用，这又是怎样的一种家国情怀呢？早做选择吧。

“我知道自己的日子，走得安详，大家不必难过，更不要害怕。摩西说：‘我们一生的年日是七十岁，若是强壮可到八十岁。’我活了九十多，还有什么可遗憾的呢？人嘛！难免一死，死是众人的结局。难过的是，大部分人的结局却因此被确定了，再也没有选择的机会了。我们在这个地球上只是匆匆过客，我们要趁现在为自己的灵魂预备永远的居所。

“‘死’会带来形形色色的想象与反应。生活幸福的人们自然不希望末日来临，因而凭空失去自己所拥有的一切美好；但活在孤独寂寞中的人们，可能会张开双臂拥抱末日的来到，试图在绝望中寻找一丝希望，因为那等同于是将一切归零终结。

“墨子精神告诉我们要保守自己，而墨菲定律却告诉我们不失足很困难。但无论如何，死都将不可避免。先走一步了，亲友们！爱能遮掩一切过错，只要你们心里有大爱，我们还会见面的，记得一定要活出爱！”说罢，两只机器灵猫踮着脚，再次将轮椅推回到一旁，与亲人一起接受来宾的告别与慰问。

当晚，在陈家大院，李卫斯和“三尺童子”对新来的“孝子”进行了全身检查，并更换了深层纠缠密码的芯片。如果说前面捕获的假杨嘉乐是一具不同系统的科技尸体，那这个“孝子”确实是货真价实的活礼物。有了这个礼物，杨家鸿、陈墨生和李卫斯，以及集团的研发部门根本没时间悲伤，马不停蹄，日夜兼程地对身边的几大高手和替身进行系统升级。

三个月过后，杨家鸿主持并召集亲人，以及部分集团高层在陈家大院举行了纪念座谈会。此次座谈会除了陈志诚逝世百日纪念以外，还要讨论两个战略部署。

首先，是关于这个陈家大院的事，之前陈家大院的设计纯粹是为了陈志诚安度晚年，大家则围绕他的晚年生活聚在一起，现在陈董离开了，场景已经完成了历史使命。原先只有特色餐厅在对外营业，现在要把所有的房间重新布局和设计，杨家鸿的想法是把整个陈家大院打造成"都市e家人"博物馆（即仿真AI人博物馆），将它分享给社会，让更多的人领悟到集团发展的精髓。

为此，杨家鸿做了该展陈项目概况PPT介绍，内容牵涉到布展大纲，包括元维集团发展历程、党建栏、人工智能的发展历程等。其中尤其详细介绍了AI伦理探索的历程，包括从三十年前欧盟委员会启动AI道德准则的试行，到世界AI大会定身份认证纲领，再到如今高仿真AI时代面临的人格界定、道德考验、星级评定等新矛盾新问题、新挑战。

博物馆将呈现轮椅上活生生的"陈志诚"，他完全可以和来访者进行沟通和实时对话。还有AI生产AI人的全过程，同步最新"世界镖榜"人物介绍，除了展现机器人各系统结构和配件以外，还展现一些人类的增强外部设备，如量子穿戴内衣、参孙战衣、宇宙头盔、壁虎战裤、银翼风衣、滑翔羽翼、新谢公屐、新游侠包、封神系列、西游系列、漫威系列穿戴等等。

杨家鸿还向大家介绍了平面布置图、参观流线图，还有灯光、电气、消防、装饰等各个维度的设计理念，获得来宾的高度赞赏和一致同意。

"大家请再看看，如果没有其他意见的话，我们就开始分头实施杨总的这个方案。"李卫斯问道。

"不好，主人。发现有外敌入侵。""三尺童子"跑进来说道。

"东方、孝子、白头、加百列你们共同抵御外敌。"李卫斯命令道。

"遵命。"只见五条黑影分头掠出，窗外火光四射，爆破连连。有几下爆破已经挨着建筑，整幢房子感觉到了震动。

"哪来的外敌？"陈筱慧惊恐地问道。

"大家别担心，这只是设计的一场演习。所谓的外敌，是我放出来的五百只蜂，它们每只身上都携带微型炸弹，可以在墙体或者石头上炸出苹果那么大的窟窿。其实是根据杨总的设计方案，针对应该改建部分的旧墙体进行轰炸。现在是测试他们的集体防御能力，能防多少是多少，防不住也没事。"李卫斯说道。

"原来是这样，怎么不提前说一下，吓死宝宝了。"陈筱慧说道。

"宝宝？你有了吗？"波拉问道。

"什么呀？人家不就是宝宝嘛！"筱慧被问得脸都红了。

"好了，好了，这就算是给你们补办新婚的礼炮吧。"陈墨生说道。

"蜜蜂这么小，东方她们怎么防御呢？"波拉问道。

"他们有新装的激光指,还有随身携带的飞针和冷兵器,都可以用来防御。关键是对方数量大,就看她们的反应速度和协同能力了。"卫斯说道。

"哎哟!还好是演习,这要是真正的攻击,就麻烦了。"波拉说道。

"是啊!如果它们的攻击目标是某一个人的话,估计很难防御。"墨生说道。

"这就是演习的意义所在,锻炼他们。"卫斯正说着,外面的战事已告结束。五百只蜂一只不剩,可是该拆除的墙体上也全部有了爆破标记,虽然AI人剿灭了来犯,但明显蜂群完成了任务,是胜利的一方。

"你们这次的战斗,稍后再进行经验总结,现在继续在一旁站好你们的岗位。我们继续会议议程吧。"李卫斯说罢,杨嘉乐和几名闻声赶来的巡警来到了陈家大院,看看没有其他异常,几名巡警就先回去了,嘉乐则被邀请参加后面的会议。

"会议第二个议程,是关于李卫斯提出的下一步'世界镖榜'行动计划,该计划事先经过内部讨论,并取得同意。卫斯你来说吧。"杨家鸿主持道。

"这个行动计划,简单点说是为集团续航,营救周泓鸣、葛静康,夺回属于我们的卫康角斗场,还有'田间汉'的控制权。说重一些是为弘扬社会正气,打击塔达国际犯罪集团,尽量做到一锅端。"李卫斯说道。

"好!"杨嘉乐拍手叫道。

"您打算安排谁过去,计划如何开展?"杨嘉乐又问。

"印度前站由孝子领白头翁先去,集团在印度的分公司接应,潜伏到周泓鸣所在的组织总部。我带'三尺童子'、加百列还有新的'田间第一人'去金三角营救葛静康,然后立刻赶到印度与他们会合。"卫斯答道。

"我担心的是你们没有热武器,又没经过专业的侦查训练,人生地不熟的,不安全!还是让我跟您一起去吧。"

"孝子是周泓鸣的替身,先潜伏没有问题。我们不是从金三角回来的吗,怎么成人生地不熟的呢。还有,五星高手一般不畏惧枪了,何况他们已经七星以上,别说我们有最新王牌战技'激光指',单单飞刀飞针这种暗器发挥得好,战力绝对比枪大得多。无论枪技多好的杀手,开枪均有弹道痕迹,但暗器练到高水平,能做到如影随形,根本无迹可寻,大幅强于枪械之类的热武器。"卫斯说道。

"一境界一天堑,看来我这四星的人类是体会不到顶尖战力的存在了。"杨嘉乐说道。

"你也不要气馁,可以趁这段时间提高自己的竞技水平。不要想那么多,心中有羁绊、有牵挂,是晋级的大忌,只有做到浑然忘我、空无外物,才会更快地提高实力,侦查、斩首之术讲究的是随意、随性,一往无前,心中没有牵挂,放下心中的顾忌,做自己想做的事吧。"卫斯说道。

"嗯！上次缅泰回来可是三人，这次东方彼利怎么又没去了呢?"嘉乐问。

"东方彼利已经跟了真正的主人，可以不听我指挥了；不过她在，可保护这里。"卫斯说道。

"这里由我们保护，您就不要担心了。"杨嘉乐说道。

"东方彼利，我看你还是跟卫斯去执行这次任务吧，同时也要保护好他。"戴波拉说道。

"好的，主人。"

"杨总，第二项议题就这么定了好吗？现在进行下面的议程。"卫斯说道。

"等等，我觉得把泓鸣和静康救出来后，三人立刻先回来。毕竟你在这一群AI人里实力是最弱的，你的战力甚至比嘉乐还弱。现在你可是有家室的人了，不可出去乱闯。"杨家鸿说得筱慧，还有波拉、墨生及家人们频频点头。

"所以说让我去嘛。"杨嘉乐说道。

"你真的有把握吗?"筱慧来到卫斯身边。

"说实话，若不是去救人，白头翁一人就可以完成任务。现在可好，为了万无一失，杀鸡用了牛刀，三尺、东方、孝子、白头、加百列，顶尖高手倾巢而出。"卫斯拉着她的手拍了拍，说道，"别担心，我很快会回来的。"

"好吧，第三个议程你来说吧。"杨家鸿说道。

"第三个议程是第二人生计划。我们已经把俘获的嘉乐改造完毕，他也是经历过长途跋涉和打斗历练的，现在战力和三尺童子有得一拼了。接下去就是嘉乐的任务。"卫斯拍了拍手，"杨嘉乐"从房间里走了出来。

"其实像你爸、陈总和我，都还没有自己的替身。第二人生就是从你开始，我们都会有自己的替身了。你的任务就是在工作之余让他陪着你，甚至工作中带他一起执行任务也行，肯定会如虎添翼，他哪怕牺牲自己也会先保你的安全。"

"这样啊！欢迎你!"嘉乐终于伸手。

"主人，您好！很高兴为您效力。"替身和嘉乐握了握手。

"你好！你好!"嘉乐抱着他转了几圈，大家傻眼了，分不出谁是谁。

"嘉乐，你坐下吧。"卫斯叫嘉乐坐下，替身站一旁，大家才分辨清楚。

"好了，嘉乐开心我也开心。我也宣布一个事情，本来我也是个过了花甲向古稀迈近的老头，原来因为陈董在，我暂时待在经营层，帮助墨生他们管理集团。现在陈董走了，我也应该放手。所以我决定完成了博物馆布展后，就开始自己的退休生活。"杨家鸿说道。

"好！您也该乐得清闲了，以后我还是改口继续叫您杨老师。"卫斯说道。

"嗯，好的！下面的议程是自由讨论，墨生你也谈谈吧。"杨家鸿说道。

"时间过得真快，一晃几十年。我长卫斯几岁，以前也当过他的老师，现在却成了岳父，倚老卖老。我觉得李卫斯可以学习主持集团的事务了，另外璐璐也要努力上进，未来是你们的。我们都需要思考一些善后的事情，在这个'个体崛起，组织下沉'的全球资源配置'新战国'时代，我们端了塔达集团的老窝，或许还会有塔塔、达达等新集团冒出来，我们是该好好思考一下未来了。"陈墨生说道。

"你们都准备退休了，干脆创业也让机器人来干吧。记得以前有位大佬一直说，创业不是人干的，是阿猫阿狗干的。他的意思是，作为一个创始人，真的不是一个人干的活，又要有高度，又要弯下腰来干活；又要分钱，又要吃苦；又要融资，又要说服别人，别人不喜欢还不能生气。你没法任性，因为你一旦任性就要被市场惩罚。所以觉得创始人真的不是人干的，而是特殊材料构成的。现在好了，特殊材料就是替身，如果这些事都让替身去做，就太轻松了。"迷丽笑道。

"呵呵！姨，既然您都开口了，那我也说几句。"波拉清了清嗓子，继续说道，"爸爸在世时，也叫我们学墨子好防御。我是担心两点，首先是关于墨生刚才说的'个体崛起，组织下沉'，也就是少数人支配大多数人利益的格局，不得不令人担忧。一百年前在俄罗斯，沙皇用一百万贵族统治全国近两亿的人口，而如今，决定全世界六十亿人命运的核心阶层恐怕连一万人都不到；至于那掌握尖端科技的一小撮'研发人员'，其人数之少，两三个科技公司就能装得下。墨菲定律告诉我们，担心的事一定会发生和重来，端了塔达集团以后，我们仍然无法阻挡那些少数人，为了自己的利益而指引、限制、影响后来人的前进路径。只要是各国政府都无力干预互联网技术、人工智能的高速发展，投机者就会钻空子，人类愈无所不能，世界就愈脆弱不堪。

"其次，是我对人类自身的担心。生物科技已经使人类的寿命延长，但现在的人却很可能成为有史以来最焦虑的人。因为只有世界上的巨富才购买得起那些永葆青春的药品，那么买不起的大众会产生怎样的集体反应，便不难想见了。而买得起吃得起的那些人，他们的焦虑是不要发生意外，假如身体被炸弹炸碎，再好的药物也无济于事。

"技术革命的海啸式爆发，使需要的劳动力越来越少，开车、治病、治安执勤，甚至打仗、弹琴、画画等等，我们能想到的工作都已经被机器所取代，人工智能全面超越人类，而且仿真 AI 人也即将井喷式涌现。结果是我们在创造一个小小的技术统治阶层的同时，也在帮助产生了非少数充满愤怒的普通人。

"但是，如果人处在无用阶层，却拥有爱的能力，情况就会反转。如果你处在精英阶层，还能把爱活出来，那你的替身也将深受欢迎和信任。我和你，心连心，共住地球村。当下社会，不论是人还是 AI，核心竞争力就是爱的能力。"

"爱是恒久忍耐，又有恩慈……凡事包容，凡事盼望，凡事相信……波拉说的没错，我一辈子都忘不了,初识陈志诚老师时,他背给我那段关于爱的文字。爱就是解决问题的方法,彼此相爱就是我们的品牌。明亮却教人迷惘,繁华却可见悲凉。科技和社会的发展是一把双刃剑,富者与穷人、上流与底层、肤色白与黑之间,都存有一道不可言喻的隐形界线,但又有千丝万缕的连接,跨越了各种限制,勾串起各个极端世界。马克思和恩格斯认为,迄今为止所有存在社会的历史都是阶级斗争史。以前是人与人之间的资源整合、利益分配问题,现在却出现了人类与仿真AI人的共存新问题。我们的工作才刚刚开始,但留给人类的时间却不多了……"杨家鸿说道。

"被人类创造的人工智能将作为一种外来的、异己的力量反作用于人类,驱使人类异化。到一定阶段会有一部分口中说着后现代批判的人先觉醒,实现异化之异化。我们改变不了科技的进程,但是,我们可以改变自己,以及我们下一代的认知结构……"作为最年少的发言者,璐璐语境明显不同。

这场类似家庭会议的讨论,俨然成了集团的专题会议,最后达成了如下决议:

1. 由杨嘉乐向市直机关推荐机器替身,从自己开始,提议"仿真AI人"为国工作,流程是真身通过政审,替身通过质量安全检验和道德评判。

2. 开始批量生产AI人团队,分头开垦世界无人区,建设分散式风电、熔盐发电、地源热电、光伏等天然能源站,拓展AI人地下工作空间。

3. 防范于未然,以实力帮助维护社会稳定,预防机器兽潮。

4. 尝试设立"世界AI道德榜",也像当年《美国新闻》大学排名、"胡润百富"、"世界镖榜"那样创业,建立制造和使用者的信用、善事数量,以及AI人自身事迹等多维度的数据模型,进行年度和月度的动态排名,逐步完善。

5. 建立仿真AI人的工法与标准,增加技术透明度,消除人类对它的恐惧,并帮助仿真AI人树立"人类一家亲,都是一家人"信念。